KB248584

생태적 삶을 추구하는 영성

생태적 삶을 추구하는 영성 개정판

2011년 8월 9일 개정판 1쇄 인쇄
2011년 8월 17일 개정판 1쇄 발행

지은이 장회익 길희성 박석준 송항룡 곽노순
       이현주 정일우 엄두섭 김이곤 이정배
엮은이 한국교회환경연구소
펴낸곳 도서출판 동연
펴낸이 김영호
등 록 제1-1383호(1992. 6. 12)
주 소 서울시 마포구 망원2동 472-11 2층
전 화 02-335-2630, 4110 팩스 02-355-2640

ⓒ 한국교회환경연구소, 2010

잘못된 책은 바꾸어드립니다.
책값은 뒤표지에 있습니다.

ISBN 978-89-6447-120-3 13810

생태적 삶을 추구하는 영성 개정판

장회익 길희성 박석준 송항룡 곽노순
이현주 정일우 엄두섭 김이곤 이정배 함께 지음
한국교회환경연구소 엮음

동연

책 을 다 시 펴 내 며

　　10년 전 펴냈던 책을 다시 펴냅니다. 다시 펴낼 때까지 10년이 걸 렸다는 사실은 그만큼 한국교회와 그리스도인들에게 아직 '생태적 삶 을 추구하는 영성'이 인기가 없었다는 얘기일 것이고, 10년이 지나도 10년 전 내용을 그대로 펴낸다는 것은 여전히 이 책에 담겨 있는 글 들이 참신하고 유효하다는 얘기일 것입니다.

　　'영성'에 관한 관심이 부쩍 높아졌습니다. 세상이 혼탁할수록, 미래 가 불확실할수록, 특히 그리스도의 교회가 한 시대의 이념과 문화에 포로가 되어 생명력을 잃어갈수록, 보이는 것 너머에 있는, 들리는 것 이면에 있는, 더 높고 깊은 것에 대한 그리움이 커지기 때문은 아닐까 요. 하지만 참다운 그리스도교 영성은 사다리를 타고 하늘 높이 올라 가 하나님을 뵈는 것이 아니라, 거꾸로 이 세계 안으로 내려와 우리의 숨결보다 우리에게 더 가까이 계시는, 그리고 만물의 아름다움과 새 창조의 진통 속에서 항상 우리와 함께 하시는 하나님과 거룩한 사귐 을 이루는 일일 것입니다. 생태적 영성은, 우리 귀에 익숙한 찬송가 가사들처럼, 저 장미꽃 위에 맺힌 이슬 속에서 울던 새도 잠잠케 하시는 주의 청아한 음성을 듣는 것입니다. 저 산에 부는 바람과 잔잔한 시냇물 소리 가운데 주의 음성을 듣는 것입니다. 들리는 소리 없어도, 엄숙한 침묵 속에서 뭇 별이 제 길 따르며 지구를 싸고돌 때에 그 가운데 울려 퍼지는 창조의 기쁜 소식을 내 마음 귀를 열어 듣는 것입니다. 이런 생태적 영성이 있어야 생태적 삶이 가능할 것입니다.

생태적 삶은, 정직히 말해서, 불편한 삶입니다. 내 맘대로 쓰고 버리고, 나만 편리하면 그만이던 삶을 접고, 다른 생명들에게도 나와 함께 이 땅에서 살아갈 자리를 내어줘야 하기 때문입니다. 우리의 탐욕과 이기심 그리고 무한한 성장에 스스로 한계를 정하는 것이기 때문입니다. 하지만 이제 우리는 압니다. 우리의 불편은 모두가 행복을 위한 즐거운 불편이며, 우리의 조금 불편한 삶이 지구 생명공동체의 공멸이라는 아주 불편한 진실에 대한 유일한 대안이라는 것을.

요즘 각종 올레길이 유행입니다. 제주에만 있는 게 아니라 최근 북한산 주위에도 생겼습니다. 사람들이 걷는 걸 좋아한다니 참 다행입니다. 벗들과 함께 자연을 걷는 사람들 속에서 작은 희망을 봅니다. 그렇다면 이 책을 생태적 영성의 올레길이라고 해보면 어떨까요. 이 안에는 만물이 풍성한 생명을 누리길 원하시는 창조자의 마음에 가까이 다가가고자 하는 많은 분들의 깊은 사색과 열정이 담겨 있습니다. 그 분들과 함께 걸으며 생태적 영성의 삶으로 한걸음 더 가까이 다가가길 원합니다. 새로 길단장을 멋지게 해주신 동연출판사와 김영호 사장님께 깊이 감사드립니다.

2011년 8월
한국교회환경연구소장 장윤재

차 례

제1부

현대 과학과 우주 생명

장회익

힘으로의 과학에서 눈으로의 과학으로

20세기가 끝나고 21세기로 넘어올 때 우리는 새로운 천년이 온다고 해서 여러 가지 기대와 우려들을 했습니다. 하지만 2천년이라는 것은, 기독교적 산출방식에 근거한 것입니다. 그래서 기독교에서는 특별히 더 의미를 부여할지도 모르겠습니다. 그러나 자연과학을 하는 사람의 입장에서 보면 시간의 기준은 임의로 잡을 수 있고, 또 10, 100, 1000이라는 숫자에도 특별한 의미가 없습니다. 우리가 십진법을 쓰다 보니까 거기에 맞췄을 뿐이죠. 사실은 1999년에서 2000년으로 넘어간다 해서 특별한 관심을 가지고, 의미를 부여하기는 어렵습니다. 물론 사회적, 심리적 맥락에서는 의미가 있을 수 있고, 기독교 입장에서는 또 다른 의미를 찾을 수도 있을 것입니다.

　그럼에도 불구하고 매우 우연스럽게도, 바로 이 시기가 역사의 중요한 한 고비와 일치하고 있습니다. 지금까지의 인류는 생존을 위한 여건 부족으로 어려움에 처해 왔습니다. 쉽게 말하면 궁핍을 느껴왔던 거죠. 그래서 어떻게 하면 필요한 생활 소재를 좀 더 효과적으로 마련할 수 있느냐 하는 것이 역사의 추진력이 되어 왔습니다. 열심히 일하면 뭔가를 얻게 되고, 그렇게 하는 것이 곧 선이었습니다. 그래서 근면 자체가 선이 되고 그러한 생각이 우리 가치관 속에 박히게 되었죠. 그런데 바로 이 시기를 넘어서면서 우리는 이제 얻을 수 있는 방법은 상당히 마련했고, 어느 의미에서는 지나치게 마련했고, 오히려 문제가 되는 것이 무엇을 얻어야 하는가 하는 점이 불분명해졌습니다. 이제 지금까지 해오던 그대로 하다 보니까 오히려 안 한 것만 못한 상황이 벌어지기 시작했습니다. 예를 들어 우리나라에선 영산강 간척사업을 벌이다가 취소하게 되고, 네덜란드도 상당한 땅을 바다로 환원하고 있습니다. 그리고 스위스, 독일에서는 강변에 쌓았던 둑을 다시 허물어 자연적인 상태로 바꾸고 있습니다. 이젠 무엇을 어떻게 얻어내느냐 하는 문제보다는 무엇을 해야 되느냐 하는 것이 주된 문제로 대두되고 있습니다. 앞으로 역사의 주된 추진력이 이렇게 바뀌게 될 분기점이 바로 이 시기라고 저는 보고 있습니다.

　서구의 근대 문명을 이룩한 가장 유명한 말은 베이컨의 '아는 것이 힘이다.'라고 생각합니다. 우린 힘이 필요했어요. 그래서 과학을 발전시켰고 그 힘에 의해서 엄청나게 뭔가를 할 수가 있게 되었습니다. 여기서 말하는 힘은 물론 복합적 의미의 힘이지만 순수하게 에너지적인 측면에서만 보더라도 과거에는 오로지 우리 체력, 그 다음엔 소나 말을 사용해서 그 힘을 약간 빌리는 것이 활용할 수 있는 동력의 전부였다가 지금은 그것의 천 배, 만 배를 손쉽게 쓰고 있어요. 보통 자동차는 쉽게 얘기해서 100마력의 동력을 냅니다. 100마력이라는 것은 말 100마리가 끄는 힘입니다. 말 한 마리가 사람의 힘의 대여섯 배 힘을 내니까 내가 차를 몰고 어디를 간다고 하면 사람의 힘 500배를 들여서 움직이고 있는 셈입니다.

그러나 이젠 '힘'으로서의 과학보다는 '눈'으로서의 과학이 필요합니다. 그래서 '아는 것은 힘이다.' 대신에 '아는 것은 눈이다.'라는 말을 해야 합니다. 사실 과학은 '눈'이 먼저고 그 다음이 '힘'이라고 저는 생각합니다. 알았기 때문에 힘을 얻을 수 있었던 것이고, 안다는 것은 사물을 넓게 본다는 것을 말합니다. 그러나 지금까지는 목적이 이미 설정되어 있었고, 목적 달성을 위해서만 앎이 필요했기 때문에 이 목적에 맞는 좁은 분야의 정밀한 지식만을 중시했습니다. 그들을 폭넓게 엮어서 전체 시야를 열어 주는 지식은 중히 여기지 않았습니다. 그러니까 부분적 지식은 있지만 이들을 전부 엮어서 우리의 과거와 앞날을 그리고 우리가 살아가는 모습을 폭넓게 보여 줄 수 있게 하는 측면은 중히 여기지 않은 것입니다. 그래서 제가 오늘 말씀드리려는 것은 지금까지 우리가 부분적으로 알게 된 것들을 대략 엮어 볼 때 어떤 큰 그림이 그려지는가 하는 데에 관한 것입니다.

뉴턴의 고전역학이 자연 파괴의 주범인가

'현대 문명은 문제가 있다.'고 하는 것은 지금 대부분의 사람이 인정하고 있습니다. 다만 그것을 어떻게 해결할 수 있느냐 하는 데 대한 시각에 상당한 차이들이 있는 거죠. 대다수의 사람들은 과학 기술을 신뢰해 이것으로 해결할 수 있다고 믿고 있습니다. 경제력을 가지고 해결할 수 있다고 생각하는 사람도 상당히 있습니다. 반면에 신과학 이라든가, 생태 문제를 생각하는 사람들은 대체로 기계론적인 세계관 과 인간 중심적 가치관을 비판합니다.

기계론적 세계관이란 말을 많이 씁니다. 역사적으로 볼 때 기계론 적인 자연관과 대조되는 것은 목적론적 자연관입니다. 옛날에는 모든 것이 뭔가 하고 싶어 하는 의지를 갖고 있다고 생각했습니다. 신성에 해당하는 것이 돌이나 나무, 냇물, 바람 등 자연물들에 다 깔려 있다 고 생각하던 시기가 있었습니다. 그래서 어떤 어려움이 있으면 나무 에 가서 빌기도하고 어떤 신을 달래보기도 했습니다. 그런데 자세히 살펴보니 이러한 자연물들은 법칙에 의해서만 움직일 뿐이라는 사실 을 알게 되었습니다. 이러한 새로운 사고가 바로 근대 과학을 일으킨 생각입니다. 그것에 대해 목적론적 사고에 대비해서 기계론적인 사고 라고 명칭을 붙인 거죠. 그리고 이렇게 이해된 대상을 '기계'라는 것 으로 모형화한 것이죠.

그런데 우리가 흔히 기계론적 사고의 전형이라고 얘기하는 갈릴레 오, 뉴턴, 이러한 사람들의 고전역학만 하더라도 그러한 단순한 기계 론적인 사고를 넘어선 것입니다. 기계론적 사고란 것은 쉼 없이 맞물 려 서로 힘을 미치는 것인데, 고전역학에서는 멀리 떨어져 있으면서 도 힘을 주고받을 수가 있어요. 그래서 고전역학은 이미 그것을 넘어 서고 있는 것인데, 이것에 대해서는 자연을 합법칙적 질서를 통해서 보려 하는 관점이라고 하는 것이 가장 중립적인 표현이 될 겁니다. 그런데 이것을 굳이 '기계론적 사고'라고 해서 상당히 부정적인 인상을 심어 주고 있는 거예요. 사물이나 사람에 대해 '기계'로 보겠다 하면 기분 좋아할 사람은 아무도 없죠.

흔히 현대 문명이 잘못되어 가는 원인을 기계론적 사고에 돌리고 그것의 원흉이 뉴턴의 고전역학이기나 한 듯이 말하는데, 과연 우리가 뉴턴의 고전역학을 얼마나 이해하고 그런 말을 하는지 생각해 봐야 합니다. 과연 지금 몇 사람이나 뉴턴의 고전역학을 제대로 이해하고 있나요? 저는 과학문헌들을 통해서 언제, 누가 최초로, 우리 동양에서 또는 한국의 지식인 중에서, 뉴턴의 고전역학을 이해했나 하고 살펴봤더니 적어도 20세기 초까지 이해했다고 생각할 만한 사람을 찾지 못했어요. 적어도 17세기부터 서구 사상들이 들어왔지만 19세기 말까지 뉴턴의 고전역학을 제대로 알고 언급하고 있는 사람은 찾아볼 수 없어요. 아마도 외국 선교사들이 학교를 세우고 거기서 물리란 과목을 가르치기 시작하면서 비로소 조금씩 이해한 사람이 생겨났을 것입니다.

그러면 현대의 한국인들은 얼마나 뉴턴의 고전역학을 이해하고 있을까. 저는 대학에서 가르치고 있는 입장이기 때문에, 또 직접 배워봤기 때문에 그 점에 대해서는 비교적 잘 애기할 수 있습니다. 솔직히 말하면 제가 물리학과를 졸업했지만 눈을 감고 내가 고전역학을 아는가 자문해 보았더니 모른다는 생각이 들었어요. 지금 제가 가르치고 있지만 그것이 그렇게 단순하질 않아요. 한두 문제를 푸는 것까지는 쉽지만 고전역학의 전체 모습이 어떤가, 이것이 어떠한 사고의 패턴을 가지고 있느냐 하는 것을 보기까지는 굉장히 어렵습니다. 고전역학을 아주 쉽게 애기하면 합법칙적인 질서를 가지고 자연계를 설명하는 건데, 그 질서가 어떤 구조를 가지고 있다는 겁니다. 그래서 인간이 사물을 설명하는 모범적인, 그리고 가장 간단한, 그 어떤 패턴을 그 안에 담고 있는 것입니다. 그것이 절대 진리라는 뜻이 아니라, 적어도 사물을 이론적으로 설명하는, 형태를 제대로 갖춘, 최초의 이론이라는 거예요.

지금 우리 주변에서 이미 자연 파괴가 일어나고 있지요. 그런데 어째서 고전역학을 이해했기 때문에 지연 파괴를 일으켰다고 볼 수 있느냐 이거예요. 전혀 맞는 애기가 아니에요. 서구에서도 마찬가지예요. 그 사람들은 자생적으로 과학을 발전시켰지만, 엄격히 말하면, 그 중에 극소수에 가까운 사람들만이 고전역학을 제대로 이해하고 있는 사람이에요. 그런데 그 고전역학에 따른 기계적인 사고 때문에 우리가 자연계를 이렇게 파괴했다는 것은 전혀 애기가 되지 않아요. 물론 이런 점은 있습니다. 자연을 합법칙적으로 이해했기 때문에, 자연계가 어떤 영을 가지고 있고 또 보이지 않는 힘을 가지고 있어서 함부로 건드리면 나를 해칠 수가 있다는 위험이 없다는 것을 알 수는 있지요. 그러니까 맘대로 만질 수 있게 하죠. 과거에는 산을 건드리면 큰일 난다고 생각했는데 지금은 그냥 그저 단순한 물질에 불과해요. 산을 건드리고 싶은 것이 꼭 나쁜 것만은 아니라고 전 애기하고 싶습니다. 정도가 넘으면 문제죠. 정도가 넘었음에도 불구하고 그 욕망을 가지고 있는 것이 문제지, 고전역학적인 사고를 가졌다는 것이 문제가 되지는 않는다는 거죠. 그렇기 때문에 기계론적 세계관이 문제를 일으켰다고 하는 것은 우리의 지성을 밀어내고 반지성적 자세에 안주하려는 효과를 보이고 있습니다. 동시에, 가짜를 갖다 놓고 저게 주범이다 하고 있는 것은 진정한 원인을 찾는데 방해가 된다는 것을 저는 과학 하는 사람으로서 조금 말씀을 드립니다.

인간 중심적 가치관의 양면성

그 다음에 인간 중심적 가치관이라는 것이 문제로 떠오르고 있습니다. 과거의 신 중심, 또는 좁은 의미의 종족 중심, 신분 중심, 제도 중심, 물신 중심 등등의 부정적인 가치관—신 중심의 가치관이 부정적이냐에 대해서는 별도의 논의가 필요하겠습니다만—에 대한 인간 중심적인 가치관은 상당히 긍정적인 면을 가지고 있습니다. 그런데 그것을 넘어서 생태 중심이라든가 생명 중심 등의 가치관에 비해서는 이것이 문제가 있는 거죠. 사실 우리가 인간의 보편적 가치를 인정한 것은 역사적으로 보면 얼마 안 되는 과거입니다. 그전까지는 타 인종이라든가 다른 나라의 사람은 위험하니까 없애는 것이 더 좋다는 사고까지 있었습니다. 암묵적으로 민족주의나 애국주의 속에는 그러한 내용도 들어 있는 겁니다. 그러니까 인간 중심이라고 하는 것은 적어도 거기에 비해서, 또 물질을 인간보다 더 중시하는 풍조에 비해서 긍정적인 측면을 가지고 있지요. 그래서 지금도 거기까지도 도달을 못했기 때문에 문제라고 생각하는 사람들도 적지 않게 있습니다.

그러나 인간 중심이라고 하는 것은, 새로운 생태 문제로 넘어갈 때는 문제가 있다고 생각합니다. 그 이유는 몇 가지가 있는데, 지금도 환경윤리를 이야기하는 사람들 중에는 인간 중심 가치관을 강력하게 주장하고 있는 삶들이 적지 않게 있습니다. "우리가 환경을 보호하지 않고, 생태계를 보호하지 않으면 결국 인간이 해를 입는다." "인간이 살기 위해서는—현재 우리 살아 있는 인간만이 아니라, 앞으로 태어나게 될 인간이 살기 위해서는—하지 않을 수 없는 일이다."라는 논리를 펴고 있어요. 그것은 논리적으로는 맞는 측면이 있습니다. 그런데 현실적으로는 문제가 많이 있어요. "우리가 모든 것을 완벽하게 아는가."의 문제입니다. 상황이 분명하지 않을 때에는 우리한테 편리한 쪽으로 결정을 해버린다 이거죠. 또 우리가 함께 살면서 얼굴 보는 사람, 저 사람이 지금 밥을 굶고 있는데 10년, 100년 후에 있을 문제가 현실적으로 나오고 있어요. 그래서 가치관이 거기서 멈춰 버리면 굉장한 위험이 있는 거죠. 그러니까 우리가 현재로서 인간 중심 가치관을 철저히 신봉한다고 하더라도, 우리가 객관적 상황을 완전히 파악할 수는 없고, 그렇게 되면 우리 가까이 있는 사람들에게 유리한 행위를 하게 되고, 이것이 결국은 장기적으로 생태계에 위험을 주는 것이지요. 그래서 인간 중심 가치관으로서는 부족하고 뭔가 한 단계는 더 넘어가야 하는데 어떻게 넘어가느냐 하는 문제가 대단히 어렵습니다. 예를 들어서 생태를 중시한다고 하더라도, 그 중시하는 이유가 우리가 그걸 보호하지 않으면 인간에게 해가 오기 때문이라고 한다면, 여전히 인간 중심적인 가치관 속에 있는 거죠. 인간 이외의 대상에 본원적인 가치를 부여한다는 것은 대단히 어렵습니다. 그래서 그 논리를 제대로 마련하지 못하면 인간 중심 가치관이라는 것을 넘어서기가 어려운 거죠.

유기체적 패러다임과 생태적 의식

인간 중심주의를 극복할 방안 몇 가지가 나와 있는데요, 그중의 하나로 우리의 세계관, 가치관을 유기체적인 것으로 전환해야 한다는 주장이 있습니다. 기계론적인 세계관에서부터 목적론적인 세계관으로, 다시 과학 이전의 관점으로 되돌려 보자는 거죠. 우리의 세계관이 이렇게 변해 온 것은 우리가 몰랐던 것을 새로 알았기 때문에 그렇게 된 측면이 많은데, "다시 알았던 걸 취소하고 모르는 걸로 하자!" 이것은 아무리 현실적인 필요에 의해서 나온 것이라 하더라도 대단히 어려운 거죠.

흔히 패러다임을 바꾼다는 말을 합니다. 그런데 사실 패러다임이라는 것은 긍정적인 의미보다는 부정적인 의미를 지니는 거예요. 우리가 아무리 진리를 찾는다 해도 결국 따지고 보면 또 하나의 패러다임에 묶이고 있는 것이 사실입니다. 그러나 적어도 진리를 추구하는 사람은 가장 진리에 가까운 곳으로 가는 거지, 무슨 패러다임을 추구하는 것은 아니에요. 그런데 다른 사람이 후에 보면, "아, 그때 그 사람들은 이러한 패러다임에 묶여 있었구나." 이렇게 되는 거죠. 패러다임을 바꿔서 유기체적인 것으로 가자고 하는 것은 "나는 '유기체'라고 하는 고착된 틀에 박혀 보겠다."는 말밖에 안 되는 거지요. 우리는 진리를 찾겠다고 나서야지요. 진리를 찾겠다고 나서더라도 자기도 모르게 패러다임에 고착되는 것은 어쩔 수 없는 일이지만 미리부터 어떤 패러다임에 빠지겠다고 해서는 안 된다는 것입니다.

물론 생태적인 의식을 갖자는 것은 대단히 중요합니다. 지금 여기서도 '생태적 삶'이라는 말을 하고 있는데, 생태적인 의식을 가지고 본다는 것은 패러다임의 전환이 아니고 사실을, 생태적인 상황을 더 분명히 이해하는 측면이라고 저는 보고 있어요. 사실이 생태적이니까 생태적으로 보아야 한다는 것이지, 사실이 아닌데 만들어서 보자는 게 아니지요. 내가 실상을 사실대로 보려 한 것이, 내 눈에는 생태적으로 보인 것이, 결과적으로는 '생태적'이라는 또 하나의 패러다임에 빠진 것이라면, 그것은 나도 어쩔 수 없지요. 그러나 뻔히 패러다임인 줄 알면서 스스로 빠지는 것은 우스운 이야기예요.

동양적 사고와 과학의 눈

또 하나 "동양사상으로 복귀하자."는 얘기들을 합니다. 물론 동양사상은 서구사상하고 상당한 차이가 있습니다. 서구에서는 사실 대인지식(對人知識), 즉 인품, 인격에 대한 것과 대물지식(對物知識), 즉 물질에 관한 지식을 분리함으로써 각각 독립적인 학문체계를 구성했기 때문에, 특히 대물지식(對物知識)에 관련하여 정교한 과학을 성취해 낼 수 있었습니다. 그런데 동양에서는 그 둘을 한데 섞어서 우리의 삶을 어떻게 성공적으로 영위할 것인지 또는 삶의 의미가 무엇인지를 찾는 데에 주로 관심을 갖습니다. 즉 동양에서의 학문 추구라고 하는 것은 앎 자체가 아니고 앎을 통해서 어떻게 사람이 되느냐 하는 겁니다. 그렇기 때문에 그 틀 자체가 기본적으로 상당한 균형을 잡고 있어요. 그 틀 안에서 사물에 대한 이해를 추구한다는 것이 곧 그틀 의미에서는 지금 지구문명과 같은 이런 불균형을 초래하지는 않는 측면이 있지요. 따라서 만약 동양적인 사고만 가지고 있었더라면 현대 문명의 위기는 오지 않았을는지도 모르겠죠.

그럼에도 불구하고 우리가 지금 다시 동양적인 것으로 가 보자고 하는 것은 문제가 많다고 생각합니다. 동양적인 것의 장점도 있지만 약점도 있는데, 약점은 사실을 사실대로 정확하게 보는 눈이 상당히 어둡다는 겁니다. 그래서 현대 과학의 '눈'이 보여주는 것, 즉 '눈으로서의 과학'이 말해 주는 것을 별도로 고려하지 않을 수 없습니다. 과학이 사물을 명료하게 본다고 하는 것은 틀림없어요. 그렇지 않았더라면 이런 기술문명도 만들 수 없는 거죠. 우리가 과학기술의 힘을 이만큼 발휘한다는 것 자체는 그 밑에 그만큼 꿰뚫어 보는 눈이 있다는 것입니다. 그러나 '전체를 내다보는 눈'은 과학에서도 부족합니다. 사실상 지금 현대 과학의 가장 큰 문제가 바로 그 점이라고 봐요. 현대 과학이 아는 것도 꽤 있는데 이것을 종합해서 전체적인 시야를 열어 주는 데는 부족하다는 것이죠. 과학자들은 부분부분은 굉장히 많이 알지만 그 사람보고 옆에 있는 것에 대해 얘기해 보라고 해보세요, 그러면 "내 전공이 아니다." 하고 전부 피하죠. 수백 개의 전공으로 갈라져서 조각조각 나뉘어져 있어요. 그러니까 어떻게든지 연결해서 전체적인 시야를 얻지 않으면, 그래서 이것을 통해 견제하지 않으면, 지금 이 문명이라는 기계는 굉장히 위험하게 내달릴 수 있는 상황에 놓여 있어요. 그것을 해내는 것을 저는 '과학의 문화적 측면'이라고 말하고 있습니다.

과학이 말하는 '생명'

　과학은 꼭 여기에 있는 것을 들여다봐야 아는 것이 아니라 기본법칙과 질서를 파악하면 그중에 일부를 가지고 나머지도 알게 되는 합법칙적인 관계입니다. 그러니까 달에 직접 가보지 않았지만 우리가 현재 여기서 보고 있는 달, 지구상에서 얻을 수 있는 데이터만 가지고 달은 이렇고 이럴 것이다 하고 가보면 실제로 그렇다 이거죠. 이렇게 지식을 공간적으로도 넓히고 시간적으로도 넓히는 겁니다. 공간-시간적으로 넓혀 나가고 또 작은 미시 세계로도 줄여 나가서 굉장히 많은 시야를 확보하게 된 겁니다.

　그런데 생명이라는 것, 우리 자신, 인간이라고 하는 것이 무엇이냐, 과학에서는 그것에 대해 무슨 얘기를 해주느냐, 이것이 사실 우리한테는 더 절실하고 중요한 문제입니다. 저 자신도 물리학이라는 분야를 전공한 사람인데 자꾸 생명에 관심을 가지게 됩니다. 물리학은 생명 아닌 것만 보는 것이라고 하는 사람들도 있어요. 물리학자 한 사람이 자기 딸 얘기를 농담 섞어서 한 것을 들은 적이 있는데, 물리학이 뭔지 자기 딸한테 아무리 설명해 줘도 못 알아듣더랍니다. 그런데 하루는 학교에 갔다 오더니 싱글벙글 하면서 이제 물리학이 뭔지 알았다 하기에, 뭐가 물리학이냐 했더니, 산 것을 연구하는 것은 생물학이고 죽은 것을 연구하는 것은 물리학이다. 그러더랍니다. 흔히들 그렇게 생각하지요. 그런데 사실은 살고 죽은 것이 아니라 자연계의 보편적인 법칙을 다루는 것, 즉 대상이 아니고 법칙적인 측면을 보는 것이 물리학입니다. 결국 여기서 우리의 주된 관심사는 생명이 뭔가 하는 건데, 물리학적인 배경 지식을 바탕에 깔고 봤을 때 생명이 아닌 것과 생명인 것 사이의 차이가 어디서 오느냐, 이것이 제가 보려고 했던 것이고, 그것을 통해서 본 생명의 모습을 얘기하려고 합니다.

아직도 생명이 뭐냐고 하면 거기에 대해서 모든 사람이 인정하는 정의가 없어요. 대형 백과사전을 찾아보더라도 여러 가지의 다른 정의를 내놓고 이것은 이런 장점이 있지만 이런 문제가 있고, 저것은 저래서 문제가 있고, 그래서 생명은 정의가 안 되는 것이라는 결론을 내려놓고 있어요. 그럼에도 불구하고 저는 생명의 본질이 무엇이냐, 그것에 대해서 어떤 답을 얻고 싶다 하는 생각을 해왔습니다. 그러나 이것은 너무 어려운 질문이지요. 그래서 제가 생각했던 것은 생명의 단위가 뭐냐 하는 질문으로 바꿔 봤어요. 얼핏 생각하면 대답이 아주 간단하지요. 사람 한 사람, 강아지 한 마리, 나무 한 그루, 이것 하나하나가 모두 생명이고 바로 이런 것이 생명의 단위가 되겠지요. 달이 달라져요. 생물학자들은 그것들이 생명의 단위가 아니고 세포 요소가 그 세포 안에 다 들어 있다 이거죠. 사실은 우리도 모두 하나의 세포에서 출발했어요. 모태에서 생겨날 때 최초에는 누구나 한 세포에서 시작돼요. 이것이 갈라져 둘로 되고, 다시 넷으로 되고 여덟 개로 되고 열여섯 개로 되고 해서, 그것들이 쌓여서 모태에서 태어날 때쯤 해서는 적어도 수천만 개, 수억 개의 세포가 되어서 몸의 형체를 이루는 거죠. 우리 모두 하나의 세포에서 출발하는 거예요. 하나의 세포라고 해서 그것은 생명이 아니다라고 할 수가 없어요.

그러면 도대체 그 안에 무엇이 있어서 생명이냐, 거기에 생명의 본질이라 할 만한 것이 뭐가 들어 있나, 유전자 즉 DNA라는 것이 있다,

이렇게 말할 수 있어요. 그런데 DNA라는 것이 뭐냐 하고 과학자들이 들여다보니까 하나의 분자덩어리예요, 흔히 있는 몇 가지 탄소, 질소, 산소 이런 것들이 엮어져 있는 분자덩어리 외에 아무것도 아니죠, 그러면 생명이 어디로 갔나? 우리가 생명을 찾아, 그 가장 본질적인 핵심을 찾아 내려가다 보니까 생명이 없어집니다. 생명은 분명히 있는데 우리가 놓친 거죠. 그러면 어떻게 다시 찾을까? 이번에는 그 반대 방향으로 가봐야 돼요. 유전자 홀로 떼어놓으면 생명이 아니에요. 세포 안에 들어 있어야 유전자 기능을 하죠. 물론 유전자만으로 구성된 바이러스 같은 것도 있기는 하지만, 이것 역시 다른 세포 안에 들어갔을 때라야 생명 노릇을 하지, 밖에 홀로 나와 있어서는 생명으로서 아무런 기능도 하지 못해요. 그러니까 유전자는 반드시 주변의 다른 물질과 함께 세포를 구성할 때라야 생명 노릇을 하죠.

그러면 세포는 어떠냐? 이것 또한 홀로 떨어져 있어서는 생명노릇을 못해요. 사람의 세포도 내 몸에 붙어 있을 때에 사는 거지, 일단 떨어져 나가면 죽은 거나 마찬가지예요. 물론 요즘 복제기술이 있어서 어쩌면 사람 세포 하나 떼어 가지고 잘하면 사람 하나 만들 가능성이 있습니다. 이미 양에서 성공했지요? 그런데 거기서 우리가 생각해야 할 것은 그거 하나 떼어서 아무데나 얹어 놓으면 되는 게 아니에요. 그것을 가지고 사람을 만들려고 한다면 엄청나게 공을 들여야 합니다. 양 한 마리의 세포를 가지고 다시 양 한 마리를 복제하기 위해서 굉장한 공을 들였어요. 그러한 특별한 상황에 놓여 있을 때 양의 세포가 양이 될 수 있는 거고, 사람의 세포도 살아 있다고 볼 수 있는 거지, 세포 하나 홀로 분리시켜 놨을 때는 아무런 역할을 할 수 없습니다. 그러니까 세포도 사람이면 사람처럼 조직의 한 부분이 되어 있어야 생명이다 하고 우리가 이해를 하게 되죠.

사람은 그럼 완전한 생명이라고 볼 수 있느냐? 그것도 또한 그렇지가 않아요. 사람 하나 딱 떼어가지고 우주 안의 어느 한 위치에 딱 갖다 놓으면 어떻게 되겠어요. 5분을 견딜 수가 없지요. 숨을 못 쉬니까. 공기가 없잖아요. 공기가 있다는 것은 이 우주 안에서 보면 굉장히 특별한 상황입니다. 지구 표면에서도 조금 높이만 올라가도 벌써 곤란을 느끼죠. 아주 특별한 상황이 바로 공기고, 온도도 마찬가지예요. 그러니까 사람이 옷을 벗고 상온에서 스물 몇 시간 있으면 얼어죽습니다. 물론 음식물도 있어야 될 건 말할 것도 없지요. 엄청나게 까다로운 여건 아래에 있을 때만 사람으로서 존재할 수 있습니다.

그러면 그것들까지 다 포함할 수 있는 생명은 뭘까 하고 또 우리가 한걸음 더 올라가 볼 수가 있어요. 그래서 어디까지 더 가면 우주의 아무 데나 떼어다 놓아도 살 수 있는 생명이 되느냐, 그것이 제 관심사입니다.

그렇게 생각해 보았더니, 예를 들어 태양으로부터 오는 에너지같이 생명이 존속되기 위해 만족해야 할 최소한의 조건이 무엇인지 살펴볼 수가 있었어요. 결국 생명은 태양이 있고, 지구가 있고, 그 안에 특별한 조건이 만족되는 이러한 상황이 있어야만 생명이 되고, 그리고 그러한 상황만 된다면 우주 안에 어디다 갖다 놔도 살아갈 수 있다 이거죠. 지구하고 태양계를 함께 딱 떼어서 다른 은하계에 갖다 놔도 우리는 살 수 있습니다. 그러니까 우리가 자족적으로 살아갈 수 있는 생명의 단위는 태양과 지구 그리고 이 안에 적절히 갖추어져 있는 몇몇 여건들, 이것이 됩니다. 이것이 생명이 존속될 물리적 필요조건이에요.

생명의 시작과 성장

그런데 사실 현대 과학으로 추적해 나가 보면 이 생명이 언제 어떻게 시작되었나 하는 것을 대략 알 수가 있어요. 대략 35억 년 전에, 아주 쉽게 얘기하면, 초보적인 세포 하나가 우연히 생겨났어요. 그런데 그 세포는 어떤 성질이 있느냐? 잠시 존속하지만 시간이 조금 지나면 엔트로피 법칙에 의해 곧 깨어져 없어지게 되어 있어요. 그런데 이렇게 없어지기는 하지만 그것이 어떤 기능을 가지고 있는고 하니, 태양과 지구라는 여건 아래서는 자기와 비슷한 걸 만드는 데 영향을 미치는 그러한 기능을 가지고 있어서, 자기가 없어지기 전에 최대한 자기와 비슷한 것이 하나 이상 만들어질 수 있도록 영향을 끼친다고 하면, 그러면 어떻게 되겠어요? 하나가 생기고 그 하나가 미처 없어지기 전에 또 하나가 생기는 거지요. 그런데 새로 만들어진 것 또한 처음 걸 그대로 본받았기 때문에 이것 역시 그런 기능을 가지게 되지요. 그러면 다시 또 이것이 없어지기 전에 새로운 것이 또 생기고, 이렇게 계속 이어나가게 되지요. 여기서 이런 기능을 지니게 될 물리적 특성을 우리가 '정보'라고 부릅니다. 이런 식으로 대를 이어 정보가 전해지면서 생명이 존속해 나가게 되지요.

이것이 우리 지구 생명의 최초의 상황입니다. 그런 여건이 대략 35억 년 전에 만들어졌다는 겁니다. 그렇게 만들어진 것이 둘이 되고, 넷이 되면서 물론 중간중간 변화되기도 하고 단절된 것도 많지만, 그래도 역시 살아남은 것이 계속 있어서 35억 년간 지금가지 계속 이어져 왔다는 거예요. 이것이 바로 우리들한테까지 내려왔어요. 여기 계신 모든 분이 그걸 거꾸로 추적해 볼 수가 있지요. 추적을 해보면 결국 하나로 가게 되는데, 그 가운데에 한 번도 단절이 없었어요. 단절이 있었다면 우리가 여기 없는 거지요. 35억 년 동안 죽 한 번도 끊이지 않고 여기까지 왔다는 것은 또한 놀랄 만한 일이지요. 그리고 이것은 각자 고립적으로 있는 게 아니라 서로 간에 연결을 가지면서 존재하지요. 그러니까 사람은 다른 생물체가 만들어 주는 영양을 먹음으로써 살게 되고, 이것이 우리가 흔히 얘기하는 생태계라는 모습으로 상호의존하고 있지만, 그뿐이 아니고 과거로 올라가면 정보를 전부 공유했습니다. 한 조상에서 나온 것이지요.

그러면 이 전체라는 것을 우리가 어떻게 봐야 될까요. 이것이 우리 각각의 사람 모습하고 굉장히 비슷해요. 사람도 하나의 세포에서 출발하는데, 둘, 넷, 여덟이 되면서 수십 년이 지나 지금 내 몸을 이루게 되었는데, 나는 지금 그 초기의 세포를 안 가지고 있어요. 그 당시의 세포들은 이미 다 없어졌지만 여전히 그때부터 지금가지 계속해서 나라고 부르죠. 세포라든가 나를 구성하고 있는 물질들을 보면 10년 전의 나하고 전혀 다르지만 10년 전에도 나고, 지금도 나예요. 정보적인 연속성을 가지고 있기 때문이죠. 내가 기억을 하고 있고 그때 심정을 내가 지금도 느끼고 있고 이러한 뭐가 있기 때문에 나라고 하는 것이 시간적으로 연속적으로 존재하고, 그리고 앞으로 더 나로 존재하게 되겠지요. 앞으로 존재할 나는 지금 이 물질 덩어리는 아닐 텐데도 불구하고 그것도 역시 나고 또 그런 내가 나로서 계속 생존하고 싶다는 생각까지 하게 되는 거죠. 그러니까 이 전체는 하나인데, 물리적으로는 하나가 아니에요.

그럼 어째서 하나일까요. 정보적인 연속성을 통해서 하나입니다. 그렇다면 초기 지구에 나타난 첫 한 세포로 출발해서 지금 나까지 연결된 이건 뭘까요. 이것이 더 큰 하나입니다. 그것은 기억을 못하지 않느냐? 사실은 기억을 하고 있어요. DNA가 바로 그 기억의 덩어리예요. 그러니까 이 DNA의 정보는 35억 년 동안 살아오면서 겪은 지혜를 담고 있는 거예요. 정보적으로 연결이 돼 있는 거죠. 그러나 지금까지는 이것을 깨닫지 못했던 겁니다. 우리가 정보를 가지고 있으면서도 이 정보가 35억 년 동안에 걸쳐 이루어진 바로 나의 정보라는 것을 의식하지 못했던 것인데, 이제 과학의 힘을 빌려 거꾸로 추적을 해나가고 있는 것이지요. 5억 년 전에는 내가 어떤 상황에 있었다, 10억 년 전에는 어땠다 하는 것을 이제 상당히 많이 봐나가고 있어요. 그러면 아, 나는 이렇게 태어나서 이렇게 성장해서 이렇게 지금까지 왔구나 하는 것을 알 수가 있게 된 거죠. 그런데 이 상황이 참 재미있는 상황입니다. 이제 저는 이것을 하나의 실체라고 보고 있어요.

온생명, 낱생명, 보생명

내 생애에 있었던 이 전체, 말하자면 내가 태어나서 자란 이 모든 것을 포함해서 한 '인간'이라고 부르고 또 '나'라고 부르죠. 그렇다면 지구 초기에 태어나서 지금까지 죽 연속된 이 큰 전체도 또 어떤 실체인데, 그럼 이건 뭐라고 부르느냐? 그런데 이상하게도 여기에는 이름이 없어요. 아무도 그것을 하나의 실체로 의미 있게 생각하고 이름을 붙여 놓지 않던 거예요. 도리 없이 제가 이름을 붙였죠. 그래서 영어로 글로벌 라이프(global life)라고 했습니다. 영어로 먼저 이름을 지은 이유는 제가 그 논문을 영문으로 먼저 발표를 했기 때문이에요. 한 10여 년 전 유고슬라비아에서 있었던 과학 철학 모임에서 그렇게 발표를 했지요. 그러고 나서 우리말로 번역을 하려는데 잘 안 돼요. 지구적 생명이라고 하는 것도 좀 답답하고, 우주 생명이라는 표현도 써 봤는데 이건 너무 크고, 여러 가지로 어려웠어요. 그러다가 '온생명'이라는 이름을 생각해 내고, 그 후에는 그렇게 부르고 있습니다.

우리 지구 초기의 그 어느 때 최초로 발생해서 지금 까지 쭉 성장해 온 그 존재, 그것이 온생명이고, 좀 전에 말씀드린 생명의 진정한 단위입니다. 다른 태양 근처에도 다른 계열의 것이 있다면 그건 또 하나의 온생명입니다. 그러니까 이건 하나의 보통명사예요. 전 우주에 하나의 온생명만이 있는 것이 아니고 또 우주 안의 생명을 통틀어 온생명이라고 부르는 것도 아니에요. 말하자면 한 생명이 존재하기 위한 최소한의 필요조건이 갖추어진 생명의 한 거시적인 기본단위라고 얘기하면 될 것입니다. 우리 지구상에서 여러분과 나는 같은 온생명의 부분들이죠.

그러므로 우리가 생명을 이해하려 할 때, 온생명이라고 하는 데까지 가야 비로소 무리 없이 생명의 전체 모습을 보는 것입니다. 그런데 온생명 자체의 생리라든가 기타 여러 가지 얘기해야 할 것이 많고, 또 온생명이 겪어 온 역사를 보면 아주 재밌는 게 많아요. 가령 우리에게 언제 감정이라고 부르는 것이 생겼느냐, 또 어느 시기에 왜 본능이라는 것이 생겼느냐 하는 것도 지금은 추적을 해나갈 수가 있습니다. 어느 시기에 왜 생겼는지를 알면, 우리가 지금 본능을 어느 정도 왜 만족시켜 주어야 하는지, 감정을 어떻게 이해하고 활용해야 하는지, 하는 것들을 그 역사적인 맥락을 통해서 얘기할 수 있게 됩니다. 그래서 우리가 이것을 과학적으로 제대로 파악한다면 많은 문제들을 새로운 시각으로 볼 수가 있습니다. ·

그러면 이 안에서 사람이라고 하는 존재는 무엇일까요. 이 온생명이라고 하는 것은, 묘한 것이, 한 덩어리로 완전히 그냥 기계처럼 묶여 있는 것이 아니고 하나하나 떨어진 '낱생명'으로 이루어져 있습니다. 이것을 개체 생명이라고도 말할 수 있겠습니다만, 여기 있는 한 분 한 분은 모두 낱생명이에요. 이것이 조직을 잘해서 또 하나의 큰 낱생명을 만들고 또 더 큰 규모의 낱생명을 만들고…, 이런 식으로 점점 더 큰 짜임을 이루어 나갑니다. 그런데 이 낱생명들은 대단히 중요한 역할을 합니다. 사실 개인의 의식이라고 하는 것은 전부 낱생명의 의식이거든요. 그리고 지금가지 우리가 생명이라 한 것은 이 낱생명을 얘기했던 거예요.

그런데 이 낱생명은 단독으로는 생존할 수가 없지요. 반드시 온생명의 한 구성원으로만 생존할 수가 있게 되는 거예요. 그러니까 우리가 어떤 하나의 낱생명을 기준으로 생각해 본다면 이것은 자신을 제외한 온생명의 나머지 부분에 결정적으로 의존을 하면서 살아가야 하는 것입니다. 그래서 이것을 '보생명'이라 부릅니다. 그리고 이 전체는 온생명이지요. 여기서 기준으로 삼을 낱생명은 임의롭게 생각할 수 있어요. 이것은 저 개인일 수도 있고, 인류 전체를 얘기할 수도 있고, 토끼 한 마리를 얘기할 수도 있죠, 이 기준을 어떻게 잡느냐에 따라 그 보생명은 범위가 달라지지요. 가령 제 개인의 보생명 안에는 여러분이 들어가지만 인류의 보생명에는 우리 모두를 제외한 나머지 온생명이 되는 겁니다.

그리고 온생명 또한 낱생명이 없으면 생존이 불가능하지요. 온생명은 개개의 낱생명들을 통해 그 생명성을 견지해 나가는 것입니다. 그래서 낱생명들의 생존은 중요해집니다. 그래서 낱생명 하나하나는 열심히 생존하려는 경향을 가집니다. 말하자면 이것은 자기 개체를 유지하는 책임을 가지고 있는 셈이지요. 그러면서도 주변, 즉 보생명과 조화를 잘 이루어야 온생명이 유지되고 자기 개체도 생존이 가능합니다. 그래서 항상 외견상으로 상충되는 두 가지 성질을 갖는데, 이것이 채취와 보존이고 또 동료 개체들 사이에는 경쟁과 협동입니다. 생태계에서 무얼 쟁취해 내어야만 생존이 가능하면서도 그 생태계를 보존해야 하는 상반된 두 가지를 반드시 갖게 되는데, 이는 온생명이 항상 이러한 개체 단위의 구조로 엮어지기 때문에 나타나는 불가피한 현상이지요. 이러한 성향이 우리 본능 속, 그리고 우리 심정 속에 부각되어 있습니다. 사람은 이기심이 있으면서도 이타심이 있죠. 자기들만 생각하는 것 같지만 또 다른 사람도 생각합니다. 왜 이런 이중적 성격을 가질까 하는 생각들을 오래전부터 해왔는데, 이는 당연한 것이지요. 이러한 온생명 생리 속에서 생존하기 위해서는 그럴 수밖에 없습니다. 그렇지 못한 것은 다 도태가 된다고 얘기할 수 있죠.

온생명의 '의식'을 가능하게 하는 인간

온생명 나에 존재하게 된 여러 낱생명들 가운데서도 아마 가장 중요한 존재가 '인간'일 것입니다. 그리고 가장 독특한 존재이기도 합니다. 사람이라고 하는 것은 이 온생명에서 거의 최종적으로 나온, 상당히 늦게 태어난 존재인데 역시 온생명의 다른 개체들과 공존하면서, 또 그것들의 도움을 가장 많이 받는 존재입니다. 사람이야 말로 사람만 딱 추려 놓으면 전혀 생존이 불가능한 존재입니다. 그래서 다른 데 의존을 대단히 많이 하면서도 또한 매우 특징적인 묘한 존재입니다. 물론 그 선조를 추적해 나가면 다른 생물종들과 큰 차이가 없지만, 언제부터인가 '의식'이라는 것을 차츰차츰 가지기 시작했어요. 우리가 정신구조를 추적해 보면 사람에게 와서 이 의식이 굉장히 선명해진 것을 알 수 있습니다. 이 의식도 두 가지로 구분될 수 있는데, 우선 '나'라는 것을 아는 자아의식이 있습니다. 그러면서 또 한편으로 '우리'라는 것을 느끼는 공동체 의식을 가지고 있어요. 자기 혼자뿐 아니라 우리라고 하는 개념을 동시에 가지고 있는 것이지요.

이러한 의식을 지닌 존재는 생명을 구성하고 있는 낱생명 중 사람밖에 없습니다. 그리고 우리는 이 의식을 지닌다는 것을 결정적으로 중요하게 생각합니다. 만약 자기의식을 못하는 사람이 있다면 이것은 얼마나 불행한 일입니까? 우리는 이러한 사람을 식물인간이라 말하죠. 불행하게도 그렇게 돼버리는 사람이 있지만 이것은 정말 딱한 일입니다. 그런데 이번에는 온생명을 생각해 볼까요? 온생명이라는 것을 보면 하나의 큰 생명의 단위인데, 이것이 태어난 이후 35억 년 동안이나 의식이 없었어요. 그런데 사람이 나타남으로 해서 의식을 갖게 되었지요. 사람 자신이 온생명의 한부분이니까 그 안에서 의식을 지닌 존재가 태어난 것인데, 처음에는 이것이 오직 인간 자신만을 주체로 하는 작은 의미의 의식이었지요. 그러다가 차츰 자신들이 이 온생명의 한 부분인 것을 알게 되고 이 온생명을 자신의 큰 '몸'이라 느끼게 된 것이에요. 말하자면 인간의 공동체 의식이 온생명에까지 이르게 된 것이지요. 이것을 온생명의 입장에서 본다면 이러한 인간이 출현하면서 비로소 온생명 자신이 '나'라는 것을 느끼게 되는 상황에 이르게 된 겁니다.

이것은 정말로 엄청난 사건이에요. 35억 년의 우주적 과정을 거쳐 처음으로 이러한 의식이 발생했으니 이는 곧 우주사적 사건이라고 불러야 마땅한 일입니다. 그리고 이것을 가능하게 한 가장 집적적인 주체는 누구입니까? 바로 우리 자신이에요. 우리가 왜 우주의 이 시기에 바로 이 온생명 안에서 하필이면 이러한 인간으로 태어나게 되었는지 아무도 모르겠지만, 이렇게 태어난 이상 우리의 책임은 막중한 것이에요. 바로 이 온생명의 의식이 되어 이 온생명의 삶을 살아가게 된 것이지요.

그런데 여기서 생각할 대단히 중요한 점은 우리가 바로 온생명의 의식이 되어 온생명의 상황을 살펴보니, 이것이 바로 엄청나게 위독한 병적 상황에 놓여 있다는 것이에요. 최근에 와서 지구는 상처투성이이고 생태계는 크게 병들어 있어요. 그렇다면 그 원인은 어디 있느냐? 이것이 바로 우리 인간들 때문이에요. 인간들이 좀 더 물질적인 풍요를 누려 보겠다고 해서 애써 본 결과 우리 온생명의 생리를 이 지경으로 뒤흔들어 놓은 것이지요. 이는 마치 암적 질환과도 매우 흡사합니다. 암세포라는 것이 뭡니까? 바로 우리 자신의 세포 아니에요? 그것이 자신의 본분과 위상을 망각하고 과잉 번영을 꾀한 것이 신체 전체로 보면 암이라는 질환으로 나타나는 것밖에 아니지요.

인간은 당연히 온생명 안의 온생명이 낳은 낱생명인데, 이것이 그만 자신들만 생각하여 과잉 번영을 꾀하는 바람에 온생명 전체가 회복을 장담하기 어려운 위험에 빠져 가고 있는 것입니다. 이것은 정말 우주적인 역설이에요. 인간이 태어남으로써 우리 온생명이 비로소 '나'라고 하는 자의식을 지닌 존재가 되는가 싶었는데, 아니 이것이 바로 암세포들이 되고 있다 그런 얘기가 아닙니까?

그렇다면 이는 아주 절망적인 이야기인가? 한 가지 희망은 있습니다. 인간이 암세포와 다른 것은 암세포는 자신이 암세포라는 사실을 파악할 기능을 완전히 상실한 존재임에 비해, 인간은 설혹 현재 이 사실을 의식하지 않고 있다 하더라도 우리와의 대화를 통해 이를 의식할 잠재적 능력을 지니고 있다는 사실입니다. 지금 설혹 인류의 99%가 이 중요한 사실을 의식하지 않고 살고 있다 하더라도 우리는 이들에게 말을 걸 수가 있고 이들 또한 말을 듣고 생각해 볼 수 있는 가능성이 남아 있다는 것이지요.

그러므로 바로 이 시점에 온생명의 의식 구실을 할 인간으로 태어났다는 점, 그리고 그 가운데서도 특히 깨어 있는 1%에 속해 있어서 온생명의 무서운 질환을 치유할 수 있는 위치에 서게 되었다는 것은 우주사적 소명—기독교적으로 말하자면 하나님의 소명—을 받은 존재들이라는 자각에 이르지 않을 수 없습니다.[1]

이러한 사실은 인간이 온생명을 '나'로 의식하는 고차적 의식단계에 이른 것을 의미하기도 합니다. 만일 온생명 안에서 온생명을 '나'로 의식하는 그 어떤 집합적 지성이 형성되지 않는다고 하면, 아무리 온생명이라 하더라도 그 어떤 다른 방식으로 스스로의 자아를 의식하기 어려운 것입니다. 여기서 우리가 특히 유의해야 할 점은 인간의 이러한 온생명 의식이 객체로서의 온생명 의식뿐 아니라 주체의 연장선에서의 온생명 의식이라는 점입니다. 이것이 객체로서의 의식에 머무르지 않고 주체로서의 자아에 이르게 되는 것은 기왕의 주체인 작은 '나'가 그 중심에 놓이면서 자신의 의식을 내부로부터 온생명 전체로 확대해 나갈 수 있기 때문입니다.

새로운 생명가치관

우리가 일단 생명의 성격을 이렇게 이해하고 나면 이 안에서 생명가치에 대한 새로운 이해를 추구하는 것이 가능해집니다. 우리가 만일 자신의 생명, 즉 자신에게 부여된 낱생명을 그 어떤 절대적 의미를 지닌 기본 가치로 인정한다면 이를 포함하는 본원적 생명인 온생명에 대해서는 최소한 이보다 한 차원 높은 상위의 가치를 인정하지 않을 수 없습니다. 이는 마치 내 손가락 하나의 안위가 중요하다는 것을 인

---

1) 이후로 장회익 교수님께서 강의하신 내용이 녹음되지 않아 옮겨 적지 못하게 되어 아쉬움이 큽니다. 교수님과 그 강의에 관심을 갖고 읽어 내려오신 여러분께 죄송하단 마음을 전합니다. 다음은 강의안과 함께 주셨던 글 가운데 일부를 옮긴 것입니다.

정한다면 내 몸 전체의 안위는 그것보다는 한 차원 더 중요한 것으로 인정해야 하는 것과도 같은 것입니다. 이와 더불어 우리가 일단 온생명의 본원적 가치를 인정한다면 이를 구성하고 있는 모든 낱생명들의 집합적이고 그리고 개별적 가치 또한 인정해야 합니다. 우리가 온생명이 가치롭다는 판단에 이르는 것은 바로 우리 각자가 지닌 낱생명의 가치를 인정함으로써이며, 우리가 온생명에 참여하는 것 또한 이 낱생명을 통해서 가능한 것이므로, 온생명의 가치를 인정한다 하여 낱생명이 지닌 가치의 절대치가 결코 줄어드는 것이 아닙니다.

그러나 우리가 일단 상위 가치로서의 온생명 가치를 인정하고 나면 개별 낱생명들이 지니는 기능적 차별화를 또한 규정할 수 있게 됩니다. 이들은 모두 함께 온생명의 부분들을 이루고 있으므로 모두가 그 어떤 절대적 가치를 공유하고 있음이 사실이나, 그 생사와 생존의 방식에 있어서는 온생명 안에서 차지하고 있는 나름대로의 위계와 질서를 따르게 되는 것입니다. 일견 모순된 것으로 보이는 이러한 상황을 이해하기 위하여 우리 사회 안에 나타나는 하나의 유비를 살펴봅시다. 오늘날 우리가 아무리 인간의 생명에 대해 그 어떤 절대적 가치를 인정한다 하더라도, 예컨대 살인 등의 극단적인 반사회적 행위를 하는 일부 개인에 대해서는 경우에 따라 그 생명을 제거하는 제재마저 가하게 됩니다. 이러한 사정이 반드시 인간의 생명가치를 폄하하는 데서 나오는 것이라고는 하기 어렵습니다. 인간 생명에 대해 기본적으로 절대적 가치를 인정하면 서도 다른 하나의 고차적 기준에 의해 기능에 따른 이들의 차별화는 가능한 것입니다.

이렇게 생각해 볼 때, 낱생명들의 가치가 온생명이라고 하는 제3의

가치를 위한 도구적 가치 혹은 종속적 가치로 추락하는 것이 아닌가 하는 의문이 제기될 수 있을 것입니다. 이 경우, 낱생명들에 부여하는 이러한 가치가 하나의 절대적 가치, 예컨대 그 어떤 절대자를 위한 기여의 정도만으로 평가되는 도구적 성격의 가치와 과연 무엇이 다르겠습니까? 예컨대 어느 누가 낱생명의 가치를 온생명만을 위한 도구적 가치에 불과한 것이라고 생각하고 행동한다고 할 때 현실적으로 그 어떤 차이가 나타나겠습니까?

이 물음에 대해서는 적어도 두 가지 측면에서의 대답이 가능합니다. 그 하나가 기여중립의 상황에서 나타나는 차이입니다. 도구적 가치만이 인정된다고 할 때 만일 이것이 기본적 가치에 대해 아무런 기여 또는 해악이 없는 기여중립의 상황에 머무른다면 그 자체의 존재가치를 인정받지 못함으로써 임의로운 처리의 대상이 될 수가 있을 것이나, 개체로서의 절대적 존재가치가 인정되는 경우에는 설혹 이러한 기여중립의 상황에 놓이더라도 그 존재의 지속이 존중되는 것입니다. 그리고 또 한 가지 중요한 차이점은 이러한 낱생명들의 주체적 의식 속에서 드러나게 됩니다. 낱생명의 주체적 관점에서 볼 때에 온생명은 이미 자신과 분리된 별개의 객체가 아니라 더 큰 '나'의 일부로 인정되므로, 이 두 가치는 분리된 두 개의 가치가 아니라 분리될 수 없는 하나로 연결되는 것입니다. 즉 이는 별개의 두 가치 사이의 가치 종속적 상황이 아니라 동일 가치의 구성상에 나타나는 내적 구획의 문제가 되는 것입니다.

이러한 상황은 예컨대 한 유기체의 경우 이를 구성하는 세포들은 그 자체로서 소중한 것으로 인정되면서도 이들은 또한 유기체의 정상적 기능 수행에 어떻게 기여하는가에 따라 그 상대적 가치를 부여받게 됨과 흡사합니다. 온생명의 경우 각각의 낱생명들은 생명으로서의 기본적 가치를 부여받음과 동시에 온생명의 '건강한' 전체 기능 수행에 어떻게 기여하는가 하는 것에 따라 또 하나의 판정을 받게 되는 것입니다.

그런데 여기에 하나의 문제가 있습니다. 만일 우리가 온생명의 건강한 존재 양상 더 나아가 이것의 이상적인 존재 양상이 무엇인지를 알고 이를 위한 각 개체 생명들의 기여도를 말할 수 있다면 이것이 곧 하나의 좋은 상대적 가치 척도가 될 것입니다. 그런데 과연 온생명에 그 어떤 이상적인 존재 양상이 있겠습니까? 그리고 이러한 것이 있다면 이를 우리는 어떠한 방식으로 알아낼 수 있습니까? 여기에 대해서는 그 어떤 선험적인 해답이 존재하지 않습니다. 그러나 우리는 이를 위해 불완전하나마 그 어떤 최선의 추정을 시도해 볼 수는 있을 것입니다. 우리가 지닌 최선의 지식, 예컨대 온생명의 역사적 성장 과정과 온생명의 생태적 존재 양상 등에 관한 지식들을 최대한으로 활용해 볼 수 있는 것입니다.

우리는 지금 온생명이 무엇을 지향하고 있는지 그리고 무엇을 지향해야 하는지 알아낼 방법이 없습니다. 그러나 온생명은 풍요롭고 다채로운 생명 현상들을 지속적으로 펼쳐 나가고 있으며, 특히 인간을 비롯한 영특한 지적 존재들을 빚어내어 그들을 통한 또 하나의 창조 작업을 이루어 나가는 실로 경탄해 마지않을 그 어떤 존재임에는 틀림이 없습니다. 만일 우리가 온생명에 대한 이러한 이해에 바탕을 두고 생각해 본다면 온생명의 바람직한 존재 양상이란 최소한 이러한 창조적 다양성을 지속시켜 나가는 방향이 되어야 할 것이라는 점에 대해 이의를 제기하기는 어려울 것입니다. 이와 함께 우리가 만일 온생명이 지닌 병적 상황을 생각해 본다면 이는 바로 이러한 창조적 기능과 성과를 그 어떤 이유로 인해 상실하거나 상실해 버릴 위험에 처하는 상황이라고 규정할 수 있을 것입니다.

우리가 일단 이러한 점을 인정한다면 각각의 낱생명들이 지니는 절대적 가치와 함께 이들에게 부여할 기능적 가치의 판정 기준이 마련되는 셈입니다. 예를 들어 그 어떤 존재가 온생명의 이러한 바람직한 존재 양상에 기여하는 방향의 결과를 초래하면 이는 좀 더 가치로운 존재가 될 것이며, 그 반대의 결과를 초래하게 되면 이는 상대적으로 덜 가치로운 것으로 여기질 수 있다는 것입니다. 그러나 이는 어디까지나 우리가 취할 수 있는 최선의 판정일 뿐 절대적 판정은 아님을 유의해야 합니다.

자연, 인간, 종교

길희성

티베트의 생태적 삶

얼마 전에 두 주일 동안 티베트를 여행하고 돌아왔습니다. 티베트는 지금 중국의 일부가 되었습니다. 티베트의 수도인 라사는 거의 중국 사람들이 상권과 경제권을 다 쥐고 있습니다. 그러나 그곳은 중국 사람과 언어도 다르고 워낙 독특한 종교적·문화적인 전통을 가지고 있습니다. 그렇기 때문에 사회주의 정권으로 소수 민족을 통합하려고 하지만 잘 되지 않습니다. 지금 티베트는 자치지구입니다. 몇 차례 독립운동이 있었으나 유혈진압을 당하였습니다. 지금도 거기에 가서 달라이 라마(티베트의 정신적 지도자로 1959년 인도로 망명함)를 얘기하다가는 큰일 납니다. 저도 사실은 티베트 불교 민족주의 현상을 보고 싶은 마음에 갔습니다만 달라이 라마 얘기는 꺼내지도 못했습니다.

그곳에서 인상적인 것은 포탈라 궁이었습니다. 책에서만 보던 사원들을 보니 그 규모가 어마어마하고 정말 대단했습니다. 그러나 그 사원들보다도 더 이상적이었던 것은 끝없이 드넓은 들판이었습니다. 가도 가도 끝이 없는 들판이 굉장히 아름답고 인상적이었습니다. 티베트는 평균 고도가 4천 미터입니다. 고산지대이기 때문에 어려움이 많았습니다. 손끝이 찌릿찌릿 하고 조금만 숨이 가빠도 아주 견디기가 힘듭니다. 또 워낙 높은 데니까 구름들은 산들의 허리를 감고 있습니다. 산이 구름 위로 보입니다. 그처럼 파란 하늘은 티베트에서만 볼수 있습니다. 정말 무공해 하늘이지요. 그리고 들판에는 유채꽃과 같은 노란 꽃이 쫙 펼쳐져 있고, 개울물이 흐릅니다. 그 산비탈 같은 곳에서 양떼들을 몰고 다니는 목동들의 모습이 보입니다. 인간의 탐욕을 자극할 만한 것은 아무것도 없고 순수한 자연의 모습 그대로였습니다. 예수님이 다니시던 유대 광야를 연상시키는 그런 광야였습니다. 티베트 사람들의 얼굴은 가난하면서도 그리 어둡지 않습니다. 뜨거운 햇볕에 타서 얼굴은 새까맣지만 친절하며 늘 미소를 띠고 있습니다. 가난한 삶 속에서도 아름다운 심성을 품고 사는 그들의 모습과 광야가 지금도 눈에 아른거립니다.

티베트로 들어가기 전 며칠 동안 네팔에 머무를 때의 일입니다. 네팔은 세계 최빈국 가운데 하나입니다. 하루는 우리 일행이 탄 버스가 갑자기 멈추었어요. 웬일인가 내려서 애기를 들어본즉, 그 전날 새벽에 어느 운전사가 마을 사람을 치고 자동차는 내버려 둔 채로 도망을 갔답니다. 그래서 마을 사람들이 나와서 연좌데모를 하는 것이에요. 진상 규명을 요구하면서 길을 점령하니까 열 몇 시간을 차가 통행을 못하는 거예요. 한 생명을 소중히 여기는 그 사람들의 공동체 의식에 내심 감명을 받았습니다. 차가 수백 대나 늘어서 있으니까 불편한 것은 말할 수 없죠. 결국 그 자동차의 주인이—운전사 말고—나타났고, 철저한 진상규명과 보상을 약속 받고서야 해산했습니다. 그래서 여행을 다시 시작하였습니다.

가던 중 네팔 농촌의 모습을 직접 보고 싶은 생각이 들었습니다. 시바신(풍요와 다산의 신) 사원 옆에 조그만 농가가 있기에 들렀습니다. 그 집 가족들과 사진을 찍고 돌아서는데 그 칩 꼭대기에 붉은 페인트 같은 걸로 그린 십자가 모양이 보였어요. 처음엔 그것이 십자가라는 생각이 들이 않았어요. 기독 신자를 만나리라고는 전혀 생각하지 못했어요. 그런데 차에 양떼들 옆에 지팡이를 들고 서 있는 예수님 사진이 있더라고요. '이건 틀림없이 신자구나.' 하는 생각이 들어 크리스천이냐고 조심스럽게 물었더니 고개를 끄덕였습니다. 굉장히 반갑더라고요. 물어보고 싶은 말이 굉장히 많았는데 말이 통하질 않아 물어볼 수가 없었어요. 주위에 교회가 없는데 어떻게 신앙생활을 하는지, 어떻게 예수를 믿게 되었는지, 예수 믿는다고 동네 사람들한테 구박받지는 않는지, 예수 그리스도를 믿고 따른다는 것이 그 사람들에게 무슨 의미가 있을까, 만약 내가 여기에 와서 선교사를 하게 되면 이 사람들에게 어떤 그리스도를 전했을까, 그리스도의 의미를 어떻게 설명을 할까 하는 생각도 해보았습니다. 계속된 물음 끝에 그들에게 그리스도를 증거 할 필요가 없는 것은 아닐까 하는 생각이 들었습니다. 그들은 가난하지만 상당히 행복해 보였습니다. 살고 있는 집이 변소간인지 집인지 구별할 수 없을 정도로 가난하게 살지만 그들에게는 농촌 특유의 부함이 있고 풍요로움이 있었습니다. 제가 너무 이상적이거나 감상적으로 보는지는 모르겠습니다만. 물론 가난은 나쁜 것이죠. 그들 사회에도 어떤 사회구조적인 억압이 있을지 모릅니다. 그러나 현대 문명을 만끽하는 사람들의 삶과 너무도 대조적이기 때문에 그런 생각이 들었습니다. 우리 사회에 팽배해 있는 여러 갸지 문제들에 비하면 그들은 아무 문제도 없을는지 모릅니다. 그들을 그대로 두었으면 좋겠다는 생각마저 들었습니다.

그들은 최소한의 에너지를 사용하면서 살고 있는 사람들입니다. 자연에 대해서 아무런 폭력을 가하지 않고 말입니다. 티베트에서도 그랬듯이 여기서도 대소변을 아무 데서나 봅니다. 그래도 리싸이클링이 되어 별로 냄새도 안 나고 더러운지도 모르겠더라고요. 저도 티베트 여행을 하면서 아무 데나 오줌 싸는 데 도사가 되었어요. (웃음) 여하튼 광야인들의 가난, 한적함을 보면서 많은 생각을 하였어요.

가난과 광야라는 것은 밀접한 관계를 갖고 있습니다. 옛날부터 수도자, 성인들은 가난과 광야를 벗 삼아 살아왔습니다. 예수 그리스도도 그런 분 중에 한 분이셨습니다. 무언가 부족한 것, 텅 빈 것, 그것에 그 나름대로의 채워짐이 있고 풍요로움이 있습니다. 도시 속에서 보는 도시 빈민들의 비참함, 옹색함, 비인간적인 모습은 찾아볼 수가 없어요. 아무리 가난해도 광야에서 사는 사람들의 모습에는 나름대로 아름다움이 있고 미소가 있습니다. 축제를 즐기는 것을 보면서 이들에게 정말로 필요한 그리스도는 어떤 분일까 하는 생각을 하게 되었습니다. 가난을 퇴치하는 것도 중요한 것이겠지만 가난을 극복하는 것이 인생의 목표는 될 수 없지 않은가 생각해 보았습니다. 만약 가난하다고 해서 무의미하게 사는 것이라면 인류 역사상 대부분의 사람들은 무의미하게 살았어요. 우리가 가난을 극복한 것이 불과 20년 정도밖에는 더 되겠습니까?

종교와 소비문화

최근에 정부는 IMF 때문에 허리띠를 졸라매라고 합니다. 그리고 요즘에는 경제가 너무 침체됐다, 산업기반이 붕괴될 것 같다며 소비를 장려하고 돈을 품니다. 어떻게 생각합니까. 모순이죠, 사실 졸라매라고 하면 우리 한국 사람들은 잘 졸라맵니다. 일본 사람들도 지금 우리와 비슷한 경제 문제를 겪고 있는데 G7 국가들이 일본더러 하는 얘기가 뭐냐 하면 세금을 감면하고 소비를 늘리라는 겁니다. 일본 사람들도 경제 위기가 오면, 근검절약하는 데는 도사예요. 정부에서 걱정하는 것도 일리가 있어요. 그런데 어떤 사람들은 소비를 하되 합리적인 소비를 하라고 합니다. 말장난이에요. 안 쓰는 게 상책이죠. 합리적 소비를 하라는 건 우리 경제 시스템을 유지하기 위한 것 아니겠어요. 지금 우리는 세계 경제에 편입되어 있어요. 우리나라만 안 쓰고 안 산다고 해서 문제가 해결되지 않는다는 이야기입니다. 저는 이 문제를 해결하려면 새로운 삶의 양식과 새로운 경제체제, 말하자면 성장의 경제학을 극복하고 뭔가 다른 경제학이 필요하다고 봅니다. 그리고 한편으로는 사상적인 문제, 우리 인생관, 가치관, 세계관, 사고방식의 전환이 필요합니다. 절체절명의 과제지요. 그러나 네팔이나 티베트 같은 데로 가서 우리 식으로 살라고 해서는 안 된다는 것입니다.

　종교 문제는 결국 사상의 문제입니다. 사고방식, 인생관, 가치관, 세계관을 바꿔 가는 데 있어서 종교가 일차적으로 공헌을 할 수 있을 것입니다. 현대 세계에서 종교가 과연 이 자본주의 시스템—온 세계가 지금 편입되어 거의 획일적으로 추구하고 있는 이 시스템—을 바꿀 수 있는 능력이 있겠느냐 하는 것은 미지수입니다. 그래도 종교에 기대를 해야지 또 어디서 기대하겠습니까. 예전에는 대부분의 사람들이 네팔이나 티베트 사람들처럼 살았습니다. 소박하게 자연의 한 일부로서, 자연친화적으로 에너지 소비를 아주 극소화하고 대부분 큰 욕심 없이 그렇게 살았습니다. 그런데 발전, 개발, 역사의 진보 때문에 그런 생활양식이 완전히 파괴되었습니다. 이젠 그런 세계로 돌아가기 어렵게 되었습니다.

　역사적으로 소박하고 전통적인 삶의 양식을 영원히 되돌아갈 수 없도록 바꾼 시스템이 세 가지가 있습니다. 자본주의, 사회주의, 그리고 기독교가 그것입니다. 기독교가 가는 곳마다 액티비즘(activism), 삶의 의욕이 활성화되었습니다. 삶의 목적을 설정해 놓고 그 목적을 향해 사람을 몰고 가는 것이 기독교 신앙이 가진 특징입니다. 자연 속에 묻혀서 소박하게 자연인으로 살던 사람을 의식화해서 역사의식을 고취시킵니다. 사회적 진보, 자유, 해방의 이름으로 갈등을 조장하고 우상을 타파한다며 신령님들을 모셨던 조그만 신전들을 전부 파괴하고 조상들이 살았던 삶의 양식들을 뒤엎어 버립니다. 그렇게 해서 신들이 부정되고 조상들이 부정됩니다. 자연 속에 살던 인간이 역사화되고 수동적으로 살던 사람들이 능동적인 인간으로 바뀌게 됩니다.

우리나라 기독교인들도 그렇지 않은가요. 끝없는 욕망과 그 욕망을 성취해 주는 그리스도, 발전의 그리스도, 목적 지향적인 그리스도, 기독교인들이 삶에 대해 일반인보다 훨씬 진취적이고 적극적인 건 사실입니다. 물론 이런 것이 다 나쁜 것은 아닙니다. 기독교가 근세 역사에서 민주주의를 달성하고 인권을 신장한 데는 많은 공헌을 했습니다. 그러나 이제는 끝날 때가 되지 않았나 생각해 봅니다. 기독교와 더불어 자본주의, 사회주의라는 이 거대한 역사의 실험은 한계에 이르지 않았나요?

자본주의가 가는 곳은 말할 것도 없습니다. 자본의 논리 앞에서 남아나는 것이 없습니다. 문화도 자본의 논리가 들어가면 순수한 문화가 있을 수 없습니다. 문화는 보이기 위한, 돈 벌기 위한 수단으로 전락되고 관광상품화됩니다. 티베트 불교를 보고 슬픔을 느끼는 게 그겁니다. 많은 사람들이 구경하려 하는데 옛날의 티베트 승려들이 가지고 있던 그런 불교는 아닌 겁니다. 우리나라도 농촌에 축제가 남아 있기는 하지만 어디 끈끈한 공동체 의식에 바탕을 한 자발적인 민속 행사가 있습니까. 또 자본주의는 끊임없이 불필요한 물건에 대한 욕망을 자극합니다. 계속 생산하고 팔아야 하기 때문입니다. 경제를 돌려야 되니까 상품에 대한 그 욕구를 계속 자극하는 것이죠. 사회주의도 그 속을 들여다보면 마찬가지입니다. 과거의 역사는 완전히 억압의 역사이고, 조상들이 자연의 일부로서 소박하게 살았던 삶의 양식은 전부 파괴되었습니다. 자본주의나 사회주의나 산업화에 뿌리를 두고 잘살고자 하는 점은 똑같아요. 아무런 차이가 없습니다.

이상의 세 시스템이 온 세계를 전부 휘저어 놓은 영향을 받지 않은 그런 사회는 지금 없습니다. 아마존 어디 밀림지역에나 가면 있을까요? 거기도 개발을 한다고 해서 가만 내버려 두지 않는답니다. 어찌 보면 세 이데올로기는 인간을 닦달하는 이데올로기입니다. 인간을 닦달하고, 활동적인 인간, 능동적인 인간들로 만들어 가는 게 닮은꼴이에요. 기독교만 보더라도 인간이 정말 소박하게 자연의 일부로서 살던 삶의 양식을 원하든 원치 않든, 타의든 자의든 파괴한 것이 사실입니다.

종교적 체험과 자연의 탈신성화

인간이 신을 어디에서 만났느냐, 신체험을 어떻게 하느냐, 어디서 하나님을 만나는가를 보면 기본적으로 세 가지입니다. 첫째는 자연입니다. 그것이 인간의 원초적인 경험일 것입니다. 산과 강과 바다, 물, 불, 태양, 달, 초목, 돌. 이런 자연 속에서 인간은 하느님에 대한 관념을 가지게 되었고 성스러운 거룩한 실재, 어떤 힘을 느끼게 되었다고 봅니다. 두 번째 신을 만나게 하는 그 장은 역사적 경험 속에서입니다. 인간과 인간 사이의 윤리적 관계 속에서 하느님을 깨닫게 하는 것이 유대교, 그리스도교, 이슬람교의 전통입니다. 자연을 매개로 신을 만나게 하는 것은 동양 종교입니다. 세 번째는 인간의 내면, 마음, 심성, 혹은 양심을 통해서 하느님을 구하며, 끊임없이 자기 안으로 침잠해 들어가면서 참 자아를 만나고 자기의 영혼 속에서 하느님을 만나는 그런 길입니다. 이것 역시 동양 종교의 특징입니다. 힌두교, 불교, 요가가 그렇습니다. 유교에도 인간의 심성 속에서 우주적 진리를 체득하는 그런 전통이 있습니다. 물론 기독교에도 이 전통이 없는 것은 아닙니다. 인간의 영혼을 소중히 여기고 영혼의 깊이 속에서 하느님을 만나는, 동서고금을 막론하고 신비주의자들은 대개 이 길을 선택합니다.

이 세 가지 길 가운데 기독교가 취한 길은 역사적 종교, 역사적 신앙, 역사 지향적인 종교임에 틀림없을 겁니다. 비교종교학적으로 보면 그래요. 타 종교하고 다른 점을 보면, 첫째 얘기가 많다는 겁니다. 이스라엘의 이야기, 예수 그리스도의 이야기, 제자들의 이야기로 가득 차 있어요. 역사적 갈등과 고통 속에서 울부짖으며 하나님을 만나는 이야기도 있어요. 굉장히 현실감 있는 종교이고 역동적인 종교입니다.『성서』가 그래요. 젊었을 때는 그게 아주 좋았습니다. 지금은 저뿐만 아니라 많은 신학자들이 그것 자체를 의심해 보고 있습니다. 인간을 의식화시키는 등 공헌한 것은 사실이지만 큰 죄를 범했구나 하는 생각을 해봅니다.

사실 최근『구약성서』의 세계관 자체가 철저히 의문시되고 문제가 되고 있습니다. 인간이 자연으로부터 소외되고 자연을 지배하게 만든 이데올로기의 뿌리가『구약성서』에 있다고 보는 것입니다. 사실 창조의 이야기 자체가 어찌 보면 자연을 탈신성화, 곧 자연에 대한 인간의 두려움을 없애 버리고, 자연을 자연으로 대하게 만들었습니다. 자연속에서 신을 발견하던 그런 생각이 없어졌어요. 자연은 인간이 가지고 놀 수 있는 무대가 돼 버렸어요. 자연 안에서 신을 발견해서는 안되는 줄로 알게 되었지요. 그건 우상숭배라 생각하였기 때문이죠. 물론 창조 신앙 자체가 인간을 자연의 노예로부터 해방시켰습니다. 자연의 떳떳한 주인으로 만들었다는 얘기입니다. 어찌 보면 상당히 해방적인 사건이었고 사상입니다. 그러나 오늘날의 상황에 비추어볼 때 자연과 하느님을 분리시킨 엄청난 원죄를 범한 것이 아닌가 생각합니다.

또 『신약성서』를 보더라도 자연은 억압적인 것이고 인간은 그로부터 벗어나고 해방되어야 한다고 말하고 있습니다. 인간의 죄악으로 인해 이 세계도 타락했고 그렇기 때문에 함께 고통당하며 신음하고 있다고 합니다. 그렇기에 우리는 이 세계 속에서 안주할 것이 아니라 변화시켜 나가야 한다고 말합니다. 그런 점에서 『신약성서』 역시 탈자연적이라 할 것입니다. 『신약』과 『구약』은 세계관이 많이 다릅니다만 자연에서 영성을 발견한다는 측면에서 보면 『신약』도 결코 자연친화적이지는 않습니다. '들에 핀 백합화를 보라든지, 공중에 나는 새를 보라.' 하는 말씀을 보면 예수님은 자연을 사랑하신 분이라는 생각이 듭니다. 하지만 극히 일부예요. 가톨릭의 영성은 지금도 세상 안에, 사물들 속에 거룩한 것이 내재해 있다는 생각을 합니다. 그래서 물질세계의 상징을 많이 사용하고 있습니다. 성례적 세계관을 가지고 있어요. 우리 개신교는 사물들 속에서 하느님을 상기시켜 주는 모든 상징체계를 거추장스럽다는 이유로 다 없애 버렸어요. 우상이라고 파괴해 버렸어요. 건물도 그러니까 아주 그냥 이렇게 멋대가리 없는 건물들만 지어 놓고 성전이라고 해요. 원하든 원치 않든 간에 산업사회의 요구에 부응했습니다.

자연과학적인 세계관과 지배철학

중세 때는 그래도 목적론적 세계관이 있어서 우주와 자연을 보며 하느님의 섭리와 손길을 느꼈어요. 모든 세계가 하느님을 증언한다고 생각했던 것이지요. 그러한 전통이 지금은 거의 사라졌어요. 그렇다고 개신교가 전적으로 그런 것도 아닙니다. 단지 『신·구약 성서』를 중심으로 삼아온 개신교가 자연 지향적인 영성을 파괴하는 데 공헌했다는 것은 부인하기 어려운 사실임을 지적하는 것입니다. 이 세계는 좋은 것, 하느님이 보시기에 '좋다'고 하신 창조세계이며, 하느님이 다스리는 곳입니다. 따라서 영적 의미가 완전히 사라진 것이라고는 볼 수 없습니다.

자연적인, 자연 지향적인 영성을 파괴한 것은 근대철학, 근대철학의 아버지인 데카르트 같은 사람입니다. 그 다음 자연과학입니다. 자연과학 그리고 자연과학적인 세계관이 들어서면서 인간은 사실의 세계에 완전히 종속되어 버렸습니다. 영적 의미 같은 것은 사라지고 사실의 세계로만 자연을 대하게 되었습니다. 이렇듯 인간이 자연을 완전히 객체화시키고, 자연을 완전히 계량화시켜서 하나의 물체 내지는 대상으로 대하게 만든 데카르트로 대변되는 철학과 그 사조가 서양 근세철학입니다. 인간의 의식은 주체이고 거기서 인간은 초월을 경험한다고 봅니다. 반면 인간의 몸은 대상으로 삼습니다. 더불어 자연과 세계도 대상화하였습니다. 신이 떠난 세계에서 인간이 주인 노릇을 하는 것입니다. 데카르트는 생각하는 실체로서의 '나는 생각한다'(cogito)라는 주체성의 철학을 말하였습니다. 주체성의 철학은 사상사적으로 말하면 인간 주체의 발견입니다. 주체의 발견은 곧 지배의 철학입니다. 인간 중심적 지배의 철학이 지금까지 계속되고 있습니다. 자본주의, 사회주의, 기독교 할 것 없이 다 주체의 철학을 기본으로 하는 대단히 오만한 사상을 가지고 있습니다.

이 주체 철학을 뿌리부터 뽑으려고 한 철학자 가운데 하이데거 같은 사람들이 있습니다만, '인간이 주인이다.' '주체적인 존재다.' 하는데 하느님이라는 주인하고 비교할 줄 알아야 해요. 하느님 없이 인간만 남으니까 뭐든지 자기 맘대로 하는 것입니다. 사회체제도 맘대로 바꾸고, 자연도 맘대로 요리하는 것이죠. 인간 중심적인 사고방식, 인간을 몸으로 파악하지 않고 인간의 의식 속에서 주체성을 확인하는 철학이 사상적으로는 사회주의, 자본주의, 기독교에 자리 잡고 있습니다. 환경위기의 뿌리는 지배의 철학입니다. 이 사상체계를 극복해내는 사상적 대안이 필요합니다. 그리고 이 경제 시스템을 바꿀 수 있는 새로운 삶의 양식이 생겨야 됩니다. 그런데 이 삶의 양식이 어떻게 생겨나게 하느냐 하는 것이 우리가 풀어야 할 아주 어려운 문제입니다.

자연 지향적인 종교, 동양적인 종교

원시 사회는—비록 고대 사회로 들어서면서 노예제도(계급)가 생기기는 했지만—평등 사회이고 억압이 별로 없습니다. 원시 사회에서 사람들은 확실히 자연 친화적으로 자연의 일부로 살았습니다. 원시 종교들도 그렇습니다. 자연의 축복을 마음대로 누리면서 그 앞에서 겸손히 순응하며 살게 하는 종교입니다. 아메리카 인디언들처럼 말입니다. 원시 부족들이 사는 모습을 보면 뭘 만들어 내고, 자연에 부담을 주고 그러지 않습니다. 그런데다가 얼마나 재미있게 사는지 아십니까? 그들은 우리처럼 마냥 일만 하지 않습니다. 화살도 만들고 동물도 사냥하고 고기도 잡고 텐트도 만들고 다 해요. 얼마나 재미있습니까. 삶을 아주 풍요롭게 살아요. 한 사람이 여러 가지 일을 해요. 한 공장에서 나사만 돌리면서 사는 그런 공장 노동은 없어요. 저처럼 밤낮 책만 지겹게 봐야 되는 그런 삶도 없어요. 이거 하루라도 빨리 때려 치워야 되겠는데 생각하다가도… (웃음) 때려 칠 수가 없잖아요? 현실적으로 말입니다. 그 원시 사회는 가만 보면 얼마나 재미있는지 몰라요. 뭐든지 다 해봐요. 안 해보는 게 없어요. 우리 동양 종교 역시 자연 친화적입니다. 동양, 특히 중국 철학의 특징 가운데 하나는 인식론이 발달되지 않았다는 것입니다. 인식론이란 내가 사물을 어떻게 인식하느냐 하는 문제인데, 중국 사람들한텐 바보 같은 얘기예요. 그들은 사물의 일부인데다가 사물과 끊임없이 에너지를 교류하면서 살기 때문에 사물을 어떻게 인식하고 지배해야겠다 하는 생각이 들지 않는 거예요. 주체하고 객체를 구별해야 주체가 객체를 어떻게 바로 인식하느냐에 대한 비판적인 질문이 생기는 것 아닙니까. 중국 사람들은 늘 인간은 자연의 일부라고 생각했습니다. 인도 사람들도 마찬가지입니다. 인도는 그래도 인식론이 조금 있습니다. 어찌 보면 서양과 동양의 중간쯤 된다고 할 수 있습니다. 하여튼 동양 종교들은 대체로 자연 중심적입니다.

헤겔은 이런 얘기를 했습니다. "동양 사람들은 역사를 모르는 사람들이다. 자연에 묻혀서 사는 그런 존재들이다." 그렇게 흉을 봤습니다. 지금과 같이 뒤떨어져 있으면 당하기 십상이죠. 서양인들과 게임 하려면 역사화하긴 해야겠는데, 과연 그 방법으로 인간을 구할 수 있을지는 더 생각해 보아야 해요. 어찌 보면 이미 안 될 것이라고 판단하고 있는지도 몰라요. 하지만 안 된다는 것을 알고 있으면서도 아무 것도 할 수 없는 게 답답한 우리의 현실입니다. 하여튼 사상적 대안은 우리 동양적인 종교, 자연 지향적인 종교에서 찾을 수 있을 겁입니다. 자연 지향적인 종교는 자연을 단순한 자연으로, 사실의 세계로만 내 버려 두지 않습니다. 그 배후에 있는 영적인 힘(Spiritual Power), 영적인 의미, 영적인 메시지를 보게 합니다. 자연을 하나의 기계와 사물로만 대하면, 그것은 폭력의 대상이 되고 지배적 이용의 대상이 될 수밖에 없습니다. 그렇기에 자연의 신령들을 모시고 살던 농촌의 아주머니들의 생각이 우리의 소중한 종교적인 유산이구나 하는 생각을 합니다.

21세기의 종교, 자연의 영적 의미 부활

기독교든, 동양 종교든 자연에서 영적인 의미를 읽지 못할 때 그 종교는 물론이고 인간도 끝난다고 생각합니다. 20세기를 마감하는 시점에 서 있는 우리에게 가장 큰 사상적 도전은 자연의 영적인 의미를 어떻게 부활시키느냐 하는 것이라 생각됩니다. 만약 자연에서 아무런 영적인 의미도 찾지 못하는, 현재와 같은 종교성이 계속된다면 환경 보호 정도는 몰라도 인간 중심적인, 주체 중심적인 사고를 근본적으로 극복하는 것은 어려울 것입니다.

다음으로 새로운 신학이 필요합니다. 신과 세계의 단절을 메우고, 초월성과 내재성을 한껏 화해시키고 역사와 자연을 함께 아우르고, 동·서를 함께 아우르는 그런 신학이 필요합니다. 물론 자연 지향적인 종교가 갖는 맹점도 분명히 있습니다. 대체로 자연 지향적인 종교는 인간의 자유, 해방에 대해서 무감각합니다. 억압적인 질서를 정당화시켜 주는 부분이 있는 것도 사실입니다. 역사, 자유, 해방, 이런 것들은 기독교가 이루어 놓은 위대성입니다. 아직도 해방의 역사가 이루어지지 않은 곳이 많이 있습니다만, 21세기를 바라보며 기독교는 새로운 시각을 가져야 할 것입니다. 하느님의 초월성과 내재성, 역사와 자연, 동양 사상과 서양 사상, 동과 서를 화해시킬 수 있는 새로운 방향으로 기독교 신학을 제 정립시켜야겠다는 것이 제 생각입니다.

그리고 아까 말씀드린 대로 새로운 경제학이 필요합니다. 생산과 소비를 좋은 것으로 칭찬하고 거기에 의존하고 끊임없이 확대 재생산하는 경제 시스템을 가지고 있는 한, 사상이고 뭐고 아무것도 안 됩니다. 성장의 경제학을 어떻게 되돌릴 수 있느냐, 자본주의 시스템에서 새로운 대안적 삶의 양식으로의 전환이 어떻게 가능할 것인지는 우리에게 던져진 커다란 숙제입니다. 코뮨 공동체 운동을 해야 될지, 새로운 금욕주의가 필요한 것인지 그 구체적인 방법까지는 잘 모르겠습니다. 환경, 시민운동도 필요할 것입니다. 종교의 잠재력을 동원한 운동도 해야 할 것입니다. 그런데 이 모든 것이 바위에 계란을 던지는 것 같아 비관적으로 생각됩니다. 어떻게 보면 자본주의 시스템이 갈 때까지 가서 자폭할 때까지 그냥 기다릴 수밖에 없을지도 모릅니다. 하여튼 기독교가 먼저 새로운 신학을 모색하고, 『성서』를 보는 신앙의 눈을 바꿔야 할 것입니다. 그래서 인생관, 세계관, 가치관을 새롭게 바꾸어야 하겠습니다.

문: 티베트 사람들은 가난함 속에서도 어둡지 않고 오히려 아름다운 삶을 살고 있다고 하셨는데, 그 사람들이 어떻게 사는지를 얘기해 주세요.

답: 그 사람들은 욕심이 별로 없는 것 같아요. 주어진 환경에 적응하고, 자연에서 주어지는 대로 목축업을 하고 농사짓고 거기서 수확한 걸로 살고 있습니다. 아직 자본주의 경제 시스템으로 완전히 편입되지 않았습니다. 제가 잘못 본 것일지도 모르지만 그들의 삶은 우리의 새로운 이상향이 될 수 있습니다. 그들은 우리의 몇 백 분의 일밖에 안 되는 에너지를 쓰고 살면서도 우리보다 더 행복합니다. 저는 제 자신이 그 사람들의 삶을 보면서 그 사람들보다 행복하다는 생각을 조금도 할 수 없었어요. 물론 저더러 그렇게 살라고 하면 못 살 거예요. 왜냐하면 저는 타락한 사람이에요. 여기서 다른 세계를 맛보았기 때문이죠. 그들도 지금의 경제 시스템이 파고들면 마찬가지 결과가 나올 것입니다.

문: 기독교가 자연의 종교에서 역사의 종교로 넘어갔다는 것은 인정합니다. 그러나 이렇게 된 이유가 일방적으로 자연의 가치를 부정했다고는 생각하지 않습니다. 자연과 인간의 위치가 바뀌었다고 볼 수는 있지만 꼭 지배나 정복으로만 볼 수는 없다고 생각합니다. 자연의 종교, 공간의 종교는 당시 인간 사회의 계급구조를 합리화하고 있

지 않았습니까. 그래서 해방의 종교, 역사의 종교가 나온 게 아닙니까?

답: 자연의 종교에 억압적인 면이 있다는 것은 제가 잠깐 말씀드렸습니다. 자연의 종교가 인간을 억압하게 된 것은 자연의 질서를 인간사회에 연결시키면서 잘못된 사회구조를 자연의 이름으로 정당화시켰기 때문입니다. 예를 들면 남녀 차별을 봅시다. 자연 속에 암컷이 수컷보다 열등하다는 증거는 별로 없거든요. 자연의 질서—음양 또는 천지에는 위계가 필요 없습니다. 음도 필요하고 양도 필요합니다. 그건 보완적 관계에 있습니다. 대부분의 경우 억압적인 것은 인간이 만들어 놓은 것입니다.

문: 산업화된 기독교, 제국주의화된 기독교를 기독교 근본정신과 같이 보는 것 아닙니까?

답: 제가 기독교, 자본주의, 또 뭐 사회주의를 한 통속이라고 본 것은 근대 기독교를 지칭한 것입니다. 고대나 중세 기독교는 그렇지 않았습니다. 『성서』가 쓰인 시대만 해도 그렇지는 않았을 거예요. 우리는 『성서』에서 현대 문명의 위기를 극복할 수 있는 지혜와 통찰을 어느 정도 가질 수 있다고 생각하게 되는 것입니다. 그것을 새로운 안목으로 해석한다면 가능성은 있다고 생각합니다.

문: 기독교의 창조신학을 너무 도외시하는 것은 아닙니까?

답 : 창조신학을 계속해서 발전시켜야겠죠. 창조 개념 자체가 처음부터 어떻게 보면 하느님과 인간, 하느님과 세계를 분리시켜 놓기 때문에 그 세계 속에 하느님을 만날 수 있는 길을 처음부터 차단한 것이라고 비교종교학에서는 봅니다. 저는 부정하기 어렵다고 봅니다. 그

럼에도 불구하고 인간의 품위를 높였고, 해방의 논리가 가능한 것이고 인간의 자유를 신장시킨 점이 있습니다. 그래서 동과 서, 기독교와 동양 종교가 만나고 같이 협력을 해야지, 어느 한 쪽이 일방적으로 좋다 얘기해서는 안 되는 것입니다. 하여튼 창조신학을 계속 발전시켜야겠습니다. 단지 오늘 제 말씀이 초점이 거기 있지 않았습니다. 앞으로, 이정배 교수라든지 여러 신학자들이 많이 말씀하실 것이라 생각합니다. 기독교에서 이 문제는 어떻게 새로운 신학의 좌표로 잡아가느냐 하는 문제는 더 깊이 생각해 보아야 할 것입니다.

문: 자연의 종교를 정(正)이라고 보고, 역사를 종교를 반(反)이라고 본다면 이제 자연의 종교가 아니라 합(合)의 종교가 나와야 하는 것 아닐까요?

답: 대체로 공감합니다. 공감을 하면서도 지금 우리가 처한 위기가 중증이라고 생각하기에 더 래디칼한 해결책이 요청된다고 생각합니다. 인간 중심적 세계관에 기초한 일련의 철학과 사상과 신학, 이 모든 것이 정말 래디칼하게 부정되어야 한다고 생각합니다. 정반대를 구해도 될까 말까 하는데 합으로 될까요.

문: 과연 우리 기독교인들이 교수님이 말씀하신 사상적 대안을 찾을 수 있다고 생각하시는지요. 또 원시종교로 돌아가야 한다고 하셨는데, 현재의 상황에서 가능한 일일까요.

답: 제가 신학교를 다니면서 접했던 신한은 역사화된 신학이었습니다. 동양 종교들을 공부하고 환경위기를 접하면서 그러한 신학의 한계를 보게 되었습니다. 우리가 너무 한쪽으로 치우쳐 있지 않나 하는 반성은 했습니다. 맨 처음에 하느님은 인간을 창조하고 만물을 지

배하고 다스리라고 했습니다. 그것은 제멋대로 하라는 것이 아니라 자연을 관리하고 가꾸고 책임을 지라는 말씀입니다. 제가 뒤빙겐에 있을 때 참석한 세미나에서 있었던 일입니다. 일본 신학자가 와서 발표를 했습니다. 일본 사람들의 자연 친화적인 영성을 얘기했죠. 몰트만 교수가 그에게 이런 질문을 했어요. 일본에는 신도이즘 등에 자연 친화적인 영성이 담겨있는데, 왜 일본인들은 환경을 무분별하게 파괴하느냐 하는 것이었습니다. 동양 종교가 그렇게 좋은데 왜 서양에 못지않게 동양에서도 부문별한 자연 파괴가 이루어지느냐는 이야기였습니다. 저는 그 질문 자체가 잘못되었다고 생각했어요. 자본주의 시스템 앞에서 살아남을 종교가 없거든요. 아무리 종교가 좋아도 개발의 논리에 밀리기 마련입니다. 그러니까 일본의 사상이 아무리 좋아도 자본주의를 받아들였는데, 어떻게 합니까. 사상이 부족해서 그런 것은 아닙니다. 그리고 서양의 경우에도 서양의 신학과 기독교가 나빠서 그토록 환경을 파괴한 것은 아닐 겁니다. 도시화, 산업화, 자연과학, 테크놀로지 그리고 인간의 탐욕이 다 합쳐져서 문제가 발생한 것입니다.

문: 기독교에도 풍부한 상징체계가 있습니다. 종교개혁 자체도 상징체계를 말소했다고 보지 않습니다. 교리고 만들다 보니까 경험을 무시하게 된 것은 아닐까요. 순수 복음의 전통으로 돌아가면 이 시대의 갈급한 영적인 면을 채울 수 있다고 봅니다. 결국 그리스도교의 풍성한 영성적인 면을 계승, 발전하지 않은 것이 문제라고 보는데, 교수님 의견은 어떤지요.

답: 동의합니다. 저는 기독교의 신비가들, 신비주의에 관심을 둡니

다. 현실의 종교를 보면 더욱 그렇습니다. 우리의 욕망을 가능하면 줄이고, 가난을 생활화하고, 영성적 삶을 살아야 하는데, 골수 개신교 신자인 저도 그런 영성을 교회에서는 물론이도 신학교에서도 배운 일이 없어요. 그렇다고 지금까지 보여진 것들이 기독교의 본질이라고 단정 짓지는 않습니다. 그래서 신학이 필요하다고 한 것이죠. 중세 신비주의자들의 전통만 보더라도 그 안에는 광야의 영성이 있어요. 이제라도 신비주의적인 전통을 재조명해 보고, 인간의 내면에서 하느님을 만나고, 인간의 마음을 정화시키고, 묵상기도를 하고, 영성을 개발해야 할 것입니다.

대자연의 이치와 소우주로서의 인체
- 자연을 보는 눈 -

박석준

오행과 쌀(밥)

옛날 중국에 장영이라는 사람이, 한국 사람들이 밥을 잘 짓는데 쌀에 윤기가 흐르며 흩어지지 않고 향이 좋다는 말을 했습니다. 그렇게 지으려면 쌀뜨물을 버리지 않고 밥을 지을 때 같이 넣어 지어야 합니다. 쌀은 한의학적으로 봤을 때 가장 평(平)한 음식입니다. 평하다라는 것은 한 쪽으로 치우치지 않았다는 뜻입니다. 모든 기준 중에서 쌀이 제일 가운데에 있다는 뜻이기도 합니다.

한의학에서는 음식을 기(氣)와 미(味)로 나눕니다. 고추나 마늘을 먹었을 때 열이 나는 것은 기가 위로 올라가는 것이고, 찬 음식을 먹고 설사가 나는 것은 기가 아래로 내려가는 것이죠. 이것을 기(氣)라고 합니다. 그리고 미(味)라는 측면에서는 맛이 짜다, 달다, 맵다 등과 같은 것을 말하는데, 쌀을 어느 한쪽에 치우치지 않고 가운데에 있는 음식입니다. 쌀을 어느 음식하고도 잘 어울리는 것으로 한의학의 오행(五行) 중에 토(土)에 해당합니다.

쌀로 지은 밥에는 자연이 다 들어 있습니다. 밥을 지을 때 불(火)을 때지 않습니까? 나무를 때게 되는데, 그것이 목(木)입니다. 밥을 지을 때 솥을 이용하죠. 그것이 금(金)이고 그 안에 물이 있잖습니까? 물은 오행 중에 수(水)에 해당합니다. 즉 밥을 지을 때는 목화토금수라는 오행을 다 사용하게 되는 것이죠.

동양에서 오행이란 모든 사물을 이루는 것입니다. 이 다섯 가지 범주로 모든 것을 포괄하는 것이죠. 그러므로 오행은 전체가 됩니다.

그런데 압력밥솥으로 밥을 지으면 나무 불이 아닌 가스 불을 사용하게 됩니다. 라면을 끓여 보면 아시겠지만 달걀을 가운데 넣으면 그 달걀이 잘 익지 않는 것을 경험하신 적이 있을 겁니다. 그 이유는 물을 전체적으로 끓여 주지 못하기 때문입니다. 따라서 가스 불은 음식 맛을 내게 하는 데는 적합하지 못한 것이죠. 한의학에서는 물이 끓는 것을 수(水)와 화(火)의 교제라고 합니다. 물과 불이 서로 맞닿아서 교제하게 되고 변화가 돼서 모든 사물들이 좋은 것으로 된다는 것이겠죠. 그러나 압력솥에 압력을 넣어 물을 끓게 하면 순환이 되지 않습니다. 여기에 문제가 있습니다. 오행이 갖춰지지 않은 치우치는 음식을 먹게 된다는 것이죠.

한의학에 '자연'은 있는가

환경이란 우리를 둘러싼 경계입니다. 이는 자연은 물론 사회나 역사, 문화적인 영역도 포함한 개념일 겁니다. 한의학에서는 이런 모든 환경을 기(氣)라는 관점으로 봅니다. 모든 것을 기라고 본다는 것은 대상을 하나의 전체로 보는 것입니다. 나와 환경이 따로 있지 않고 하나라는 것입니다.

흔히 한의학은 자연 친화적이라고 말합니다. 그런데 여기에서 자연(自然)이라고 할 때는 일반적으로 문화적인 관점에서 말하는 것입니다. 인위적이지 않다는 것이죠. 그런데 본래 자연이라는 개념이 동양에는 없었어요. 동양에서 자연이란 그냥 저절로 그렇게 있는 것이라는 의미일 뿐, 나와 떨어진 대상이라는 의미에서의 자연이라는 개념은 없었다는 것입니다.

그렇다면 자연과 가장 밀접한 동양적인 의미는 무엇일까요? 그 예로 천지(天地)나 건곤(乾坤), 우주(宇宙), 만물(萬物), 만유(萬有) 등을 들 수 있을 것입니다.

아마도 자연이라는 개념과 가장 유사한 개념이 천지라고 볼 수 있는데, 천지라고 할 때 하늘은 땅을 덮고 있는 덮개입니다("天地者, 萬物之上下也"『素問』「陰陽應象大論」. "天覆地載"『素問』「陰陽離合論」). 그러나 천지라는 개념은 근대의 자연이라는 개념과는 현격하게 다릅니다. 또한 만물이라는 개념도 하늘과 땅 사이에 있는 나머지 모든 물건을 말하는 것입니다. 우주의 우(宇)라는 것은 상하좌우(동서남북), 주(宙)라는 것은 시간을 말합니다. 공간과 시간의 개념이었습니다. 그러

니까 원래 동양에서는 자연과 물질이라는 개념은 없었다고 볼 수 있
는 거죠. 다만 천지만물, 천지인(天地人)이라는 단어를 써서 모든 사
물을 포괄하는 개념으로 썼던 것입니다. 그러므로 동양에서 적어도
근대에 이를 때까지는 자연이라는 개념은 없었다고 봐야 옳을 것입니
다. 물론 그리스라든가 직관적인 자연 또는 철학적인 자연 개념이었
습니다. 자연과학의 대상으로서의 자연은 결코 아니었습니다. 자연의
철학적인 성격은 중세 시대 스콜라 철학에 의해서 더욱 강화되었습니
다.

　근대에 접어들면서 경제적으로 자본주의가 발전하기 시작하였습니
다. 왜 자연이라는 개념, 근대적인 자연이라는 개념이 자본주의와 맞
물려 생겨났을까요. 봉건주의에서의 생산이라는 것은 한 생산자가 어
떤 물건을 생산하기까지의 과정을 총괄하는 것입니다. 예를 들면 한
의학에 '행림'(杏林)이라는 말이 있습니다. 행림은 한의계나 한의사를
가리키는 말인데, 이 말은 중국 오(吳)나라의 동봉(董奉)이라는 한의
사가 치료를 해주고 그 대가로 돈이 없는 사람들에게 자기 집 주변에
살구나무를 심으라고 하였는데, 그것이 무성한 숲을 이루었다고 하여
생긴 말입니다. 중환자에게는 다섯 그루, 일반 환자에게는 한 그루씩
심으라고 했답니다. 이 살구나무 씨는 행인이라고 하여 약으로 쓰는
것입니다. 자기가 쓸 약재를 직접 길렀다는 말이 되겠습니다, 이처럼
옛날에는 한의사들이 직접 약재를 거두었습니다. 그래서 철마다 산
에 가서 약초를 캐곤 했습니다. 그 약재를 양지나 음지에 말려야 하는
지 판별할 줄 알았습니다. 약을 썰 때도 적당히 부수거나 곱게 갈거나
비스듬히 자르거나 하는 것은 약의 효과 때문이었습니다. 달이는 물

도 중요합니다. 한의학에서는 물의 종류가 많습니다. 오래된 병은 장류수라는 물로 끓이면 기가 느슨하게 흐르지만 오래갑니다. 이처럼 옛날 한의학에서는 약재의 준비에서부터 치료까지 한 사람이 모든 것을 총괄하였습니다. 그렇지만 소유와 생산이 구분되는 자본주의 시대에는 생산자가 일일이 전체 시스템을 알 필요가 없게 되었습니다. 이 시스템이 자연을 분석의 대상으로 만든 것이라고 할 수 있습니다. 밥을 짓는 것도 마찬가지입니다. 제가 처음에, 밥에 오행이 들어 있다고 말씀드렸던 것은 부분과 전체가 하나로 되어 있다는 의미였습니다. 부분과 전체와의 조화 속에서 모든 것이 이루어지던 것이 근대에 들어와서는 전체와 부분이 분리되었습니다.

왜 동양에는 자연이라는 개념이 없는가

동양에서의 자연이라는 개념은 '스스로 그러하다'라는 의미로 기의 운동 상태를 나타내는 단어였습니다. 이런 자연이라는 개념이 근대적인 의미를 갖고 동양에서 처음 쓰이기 시작한 것은 안도쇼에키(安藤昌益, 1703-1762)라는 일본 사람에 의해서인데, 그는 자생적인 공산주의자라고 칭할 정도로 급진적인 생각을 가진 사람이었습니다. 농업 생산력의 발전을 통해서 새로운 사회를 만들어 보겠다고 한 사람이죠. 그는 생산력의 발전이라는 발상을 갖고 있었기 때문에 자연을 저절로 흘러가는 것으로 볼 뿐만 아니라 그것에 일정한 작용을 가하여 변화를 유도하려고 했습니다. 그리고 이런 발상 속에서 자연은 저절로 있는 것이 아니라 실천의 대상, 변화의 대상이 될 수밖에 없고, 따라서 근대적인 의미에서의 새로운 자연이라는 개념이 필요했던 것입니다.

저는 환경운동이나 생태주의는 농업을 기반으로 해서 나가는 운동이 되어야 할 것으로 생각합니다. 왜냐하면 공업을 중심으로 해서는 그 환경에 대한 파괴적인 측면을 해결할 수 없습니다. 또 규모에서도 노자가 말한 작은 나라, 적은 국민(小國寡民)이 되어야 할 것으로 생각합니다. 그렇지 않고서는 근본적인 환경운동은 불가능할 것으로 생각합니다. 이런 점에서 동양적인 자연의 개념을 변화시키면서도 반자연적이지 않은 이론을 추구하고 농업에 기반한 사회, 공산주의적인 분배가 가능할 정도로 생산력이 발전된 사회를 꿈꾸었던 안도쇼에키에 주목할 필요가 있을 것입니다. 동양과 서양의 자연 개념에는 실천적인 관점의 차이가 있습니다. 동양의 한의학과 서양의 자연과학이 현격한 차이가 있듯이. 동양에서는 전체와 부분이 분리되지 않은 상태에서의 자연의 변화를 추구했습니다. 거기에서 예외적인 것이 도교(道敎)였습니다.[1]

도교의 특징은 연단술에서 잘 나타납니다. 연단술에는 내단과 외단이 있습니다. 내단은 기의 수련을 통해 장생불사를, 외단은 특정한 약물로 장생불사를 기원한 것입니다. 그런데 이 외단에서는 연단술사들이 실험을 하면서 수은, 황 등의 중금속을 복용해 보다가 죽기도 하고 부작용도 빈번히 일어났습니다. 이에 비해 연금술은 서양에서 이루어

---

1) 니덤은 도교를 "마술적이고 과학적이고 민주주의적이었으며 정치적으로는 혁명적"(니덤, 『중국의 과학과 문명』)인 체계로 보고 있다.

진 것인데, 금을 만들어 부를 추구하는 것이었습니다. 이것은 대상에 대한 변화를 극단으로 몰고 갔습니다. 여하튼 도교는 연단술을 통해 몸을 변화시키려고 했습니다. 물론 이 몸의 변화는 자연과 더불어 영원히 살려는 목적으로 이루어진 것이며, 자연과 나의 전체적인 조화 속에서 추구된 것이었습니다. 이에 비해 연금술은 보잘것없는 물질을 값어치 있는 물질로 만들기 위한, 곧 세속적인 부를 축적하기 위한 목적이 있었습니다.

동양이 전체와 부분을 나누지 않는 것은 농업 사회의 영향이 큽니다. 특히 쌀의 영향을 많이 받았다고 볼 수 있습니다. 쌀은 사시(四時)의 변화가 중요합니다. 인간이 해야 할 일은 그러한 사계절을 잘 살피고 따르는 것이라고 할 수 있습니다. 한의학에서는, 도를 아는 사람은 다른 것이 아니고 음양을 본받고 양생법을 잘 깨우친 사람이라고 합니다. 그러니까 도를 깨우친 사람은 자연을 변화시키는 사람이 아니라 음양의 이치를 잘 본받고 잘 조화시킨 사람인 것이죠. 옛날에는 산을 뚫거나 길을 닦는 것을 굉장히 부정적으로 생각했습니다. 이러한 내면에는 자연과 인간이 하나라는 의식이 있었기 때문이죠. 심지어 한의학에서는 인간의 정서마저도 자연에게서 얻어지는 것으로 얘기하고 있습니다.

『동의보감』을 보면, "우주 안에서 사람이 가장 귀하니, 머리가 둥근 것은 하늘을 본뜬 것이고 발이 모난 것은 땅을 본뜬 것이다. 하늘에 사시(四時)가 있듯이 사람에게는 사지(四肢)가 있고 하늘에 오행(五行)이 있듯이 사람에게는 오장(五臟)이 있다."라고 했습니다. 인간이 자연과 동일한 운동의 논리뿐만 아니라 구조까지도 같다고 보는 겁니다. 그런가 하면 "하늘에 해와 달이 있듯이 사람에게는 두 눈이 있고, 하늘에 밤과 낮이 있는 것처럼 사람도 잘 때와 깰 때가 있다. 하늘에 천둥과 번개가 있듯이 사람에게는 기쁨과 분노가 있고, 하늘에 비와 이슬이 있듯이 사람에게는 콧물과 눈물이 있다. 하늘에 음양이 있듯이 사람에게는 한열(寒熱)이 있다. 땅에 수맥(水脈)이 있듯이 사람에게는 혈맥(血脈)이 있고, 땅에 풀과 나무가 있듯이 사람에게도 털과 머리카락이 있다. 땅이 쇠붙이와 돌이 있듯이 사람에게도 치아(齒牙)가 있다. 이 모두는 사대(四大)와 오행(五行)을 품부 받아 짐짓 합하여 잠시 형체를 이룬 것뿐이다."라고 했습니다.

인간은 그러한 자연의 구조와 똑같은 구조를 타고났기 때문에 그 자체가 그대로 작은 우주를 이룹니다. 이러한 소우주로서의 기 덩어리인 몸에 외부에서 사기(邪氣)의 작용이 있고, 음식물 등에 의한 작용이 있으며, 정신적·육체적 과로로 인한 작용이 있을 수 있습니다. 이런 내외의 기의 상호작용에 의해 병이 생깁니다.[2] 그러기에 자연

---

2) 한의학은 병, 즉 기의 불균형을, 침이나 약과 같은 방법으로 다시 역동적 균형 상태(state of dynamic equilibrium)로 만든다. 그 방법은 외부에서 들어온 바이러스를 죽이는 작업이 아니며 병적으로 바뀐 신체의 일부분을 제거하는 수술이 아니다. 한의학에서 약을 사용하고 침을 사용하지만 그것은 어디까지나 기의 사용이다. 기와 더불어 미(味, flavor)라는 형질적(形質的)인 내용이 없는 것은 아니지만 그것은 기의 음적(陰的)인 측면에 불과하다. 그러므로 쇠붙이인 침을 몸 안에 찔러 넣지만 그것은 물리적인 자극을 주기 위한 것이 아니다. 우리 몸을 흐르는 기의 정교한 체계인 경락에 일정한 영향을 주어 교란된 기의 체계를 다시 바로잡기 위한 방법에 불과한 것이다. 약을 먹는 경우도 마찬가지이다. 한약은 액체나 고체를 먹는 것이 아니다. 한약은 기 덩어리를 먹는 것이다. 그러므로 한의학에서는 한약을 볼 때 그 화학적 성분을 보지 않고 그것이 찬가 더운가, 밖으로 밀어내는 힘이 있는가 아래로 내리는 힘이 있는가 하는 기적(氣的)인 측면을 본다.

을 정확히 알고 그 법칙에 따라서 사는 것이 건강하게 오래 살 수 있는 길입니다.

이와 연관하여 동양에서의 시공 개념을 살펴볼 필요가 있습니다. 옛날에 시골을 여행하다 보면 당황하게 되는 때가 있었습니다. 길을 물어보려고 그곳에 사는 분께 여쭤보면 조금 가면 된다는 식으로 대답하는데, 막상 가보면 매우 먼 거리일 때가 종종 있었습니다. 이는 그분이 길을 잘못 알고 있어서가 아니라 나에게 있어서의 시간으로 말한 것입니다. 시간이나 공간이 1시간, 1m이런 식으로 객관적으로 존재하는 것이라기보다는 나의 실천에 있어서의 시간이고 공간으로 존재하는 것입니다. 이런 대표적인 예가 한의학에서 사용하는 거리 개념인 골도법(骨度法)이라는 것이 있습니다. 이는 거리의 단위인 척이나 촌을 각 개인의 신체 구조 속에서 각기 정해 주는 것입니다. 그중의 한 방법은 엄지손가락과 가운데 손가락을 마주 닿게 하여 가운데 손가락의 둘째 마디의 길이를 1촌으로 잡는 것입니다. 이런 식으로 거리를 잰다면 고정된 1촌의 객관적 기준은 없어집니다. 이는 물체는 물론 시간과 공간마저도 주관이 혼입된 개념으로 만드는 것입니다. 바로 이런 것이 동양적인 자연관의 한 측면이라고 하겠습니다.

한의학에서는, 예를 들어 감기가 걸리면 외부의 찬 기운이나 바람이라는 나쁜 기가 몸에 들어온 것으로 본다. 그러므로 초기에는 이런 나쁜 기운을 몰아내는 약을 사용한다. 이때 쓰이는 약은 당연히 마황(麻黃)이나 계지(桂枝)와 같이 나쁜 기를 밖으로 몰아내는 힘이 있는 약이 사용된다. 반면에 이미 찬 기운이 몸에 들어와 오래 되었으면 몸을 따뜻하게 하는 약을 쓰게 되는 것이다. 바로 이런 점이 몸을 바라보는 동서양의 결정적인 차이이며, 동시에 이런 차이가 서로 몸이라는 동일한 대상을 다루지만 너무도 상이한 인식 체계와 결론에 이르게 한 것이다.

자연에 대한 동양적 분석

동양에서 전체와 부분이 분리된 적이 없다고 말했는데, 그 분석이 전혀 없었다고는 볼 수 없습니다. 분석이 없이는 종합이라는 것도 있을 수 없죠, 동양에도 분석 방법이 있는데, 비류취상(比類取象)이 그것입니다. 이는 물류상감(物類相感)을 전제로 합니다. 개별적인 사물들이 그 종류별로 서로 교감하고 있다고 보는 겁니다. 어떤 부류에 속하느냐, 어떤 기를 가지고 있느냐 하고 말하려면 분석을 해야 되겠죠. 이때 기는 성분이 아니라 성질입니다. 그것이 아래로 내려가느냐, 끈적끈적하게 하느냐를 분석하는 거죠. 평(平)이라는 것은 치우치지 않는 거죠. 중용과 같은 의미로 생각하면 됩니다.

건강하려면 자연의 법칙에 맞추어야 한다는 한의학적인 인식과 마찬가지로, 환경문제를 거론하면서 자연을 어떻게 바꿀 것인가 논하기보다는 그 자연에 맞는 사회구조를 설정해야 한다고 생각합니다. 물이 오염되니까 샴푸를 사용하지 말자 하는 차원의 환경운동은 성공하지 못할 것입니다. 전 세계의 농업을 유기농법으로 바꾼다면 인구의 상당수가 없어져야 할지도 모릅니다. 유기농법의 생산력으로는 전 세계의 인구를 다 먹여 살릴 수가 없기 때문입니다. 노자의 '소국과민'이라고 하는 이상적인 사회 형태를 한의학에서도 받아들이고 있습니다. 그러나 지금 우리는 그런 나라를 실현할 수가 없습니다. 만일 그러한 나라를 만들 수 있다고 하더라도 많은 시간과 노력이 필요할 것입니다. 따라서 환경운동을 하려면 환경운동을 할 수 있는 사회구조내지는 토대를 염두에 두어야 합니다. 서양적인 방법으로 갈 것이냐

아니면 한의학적인 동양적인 방법으로 갈 것이냐 하는 검토도 있어야
할 것입니다.

몸이란 무엇인가

대상을 열린계로 보느냐 아니면 닫힌계로 보느냐 하는 이론이 있습
니다.. 우리 인체를 닫힌계로 보는 것이 서양의학이죠. 이것은 세포면
세포, 분자면 분자, 원자면 원자가 일정한 자기 구조를 갖고 있다고
설정합니다. 만일 열려 있다면 그것은 물질로서 성립하지 않는다고
봅니다. 이러한 닫힌계를 대상으로 했을 때는 항상 동일한 방법과 실
험을 통해서 동일한 결과가 나올 수 있는 가능성이 있습니다. 반면에
열린계는 고정된 실체로서의 물질이 아니기 때문에 그때그때마다 다
른 실험 결과가 나오기 마련입니다.

근대 서양과학은 자연을 닫힌계로 보았고, 동양은 열린계로 보았습
니다. 그럴 수밖에 없는 것이, 몸을 포함한 온 우주를 하나의 '기'로
보기 때문입니다. 우리 몸에는 크게 12가지 경락(經絡)이 있고, 그 자
리를 기(氣)가 통과하고 있습니다. 기가 폐에서부터 흘러서 몸의 여기
저기를 돌다가 폐라는 곳에 가서 잠깐 모양을 만들고, 이것이 다시 다
른 것과 연결이 되어서 흐르다가 간경이 되어 간이라는 것을 만들어
냅니다. 이런 식으로 다 열려 있습니다. 이를테면 물이 동일한 수원에
서 나와 흘러가다가 'A'라는 저수지를 만들고 'B'라는 호수를 만들고
이런 식으로 본 것입니다. 인간은 오장육부가 있습니다. 그리고 몸의
내부와 외부를 연결시켜 주는 것이 있습니다. 그것은 입도 될 수 있겠

고 오감(五感)도 될 수 있겠죠. 이런 것들이 다 외부와 내부를 연결시켜 주는 것이 됩니다. 우리가 감기에 걸릴 때 피부 등을 통해 외부와 연결되겠죠. 그리고 자연이라는 것이 있고 인간과 인간 사이의 관계가 있습니다.

그래서 동양이나 한의학에서는 하나하나를 나누는 것이 아니라 그것들이 조화를 이루어야 한다고 말합니다. 가화만사성(家和萬事成)이라고 말할 때 '화'(和)라는 말이 있습니다. 이 말은 '화목하다'로 풀 수 있지만, '조화롭다'라는 의미에 더 가깝습니다. 이를테면 아버지와 아들이 친구처럼 지내는 집도 있지만, 옛날 사람들이 봤을 때는 그게 아니죠. 아버지는 아버지로서의 역할이 있는 것이고, 그 당시는 가부장 사회니까 아버지의 권위와 무게가 좀 있어야 되는 거죠. '화이부동'(和而不同; 서로 잘 어울리지만 같지는 않다)이 되어야 하는 것이죠. 이런 식으로 화가 이루어진 것이라고 봤던 겁니다. 이것은 인간의 관계뿐만 아니라 인간의 오장육부와의 조화, 또 외부와 내부 간의 조화가 되어야 하는 것이죠. 인간과 인간 사이의 관계에서도, 자연과 인간의 관계에서도 화가 이루어져야 하는 것이죠. 이런 생각들이 잘못 이해되어서 동양적인 세계, 한의학적인 세계는 화해와 조화로만 이루어져 있다고 봅니다. 그래서 어떤 변화나 변혁에 있어서 투쟁 의지를 말살시키는 것으로 오해되어 왔습니다.

물론 잘못된 부분도 있습니다. 그런 것은 『주역』 체계를 따랐기 때문에 그런 것인데, 이를테면 남존여비 같은 것들이죠. 천(天)은 높은 것이며 고귀한 것이고, 지(地)는 낮은 것이며 비참한 것이고, 천(天)은 남자고 지(地)는 여자고, 남자는 세고 여자는 나쁘며 약하고. 그런 식으로 사회에 가치를 부여하고 사회질서를 유지하려고 했던 점에서는 문제가 상당히 있다고 볼 수 있습니다. 그러나 그 당시 남존여비, 가부장적인 사회구조가 아니었더라면 당시 사회는 유지되지 못했을 것입니다. 그 사회에서 페미니즘을 주장한다는 것은 반(反)사회적이고 사회 생산력을 깨뜨리는 결과를 가져왔을 것입니다. 페미니즘이 언제 나왔습니까? 여자들이 생산력으로 활용되어야 하기 때문에, 여권이 신장될 필요가 있었기 때문에 나왔던 겁니다. 항상 어떤 이데올로기라든가 주의 혹은 주장은 당시의 사회적인 변화와 무관하지 않습니다. 물론 우리가 지향하는 사회가 어떤 사회인지에 대해서 지금은 논의할 수가 없을 것 같습니다. 제가 지향하는 사회가 어떤 것인지 모를뿐더러, 여러분이 가지고 있는 생각도 차이가 클 것이라고 생각됩니다.

　여기서 제가 말씀드리려고 하는 것을 한마디로 요약하면 다음과 같습니다. 한의학에서는 전체와 부분을 분리하지 않은 상태에서 변화와 분석을 추구했습니다. 전체와 부분을 분리하여 개별에 대한 분석과 실천을 해온 서양적인 근대적 개념은 동양에서는 없었습니다. 또 한 주체와 객체가 하나로 되어 있었습니다. 그렇다면 앞으로 어떻게 보고 또 어떻게 변화시켜야 할까요? 자연철학 부분에서는 대상을 열린계로 볼 것이냐 닫힌계로 볼 것이냐와 연관될 수도 있습니다. 또 부분과 전체를 통일적이고 유기체적으로 논의하려면 어떤 방법이 좋을지도 얘기해야 할 것입니다. 그러나 이 모든 노력은 지향하는 사회구조를 전제로 할 때 지속성을 갖게 됩니다. 한의학에서는 인간의 내부와 외부의 조화를 추구합니다. 그 방법으로는 음양과 오행이라는 방법이 사용되는데 서양과학과의 관계를 어떻게 풀어가야 할지 큰 숙제입니다.

문: 기(氣)에 대해서 쉽게 설명을 해주셨으면 좋겠습니다.

답: 중국의 철학자들은 에테르나 아톰을 '기'라고 표현하기도 합니다. 사실 중국에서도 기는 별로 철학적인 고민의 대상이 아니었습니다. 현재의 중국이나 공산화된 국가에서는 기를 물질로 보고 있습니다. 물론 서양적인 의미에서 물질은 아닌 것 같습니다. 기라는 것을 딱 정해 놓고 있지 않으니까 편한 점도 있습니다. 하나 가지고 이것저것으로 사용할 수 있으니까요. 경락이라는 것이, 기라는 것이 실재하느냐 하는 것은 서양과학적인 측면에서 제기된 질문입니다. 작용이 있는 곳에 실재가 있다는 유물론적인 전제에서 실제로 경락의 실체를 발견했다고 하는 발표가 있었습니다만, 그것이 반복 실험을 통해서 상당 부분 실패를 했다고 합니다. 특히 일본하고 러시아에서 엄청난 연구를 했는데 다시 발견하는 데 실패를 했습니다. 기는 그냥 모든 것을 이루고 있는 어떤 것 정도로 이해해도 좋을 것 같습니다.

문: 생명이라는 개념을 동양학, 한의학에서 어떻게 설명할 수 있는지요?

답: 생명(生命)이란 사람이 땅에서 생겨났는데(生) 자기 명(命)을 하늘에 걸었다는 겁니다. 실로 매달았다고 생각하면 됩니다. 그래서 몸이라는 것은 땅이 음(陰)에서 만들어졌는데, 그 안에 '명'이 있습니다.

명이라는 것은 하늘의 명령입니다. 그것을 하늘에다 매달았습니다.

천지가 합해져야지 사람의 생명이 태어난다고 보고 있습니다. 생명이라고 했을 때는 사실 천지의 기가 합해져서 생겨난 일시적인 산물이라고 보는 거죠. 그러니까 기의 이합집산(離合集散)에 의해서, 음적인 땅의 기와 양(陽)적인 하늘의 기가 합해져서 사람의 생명이 된다고 보고 있습니다. 이는 창조된 것이라기보다는 기의 한 형태라고 볼 수도 있겠습니다. 그리고 참고적으로 천지창조라는 말을 기독교에서 사용하고 있는데, 초창기에 그리스도교가 전파될 때, 천지라는 말이 자연과 가장 흡사하기 때문에 사용한 것이 아닌가 생각이 듭니다. 조물주라는 말도 만들어 낸 것이죠. 동양에서도 주(主)라는 개념은 없어도 조물이라는 개념이 있어서 조물주라는 개념을 쓴 것으로 알고 있습니다. 주(主)라는 개념이 천주(天主)라는 개념으로 쓰이게 된 것은 기독교에 의해서 쓰인 것으로 알고 있는데요. 조물자(造物者)에서 조(造)라는 것을 없는 것을 새로 만들어 내는 것이 아니고요, 개별적인 사물들을 화(和)시키는 사람 그것이 조물주, 동양에서는 조물자였습니다. 생명이라는 것도 어디서 갑자기 나온 것으로 보기보다는 어머니의 몸을 빌어서 나온 것입니다. 어머니는 음이죠, 지(地).

기의 운동 형태, 과정을 보면, 동물, 식물, 인간은 다 같은 일기(一氣)의 형태를 갖습니다. 이 가운데 동물이라는 것은 옆으로 자라기 때문에 횡생(橫生)한다고 하고, 식물은 땅에서 위로 자라기 때문에 통생(通生)한다고 합니다.

문: 한의학은 사회를 안정되게 만드는 이데올로기의 총아가 아닌가 생각됩니다. 시대가 달라졌음에도 불구하고 오늘날에도 통용되는 것은 보편적인 원리가 있기 때문이 아닐까요? 한의학적 사고가 자연

76

과 인간이 잘 조화된다는 측면이 있다고들 하는데, 그 자체로 어떤 초월적인 측면이 있는 것은 아닐까요?

답: 원리 없이 이루어지는 것도 있습니다. 저는 기술(Art)이라는 측면이 한의학의 생명력을 강하게 했다고 생각합니다. 만일 한의학이 철학이었다면 살아남지 못했을 것이라고 생각합니다. 동양의 과학 중에 유일하게 살아남은 것이 한의학입니다. 건축학, 지리학, 식물학 다 깨졌습니다. 한의학이 살아남아 있을 수 있었던 것은 한의학의 독특한 유기체적인 관점이라든지 열린계적인 사고에 있다고 봅니다. 그러나 그것보다도 더 중요한 것은 한의학이 '기술'(技術)이었기 때문이라고 생각합니다. 현실을 구성하는 것은 원리로만 이루어지는 것이 아닙니다.

사회운동을 하는 사람들에게는 하나의 지향점이 있습니다. 그러나 지금은 그 지향점이 없습니다. 저는 오히려 잘됐다고 생각합니다. 왜냐하면 우리가 앞으로 지향하면서 살고 싶은 세상은 엑스레이 사진에 나타나듯이 사는 모습이 아니라 따뜻하고 풍부한 인간적인 사회의 모습이기 때문이죠. 원리적인 측면에서 무엇인가를 찾아내는 것도 중요하지만 이런저런 다양한 측면들의 고민들을 묶어 새로운 구호들을 찾아낼 수 있지 않을까 생각해 봅니다.

그리고 조화 속에 '초월'이라는 개념이 있는 것이 아닌가 하셨는데요. 한의학에 신(神)이라는 개념이 있습니다. 신이라는 것은 귀신이죠. 귀신이라는 것은 무서운 것도 되지만 알 수 없는 것이죠. 요즈음 양방병원에 가보면 "당신, 신경성입니다." 하는 말을 합니다. 사실 신경성이라는 말은 원인을 모른다는 말하고 같은 의미라고 할 수 있습니다. 기질적인 문제가 보이지 않기 때문에 모른다는 것이죠. 한의학에서는 음양불측(陰陽不測)한 것, 곧 음양이 서로 조화를 이루고 운동을 해 가는데 그것을 가늠할 수도 측량할 수도 없다고 하여 신기하게 여깁니다. 그런 의미에서의 신입니다. 또 한편으로는 인간의 생명 현상이 발의(발현)되는 그 자체를 신이라고 표현합니다. 우리가 '신명 난다' 그러지 않습니까? 그 신명은 '기분이 좋다'는 말이 아닙니다. 그것은 내 몸과 마음에 음양의 조화가 극에 달해서 몸도 좋고 마음도 좋다고 하는 것이죠. 마태오 리치라는 분은 'God'라는 개념을 마땅히 대치할 수 있는 개념을 중국에서 못 찾았어요. 그래서 천주라는 개념을 썼다고 하는데, 이것은 동양적인 의미와 아주 딱 들어맞는다고 볼 수 없다고 생각합니다. 제 생각으로는, 한의학은 물론 동양에 어떤 초월적인 존재가 설정된 적은 없었다고 생각합니다.

동양 사상과 생명적 사고

송항룡

생명: "현재, 여기, 살아 있어야 한다"

생명적 사고, 환경, 생명에 대한 관심이 커지면서 동양 사상에 상당한 관심이 쏠리고 있습니다. 그런데 동양 사상 즉 유교, 불교 사상 그리고 제가 전공하고 있는 노장 사상을 하나로 꿸 수 있는 것은 생명 사상입니다. 동양은 '생명'으로부터 출발하거든요. 동양 사상의 전부를 꿸 수 있는 사상은 '생명'이죠. 생명은 번역, 즉 생생지역(生生之易)입니다. 생생하게 살아 있는 것을 말하는 것이죠.

생명은 현장성, 시간상으로 현존하는 특징이 있어요. 어저께 살아 있었던 것은 살아 있는 것이 아니거든요. 내일 살아 있을 것이라고 해서 살아 있는 것이 아니에요. 살아 있는 것은 항상 현존합니다. '시중'(時中)은 현존성을 이르는 말이에요. '때에 맞게', '적절하게', '시대에 맞게'라고 이야기하는데, 모두 다 여기에서 나온 얘기예요. 퇴계나 공자가 살고 있던 시대를 현존이라고 하지 않아요. 그건 옛날이죠. 현재는 내가 선 자리가 현재예요. 그보다 더 현재는 없어요. 내가 선 자리, 그중에서도 남이 선 자리보다 내가 선 자리가 더 직접적이에요.

'나에게' 주어지는 현재의 실존을 동양 사상에서는 생명이라 말하는데, 생명의 특성을 보게 되면 첫 번째가 '동일성의 거부'예요. 이 세상에 존재하고 있는 생명은 같은 생명이 하나도 없어요. 같은 생명이 하나도 없기 때문에 다 각자 자기 존재 이유를 가집니다. 저 송항룡이 몇 만 년 거슬러 올라가도 나하고 같은 존재는 없어요. 이 지구상에도 없고 미래에도 없을 거예요. 유일하게 있죠. 이렇게 존재하는 것이 생명이죠.

두 번째는 '반복성의 거부'예요. 살아 있는 생명은 반복이 불가능해요. 사람은 지금의 인생을 두 번 살 수가 없죠. 한 번 살고 가는 거예요. 뒤로 물러나서 다시 살 수가 없어요. 반복이 불가능한 것이죠.

세 번째 특성은 '불변성의 거부'예요. 살아 있는 것 중에 변하지 않은 채 존재하는 것이란 없어요. 꽃 한 송이도 보게 되면 시시각각으로 변해요. 만들어진 조화는 그대로 있지만, 생화는 오늘 아침에 다르고 저녁에 달라요. 살아 있는 것은 잠시라도 변하지 않은 모습으로는 존재하지 않아요.

네 번째는 불변성하고 비슷할 수도 있는데, '고정성의 거부'를 들 수 있어요. 가만히 붙박이로 고정돼 있을 수 없어요. 살아 있는 거는 언제나 유동성이죠.

다섯 번째는 '일정성의 거부'예요. 일정성이 거부되지 않는 것은 죽어 있는 세계에나 있는 거예요. '차이성'을 일컫는 말이에요. 달리 말하면 다양하다고 할 수 있을지 모르지요. 다양하다기 보다는 차이, 더 구체적으로 말하면 개별성이라고 해야 할는지 몰라요.

사실 동양의 철학은 보편이 무너지는 철학이에요. 동일성이 무너지니까 보편이 무너질 수밖에요. 그리고 남는 건 특수이죠. 특수가 뭐냐. 현장은 특수밖에 없어요. 보편은 현장성을 가지는 게 아니에요. 사람, 사람으로 있는 사람은 하나도 없어요. 여기 앉아 있는 선생님들 중 누구도 사람으로 지칭되지 못해요. 그건 아주 공허한 개념이에요. 구체적으로 있을 때에는 김 아무개, 송 아무개, 바로 '나'가 있는 거예요. 어느 누구와도 같지 않은 게 '나'거든요. 시간적으로도 같은 게 있을 수 없고, 공간적으로도 같은 게 있을 수 없어요. 그렇게 존재하는 게 바로 현실이고, 그래서 동양에서는 현실로 내려오라고 하지요. 관념에서 떠들지 말고 '여기'로 내려오라는 말이에요. 동양 철학이 생명을 다루기 때문에 가장 먼저 대두되는 문제가 언어 문제예요. '여기서, 여기'라고 하는 언어 문제가 가장 컸죠. 그걸 장자가 이어받아 파헤치고 다음으로 달마를 지나, 육조 혜능에 와서 소위 선생님들이 많이 알고 계시는 불교에 이르는 겁니다. '선', 우리가 알고 있는 불교가 선불교, 대승불교거든요. 이때 나온『금강경오가해』가 선학에서 언어의 문제를 확 열어 놓고 있다고 볼 수 있어요. 선승들이 주고 간 화두지요. 우리가 알고 있는 중국 불교는 불교라는 아버지하고 노자, 장자라고 하는 어머니 사이에서 태어난 아들이라고 할 수 있어요. 부모보다 훨씬 폭이 넓고 훨씬 똑똑한 자식이죠. 아버지보다는 엄마를 많이 닮았기 때문일 거예요. 노장적 성격을 많이 가지고 있어요.

또 이것(중국 불교)하고 공자, 맹자라고 하는 아버지하고 만나서 태어난 것이 성리학이에요. 성리학도 아버지보다는 어머니를 많이 닮았어요. 그래서 노장 사상과 불교를 모르고 성리학을 한다는 것은 문제가 좀 있죠. 만약 이성계가 쿠데타를 일으키지 않고 성리학이 순리대로 계승되어 왔더라면 한국 성리학은 많이 달라졌을 거예요. 쿠데타를 일으켜(비합리적으로) 정권을 강탈하고 나니까 자기를 정당화하기 위해 과거의 것들을 전부 이단으로 몰아 버리게 되지요. 그것이 자기의 피와 살인데, 그것도 모르고 이단으로 내치니까 자신이 이상하게 되는 것은 당연하죠. 사실 한국 성리학은 중국 성리학하고는 조금 달라요. 나쁘게 발전했다는 말을 하려는 게 아니라 성격이 다르다는 얘기를 하는 거예요. 오늘날 노장이니, 불교가 이단으로 되어 있지 않잖아요. 그것처럼 21세기에 접어들면서 한국 유학사, 철학사의 한 획을 그으려면 주자학도 다시 봐야 해요. 성리학은 퇴계나 율곡만 보아서는 안 돼요. 넓어져야 해요. 어디로 돌아가야 되느냐, 동양의 본래의 입장이 뭐냐, 본래의 뿌리가 뭐냐 하는 데서부터 다시 검토해야 한다는 얘기이기도 해요.

하여튼 생명은 '반복성의 거부'니까 항상 '일회성'이죠. '불변성의 거부'니까 '변화성'이죠. '고정성의 거부'니까 유동성이죠. '일정성의 거부'니까 '임의성'을 띤다고 볼 수 있어요. 이러한 속성을 가진 것을 살아서 존재한다고 하는 겁니다. 모든 존재는 살아 있다.

동양은 돌맹이 하나도, 풀 한 포기도, 물도 다 살아 있는 것으로 봐요. 모든 존재자는 다 살아 있는 거고, 그 정의가 어디서 오느냐면 '여기서' 온다. 여기라는 것이 뭐냐 하면 '모든 존재하고 있는 것은 시공간상에 있다.'는 것이에요. 모든 존재하는 것은 시간과 공간상에 있다는 거예요.

선생님들께 다소 실례되는 질문 하나 던지겠습니다. 불변하는 게 뭐가 있을까요? 신성을 불변적이라고 해야 하나요. 그건 이쪽에서 보면 허구 개념이에요. 허구 개념, 실재하는 게 아니에요. 그건 인간의 필요에 의해서, 요구성에 의해서 요청된 것이지, 실재하는 게 아니에요. 동양 사상의 실재자를 정의하는 모든 것은 시공간을 벗어나서 존재하지 못해요. 여기서부터 철학은 시작되죠. 시공간, 여기라는 말은 사실 변해요. 변화 철학, 변한다는 것을 알기 쉽게 말하면 '시공간 속에 존재한다.'고 할 수 있어요. 『주역』은 이 세상에 있는 존재자의 정의를 내리는 책이에요. 동양에서는 존재자를 포섭할 수 있는 외연이 제일 넓은 개념을 '우주'라고 해요. 宇宙. 우주 안에 포섭되지 않는 존재는 없어요. 여기서 '우'(宇)는 공간을 말하는 거예요. 공간(空間)은 사방(四方), 동서남북이 사방이죠. 우리는 공간을, 사방을 '우'라고 그래요. '주'(宙)는 뭔고 하면 시간이에요. 왕고래금(往古來今)이 주예요. 우(宇)는 공간을 말하는 것이고, 주(宙)는 시간을 말하는 거예요. 이 안에 있는 것만 존재하는 거죠. 다시 말해 시간과 공간은 모든 존재자의 존재 형식이에요. 이것 없이 존재하는 것은 없다고 보는 것이 동양 사상의 출발점이에요. 있는 것만이 실재자다. 그래서 동양의 진리관은 '진리는 공허한 것이어서는 안 된다.'는 것이에요. '실제로 있는 것이어야 한다.'는 데 기반을 두고 있어요. 서양에서 말하는 진리의 정의는 그렇지가 않아요. '보편타당한 것이 있어야 한다.' 이렇게 말해요. 실제로 존재하고 안 하고는 상관이 없어요. 보편타당한 것이어야 하죠.

"성인들 - 제일 나쁜 X들이다"

그렇다면 동양에서 말하는 '진리는 실재하는 것이어야 한다.' '실재하는 것'이란 뭘까요? 살아 있다. 그래서 실재하는 존재자이죠. 살아 있기 때문에, 인식하는 주체, 내가 그 살아 있는 존재자와 마주서려면 나의 사고가 살아 있어야 해요. 생명적 사고를 해야죠. 그게 죽어 있으면 못 봐요. 그래서 살아 있는 사고, 살아 있는 말을 요구하는 거예요. 전부 살아 있는 게 문제예요.

각설하고, 존재자, 생명적 존재자는 이렇게 있어요. 시공간상에 있다는 거예요. 그러니까 이 세상에 변하지 않고 존재하는 것은 하나도 없다고 봐야죠. '진리는 보편타당하다.'는 말은 시간과 공간의 지배를 받지 않는다는 말인데, 동양의 눈으로 보면 거짓말이에요. 사실 진리는 '동서고금을 초월해서 변하지 않고 있는 존재'라고들 하지요. '동서'하면 공간이고, '고금'하면 시간이잖아요. 그래서 동양 철학자들은 그걸 두고 거짓말이라고 그래요. 있지 않은 걸 가지고 말하니까요. 그런 전례가 있다 하더라도 그건 공허하고 우리와는 아무 상관없는 거예요. 아까 말했듯이, 내가 사는 것은 백 년 전에 사는 것도 아니고 백년 후에 사는 것도 아니고, 지금을 살아요. 지금 있게 되면 지금 여기에서 문제 삼아야 해요. 지나간 것은 죽은 존재예요. 때문에 '동서고금을 초월해서', 뭐 이런 정의를 내리진 않아요. 그럼 어떻게 내리느냐, 지금 이 옆에 있는 게 뭐냐, 이거예요. 그 실상의 세계를 선의 세계로 보는 거예요. 노자, 장자식으로 얘기하면 그게 '자연'이에요. 살아 있는 생명과 그걸 인식하는 것, 거기에 사고의 초점을 맞추면 살아 있는 사고가 되고 선이 되는 거예요. 선의 세계.

우리가 기차를 타고 갈 때, 복선인 경우 이 차가 가는 속도로 옆에 차가 가면 제대로 보여요. 앉아 있는 저쪽이. 나는 서 있고, 획 지나가면 뭐가 탔는지 몰라요. 대상의 세계가 살아 있기 때문에 나도 살아 있어야 한 호흡을 할 수 있다, 이렇게 보는 게 지금 서양에서 동양에 관심을 가지는 키포인트예요. 서양에서 동양에 관심을 가지기 시작한 것은 존재 형식이 무너지면서부터예요. 언제 무너지죠? 무너지는 시점을 '신과학'이라고 해요. 이게 무너지기 전까지를 고전물리학이라고 하는 거예요. 고전물리학이 뭐냐, 시간과 공간이 일정하다고 보는 걸 말해요. 고정돼 있다고 보는 거예요. 절대공간, 절대시간이라고 해요. 변하지 않고 일정하게 존재하는 기반 위에 있으니까 존재자도 일정하게 보려는 거죠.

이게(존재 형식) 무너진 게 아인슈타인으로부터 시작하여 하이젠베르그, 보잉, 슈뢰딩거……. 이렇게 이어오는 것이 신과학이에요. 차 타고 갈 때의 시간하고 밖에 있을 때의 시간이 달라진다고 봐요. 비행기 타고 있을 때 시간도 그래요. 우주선 탔을 때의 시간도 달라진다고 보긴 마찬가지예요.

동양은 어떤가? 사랑하는 사람하고 앉아 있을 때의 시간이 달라진다고 봐요. 미운 사람하고 있을 때도 달라요. 거리도 마찬가지예요. 밤의 공간이 다르고 낮의 공간이 달라요. 선생님들 밤에 차타고 가보세요. 굉장히 멀어요. 아침에 다시 와보면 '아, 이렇게 가까웠는데 멀게 느껴졌어!' 이러거든요. 분명 밤에는 멀어요. 서양적 사고로는 시간이고, 거리고, 공간이고 간에 일정한 잣대를 만들어요. 그 잣대로 재니까 밤에 더 길다는 걸 착각이다 그런다고요. 직접 부딪혀 운전해가면서 암만 정신 차리고 가도 먼데도 말예요. 도대체 그 차이를 인정을 안 해요. 간접적으로 자를 갖다 대보고 거기에 의지해 확인되는 것만을 인정하려고 해요. 제 아무리 정신을 차리고 가도 밤에 가면 멀어요. 옛날 선인들이 그랬잖아요. 심부름 보내면서 "밤길은 머니라, 어서 서둘러 떠나라." 그런 얘기들 많이 하잖아요. 왜 직접적으로 나하고 마주선 걸 인정 안 하고 간접적인 도구를 이용하고서야 그걸 맞다고 판단하는 거예요.

이쯤 되면 데카르트가 말한 '인간은 이성적 동물이다.' 하는 정의도 무너져요. 동양에서 말하는 인간은 마음을 가진 동물이지, 이성적 동물이 아니에요. 그래서 동양은 심(心)을 문제 삼죠. 우리나라에서 그 무서운 사칠논쟁이 벌어진 것도 이것에 대한 싸움이에요. 기거봉하고 퇴계 선생하고 오랫동안 싸운 것도 마음, 정(情)에 대한 싸움이었어요. 동양의 철학 논쟁 가운데 가장 빈번한 것이 인간의 마음에 대한 싸움이에요. 서양에서라면 아마 문젯거리조차 되지 않았을지 몰라요. 그러나 마음이란 그냥 가만히 있는 게 아니에요. 복잡성이 존재해요.

불교에서 이를 일컬어 백팔번뇌라고 하죠. 백팔번뇌란 1백 8가지 마음을 말해요. 이 중에 하나가 이성이에요. 그 많은 기능 중에 한 가닥의 기능이죠. 한 가닥으로 인간 전체를 커버해 가며 '이성적 동물'이라고 하는 건 무리한 발상이에요. 여기에 '인간 이해'의 모순이 있다고 봐요. 이것은 인간 이해만 아니라 인간과 마주선 물상, 이른바 과학의 세계, 물리의 세계에 대한 이해까지도 그르칠 수 있어요. 신과학 쪽에서 보면 이래요. 과학 실험을 할 때 우리는 감성적인 요소는 배제하고 맨 이성으로만 봐요. 그런데 이성에 사로잡히지 않고 감성 앞에만 마주서는 물질세계를 보게 된 것예요. 그동안 너무 단순하게 생각해 왔음을 알게 된 거죠. 그래서 동양적인 면에 관심을 갖는 거구요.

동양의 주역과 노장은 어떤가요. 시중에 나와 있는 책을 보세요. '2천 년 전 선인들이 이러한 사고를 하다니.' 하게 될 거예요.

생명과 반대되는 것은 기계예요. 기계는 일정해야 돼요, 결국 고정적이고요. 기계요? 또 반복해야 돼요. 반복이라는 게 없으면 법칙이라는 게 존재하지 않으니까요. 따라서 법칙에 기반하는 과학은 생명의 세계에서는 존재하지 않아요. 과학화한다는 것은 생명을 죽이는 작업이에요. 죽여 놓고야 존재한다고 말하는 거예요. 동양에서는 이걸 날카롭게 본 거죠. 어느 시점에서냐 하면은 '역'(易), 우리는 이것을 (제 아무리 복잡해도) 두 가지 부호로 볼 수 있다고 봐요. 음양(陰陽), 그것은 시간과 공간에 대한 부호예요. 우리는 공간화시키지 않고는 알 수가 없잖아요. 여기에 딜레마가 있기도 하지만요. 개념이라는 것, 문자라는 것은 전부 공간화시키는 거예요. 공간화시켜서 죽이는 작업을 하는 거예요. 공자가 말한 인(仁)은 3천 년 전에도 인(仁)이고, 지금도 인(仁)이에요. 죽었으니까 변화성을 가질 수가 없어요. 이것이 문자의 한계예요(이 한계를 지적하는 게 언어 문제예요). 우리는 시간을 표기할 수가 없어요. 표기를 하려면 공간화시켜야만 하지요. 한 금 가는 것, 이거 공간이거든요. 공간화시켜야 시간을 알 수가 있어요. 생명도 살아 있는 걸 공간화시켜야 해요. 다만 공간화하게 되면, 공간적이 되는 딜레마에 빠지니 문제지요.

이러한 점이 『주역』에서 누차 강조돼요. 우선 '효'(爻)라고 하는 하나의 예를 들어봅시다. 그 '효'는 고정된 위치에 있는 것이 아닙니다. 따라서 『주역』을 살아 있는 것으로서의 '효'를 보려면 (어쩔 수 없이) 공간적 부호 속에 시간이 들어 있다는 사실을 알아야 합니다. 그래서 사람들은 역을 보기 힘들다고 해요. 살아 있는 것, 쉽게 말하면 문자는 다 죽어 있는 거고, 시체와 같아요. 미라와 같아요. 거기에다 보는 사람이 콧김을 불어넣어 숨결을 불어넣어 봐야 하지요. 이게 동양에서 글을 읽고 문자를 보는 방법이에요. 전부 그거예요. 우리는 표기를 하기 때문에 그러지 않을 수가 없어요. 언어의 요구성과 언어의 한계성을 수없이 지적하는 화두가 뭔가요? 언어의 한계성을 넘어서려는 거예요. 언어의 한계를 넘어서서 무언가 캐치(catch)하는 걸 노리는 거지요. 우리가 시계를 보고 자판(字板)을 통해 시간을 아는 거 아닌가요. 공간을 통해서 시간을 아는 거예요. 마찬가지예요. 문자를 통해서 살아 있는 생명을 아는 거예요. 문제는 그게 항상 어렵다는 거지요. 기계로, 개념으로 하게 되면, 개념은 뭐예요? 문자화되는 게 개념이죠. 이건 갇혀 있을 수밖에 없어요. 거리는 어떤가요? 잣대 위에서, 거리는 잣대 위에서만 인정돼요. 밤에 갈 땐 분명히 멀었는데 재보니까 같다거나 하는 식이죠. 왜 앞에 마주선 직접적인 것을 인정 안 하고 엉뚱한 것만을 인정하는 거죠.

그렇다고 잣대와 시계가 필요 없다는 건 아니에요. 동양에서 잣대와 시계는 필요에 의해 만들어져요. 그러니까 필요할 때만 쓰면 되는 거죠. 둘이 사랑을 하는데 한 금 갔다 두 금 갔다 하며 사랑을 속삭인다고 해서 사랑이 존재하는 게 아녜요. 서양식으로 하면 문학도 존재하지 않을는지 몰라요. 박목월의 시에 '구름에 달 가듯이 가는 나그네.'라는 시구가 있어요. 분명히 달이 가지, 구름이 가지는 않아요. 그걸 고도의 합리적 사고(과학적 사고)에 적용하면 '과학적 착각'이라 해야겠죠, 구름이 간다. 우리는 그저 물이 흐르는 거고, 산은 가만히 있다고 생각하죠. 그런데 물 위에 있으면 산이 오히려 걸어가요. 배 타고 가면 산이 가요. 배가 안 가요. 기차 타고 있으면 전봇대가 가요. 포플러나무가 가죠. 차가 안 가요. 내가 가만히 앉아 있는데, 가긴 뭐가 가요. 바뀌는 거야, 다 그렇게 하나로 붙박아 놓으면 그렇다고 하게 되면 시가 존재하지 않게 돼요. 그렇게 되면 박목월의 시는 웃기게 되죠, '무슨 구름에 달 가듯이야? 그걸 왜 좋은 시라 그러지.' 하게 되겠죠?

이처럼 문학적 요구성이 있을 때 다르고, 기계적 요구성이 있을 때 달라요. 무언가 요구성이 있을 때마다 달라지는 게 당연한 이치예요. 이것(요구)을 필요화시키는 것이 잣대고요. 잣대는 필요에 의해서 쓰이는 것이니까 필요가 없으면 다르게 되어야죠. 왜 한 번 세운 거 가지고 필요가 있으나 없으나 그 자리를 지키려고 하는 거죠. 이게 동양에서 진단하려는 문제예요.

다시 말해 서양에서 말하는 '공간'과 '거리'라고 하는 것은 실질적으로 있는 것이 아니라 잣대 눈금 위에 존재하게 돼요. 시간은 우리가 생활하는 데 있게 되는 것이 아니라 시계의 좌판 위에 있게 돼요. 그러면 사람들은 시계 위에, 좌판 위에 있는 시간만을 생각하고, 시간을 시간이라 인정도 안 하게 되죠. 시간은 시계의 글자에 갇히게 되고, 거리는 잣대의 눈금에 갇히게 되기 때문이에요. 죽은 시체를 붙들고 있는 셈이죠. 그게 인간의 한계예요. 그 한계를 벗어나 죽이는 작업을 하되 한 번 죽여 놓고 있지 말고, 살려 내는 것이죠. 일정성, 필요, 잣대. 우리가 잣대 없이는 살 수 없어요. 그 잣대를, 필요한 잣대를 찾아내서 세워 보세요.

이쪽 노자나 장자 쪽에서 보면―여기에서 이런 말씀을 해도 되는지 모르겠지만―성인들이 제일 나쁜 놈들이다. 왜? 그 잣대를 만들어 놓고 간 거거든요. 잣대, 그 잣대를 만들어서 사람의 우열을 만들어 놓고, 이렇게 만들어 놨어요. 잣대는 그렇게 존재하는 게 아니죠. 그러기 때문에 이 세상에 존재하는 존재자는 풀 한 포기, 조약돌 하나도 까닭 없이 존재하는 것이 없어요. 하물며 사람이야 쓸모 있는 사람, 쓸모없는 사람이 있을 수가 없어요. 다 자기 역할을 가지고 태어났죠. 그런데 엉뚱하게 세상의 잣대를 만들어서 이건 쓸모 있는 사람, 이건 쓸모없는 사람. 지금 중·고등학교 수능 시험도 딱 그거잖아요. 왜 영어, 수학만 잘 하는 게 머리 좋은 겁니까? 이건 누가 만든 잣대예요? 그러니까 집에서도 돌대가리, 사회에서도 돌대가리라고 하고, 자기도 돌대가리라고 생각하고 말아요. 자기가 뭘 잘하고, 자기가 뭘 할 수 있는지, 요거를 찾아내 주어야 해요. 이것을 찾아내지 않고 남의 잣대에만 맞추는 데 용을 쓰다니…….

이러한 사고는 살아 있는 사고와 구별이 돼야 해요. 현실적으로 밤에는요, 우리의 세포구조까지 달라져요. 어린아이를 길러 보면요, 낮엔 멀쩡하게 놀다가 밤엔 열이 펄펄 나요. 이건 구조가 달라지기 때문예요. 세포구조, 생태구조가. 사람뿐만이 아니라 물체까지도 달라져요. 쇠붙이 같은 것도 여름에는 붙고, 겨울에는 떨어진다잖아요. 이렇게 달라지는 것처럼 여름, 겨울이 다르고 정확히 보면 밤과 낮이 달라요. 어두울 때 다르고 밝을 때 다르고요. 왜 이걸 두고 일정하다고 야단인지. 솔직히 말해서 밤에만 살아 있는 영의 세계가 있을 것만 같아요. 밤에만 사는 박쥐가 있는 것처럼 말이죠. 낮에 사실 영이 있다고 하면, 낮에 사는 영은 밤에 사는 영과 뭔가는 다를 것 같아요. 달라요.

정확하게, 세밀하게 보게 되면 일회성, 같은 순간은 하나도 없어요. 여기에 의거해서 이루어지는 한의학에서는—지난 시간에 하셨다 그러는데, 거기에서는 어떻게 말씀하셨는지 모르겠지만—이론상으로는 동일 처방이 불가능해요. 동일 처방은 있을 수가 없어요. 감기에 걸린 환자라고 해도 (그 처방은) 다 달라요. 여자 다르고 남자 다르고, 같은 여자라도 체질에 따라 다르고, 그 약을 복용하는 시간이 아침, 낮, 밤이냐에 따라 다 달라요. 감기약이라면 쌍화탕 하나 놓고 여기 주고 저기 주고, 이런 식은 존재하지 않아요. 그래서 언제나 환자를 진맥하게 돼요. 약의 성질도 그래요. 인삼이 유명하다 그러죠. 인삼도 체질에 따라서 반응이 전혀 반대 반응이 나올 수 있대요. 체질에 따라서 전혀 반대 반응이 나올 수도 있어요. 그래서 이상하다고들 그래요. 맞는 게 있고 안 맞는 게 있고, 지금 우리는 서양 의학에 너무 젖어 있어요. 누가 먹고 나았다고 하면 저마다 먹으려고 그래요. 그거는 그 사람의 그때에 맞아서 그런 건데도, 자기가 먹어 봐서 안 나으니까 (그 사람이 나은 것마저도) 거짓말이래요. 그거 거짓말 아니에요. 그 사람은 그 체질에 그 몸에 그 찬스(chance)에 맞아서 그때 먹어서 나은 거죠. 나도 먹고 너도 먹는다고 해서 낫지 않아요. 동일성에 자꾸 적용시키니까 그런 거예요.

이거를 잘 드러내는 게『주역』의 세계예요. 어떤 이는『주역』의 점(店)은 엉터리라고 해요. 그거 거짓말이야? 그게 맞는다면 똑같은 마음을 먹고 뽑았는데 왜 이거하고 다르지. 자기가 똑같은 마음이라고 하지만, 똑같은 것은 없어요, 동양에는. 아까하고 지금인데, 어떻게 똑같아요? 이건 서양적 사고에서 하는 소리예요. 그래서 점은 한 가지에 한 번밖에 못하는 거예요. 두 가지를 쓸 수 없어요. 한 번이야. 오직 일회성이야. 한번이야. 이 한 번. 사는 순간도 한 번. 지금 선생님들이 제 얘기 듣느라고 여기 앉아 계시는데, 다시는 돌아오지 않을 시간을 지금 소모시키고 있는 거예요. 그 소중한 것, 다시는 돌이킬 수 없는 시간을 우리가 지금 보내고 있는 거예요. '되풀이'라고 하는 것은 불가능해요.

동양적인 사고: "깬다(覺) - 다른 차원으로 들어감을 의미"

이것이 동양적인 사고의 특색이라고 할 수 있어요. 이러한 기반 위에서 이루어지는 것이 말하자면, 살아 있는 거예요. 하나의 생각에 붙잡혀 있는 것을 우리는 일반적으로 고정관념, '착'(着)이라 그래요. '착'은 머물러 있다는 말예요. 머물러 있다. 사고가 한 곳에 머물러 있게 되면 문제 해결을 못하는 경우가 참 많아요. 무착(無着). 머물러 있지 말라. 우리가 진리를 깨닫는다, 배운다 하는 것이 무착인데, 이걸 불교식으로 말하면 '깬다'라는 말이에요. '각(覺)한다', '깨닫는다' 하는 말은 '무착'하고 동일어예요. 머물러 있으면 갇히는 거예요. 사고에 갇히는 거야. '사고에 갇히지 말라'는 것을 두고 장자는 '소요유'(逍遙游)라 하고, 불교 쪽에서는 '선'(禪)이라 해요. 정신적인 자유의 세계. 날마다 순간순간 새로운 것들이 발휘되고 있는데 생각은 옛날 생각을 가지고 있으니, 현실 파악이 안 되는 거예요. 고정관념에 사로잡히니까 살아 있는 사고, 살아 있는 사고가 필요해요. 살아 있는 생명적 사고, 현대식으로 말하면 열려진 사고예요. 갇힌다는 건 '착'한다는 소리예요. 무착이라고 하는 것은 오픈, 열려 있는 것, 열려진 사고라는 거예요. 이게 사실은 생명적 사고지요. 사실 생명적 사고는 다른 말로 바꾸면 살아 있는 사고, 열려진 사고라고 봐도 좋을 줄 알아요.

그럼 살아 있는 사고, 열려진 사고가 뭐죠? 지금 내가 있는 듯한 사고예요. 살아 있는 건 '지금' 사고예요. 주자만 해도 죽은 지 1천 2백 년이 돼요. 주자의 말을 따르는 거는 지금 사고가 아니죠. 1천 2백 년 전 죽은 사고예요. 내가 생각하는 사고여야 해요. 그래야 현실 철학이 돼요. 주자 말만 따라가면서 주자가 옳으니까 나도 옳다. 이건 큰 시행착오예요. 내가 1천 2백 년 전에 가서 살라고 하는 것과 똑같아요. 그걸 읽고 있는 건 나예요. 내게서 그것이 어떻게 이해되고 있느냐가 문제예요. 주자가 어떻게 이해했느냐가 문제가 아니고, 주자가 이야기한 걸 내가 어떻게 이해하느냐에 초점을 맞추어야 해요. 그게 현재의 사고예요. 2천 년 전을, 내가 살아 있는 현재로 끌어내리는 사고, 이게 철학이에요.

서양하고 동양은 사고가 달라요. 아까 말했던 것처럼 시간과 공간을 보는 관점부터가 달라요. 서양에서는 절대시간, 절대공간을 봐왔어요. 최근 들어서 무너지는데, 봐왔던 것이 조금 무너지다 마는 거예요. 동양은 애초부터가 시간과 공간이 고정된 개념이 아니에요. 시간이라는 말은 사실 동양에는 없어요. '간'(間)은 잘랐다는 소리예요. 지금 어느 시각하고 어느 시각하고 사이라는 말이거든요. 시간이라는 말, 이게 얼마나 맹랑한지 아세요? 우리가 수학에서 'X'를 시간이라고 하고, 'Y'를 공간이라고 하면, 시간과 공간이 함께 하는 자리는 '0'이에요. 우리는 시간과 공간이 함께 있어요. 시간과 공간이 다 있어요. 공간 떠나고 시간적으로 존재할 수 없고, 시간 떠나서 공간적으로만 존재할 수 없어요. 시간과 공간이 함께 하는 자리에 있는 것만이 '현존'이에요. 이 자리는 이 자리일 뿐이에요. 수학상에서 X도 '0', Y도 '0'.

대개 우리는 시간이라고 하는 것을 이렇게 자르던가 요렇게 잘라, 요건 미래고, 요건 과거다 하죠. 시간을 자르는 것은 필요에 의해서 자르는 건데, 본래적으로 일정하게 있지 않아요. 있는 건 이 자리에만 있어요. 이 자리에만. 그러기 때문에 시간이 고정될 수가 없어요. 필요한 만큼 자꾸 잘라지는 거예요. 수능시험을 칠 때 한 시간이 120분이더라고요. 필요한 게 한 시간이라고 쳐요.

동양은 시공간에 대한 관심이 참 많아요. '주역'을 다른 말로 말하면 '시공간의 철학'이라 할 수 있는데, 더 들어가 보면 시간에 대한 철학이라고 봐도 좋아요. 시간하면 동양에서는 공간이 따라 붙으니까요. 공간하면 시간이 따라 붙어 있고요. 서양은 이걸 갈라서 생각하는 습관이 있어요. 공간이 없이 시간만 존재하는 세계, 시간 없이 공간만으로 존재하는 세계, 사실 영원불변이라는 말은 존재자에게서 시간성을 폐쇄시키고 공간만으로 설정할 때 존재하는 거예요. 그러니까 그건(영원불변) 사유상에서만 존재하는 거예요. 사유상에서는 그걸(시간과 공간) 분리할 수 있거든요. 실질은 같이 있는데, 사유상에서 분리시켜요. 시간 따로, 공간 따로. 선생님들 이상하게 들으실지 모르겠는데, 뭘 얘기하려고 하냐면 사고를 이야기하려고 해요. 그래서 시간을 이야기해도 '간'(間)에 대한 이야기는 잘 안 해요. '시', '시'와 '시' 사이. 불교에서 겁(劫)이라는 시간은 꽤 긴 시간이에요. 사방 40m 되는 두께의 돌을 백 년마다 한 여인네가 내려와서 얇은 옷으로 스쳐가지고, 다 닳아 없어질 때까지가 '겁'이라고 해요. 거기다 또 몇 천만 겁이라고 그래요. 그것과 상대되는 개념은 뭔지 아세요? '찰나'에요. 서양에서는 시간을 잘라 봐야 0.000몇 초 밖에 못 잘라요. 그리고 그건 필요해서 자른 게 아니에요. 그러니까 아무 필요 없는 시간이라 할 수 있죠. 우리가 사실의 세계를 이해하려면 이래야만 해요. 시간은 그렇게 존재하는 거예요. 그런데 아무 필요 없는 시간인 거죠. 찰나는 찰나로 머물러 있어요. 시간이 아니지요. 잘라 보니까 그렇게 자를 수가 있다는 얘기지 자른 만큼 시간이 존재하는 것은 아니에요.

시간에 대한 관심은 거기서부터 출발해요. 요놈을 갖다가 부호화하니까(문자화하니까) 공간으로밖에 나타낼 수가 없어요. 시간은 나타낼 수가 없거든요. 그러니까 '시간을 읽어라', '시간을 집어넣어서 읽어라' 하는 거예요. 아까도 말했듯이 이렇게 있다 그래도 여기가 고정된 위치가 아니잖아요. 그러니까 동양에서는 자주 부정하면서 나타나요. 긍정을 했다 하면 그걸로 고정되니까요.

이러한 시도들은 선승들이 화두를 열어가는 것에서 리얼하게 볼 수 있어요. 제자가 질문을 했을 적에 답을 해주는 법이 없어요. 답을 해주면 그것의 값을 그것으로 알거든요. 그래서 석가모니가 맨 마지막 하신 말이 뭐예요? 예수님이 맨 마지막 하신 말씀은 무엇인지 모르겠지만, 석가모니의 맨 마지막 하신 말씀이 "나는 49년 동안 단 한 마디도 설법을 한 적이 없노라."예요. 죽은 다음에 자기 말이 곧 진리인 줄을 알고 그것에 갇혀서 글만 읽고 그것만 파고 앉아 있을까 봐 한 얘기거든요. 말에 있는 게 아니에요. 팔만대장경, 그게 진리가 아니죠. 진리를 파내는 갈고리에 지나지 않아요.

서양 사람들이 동양적 사고를 이해하는 데 힘든 점이 이런 것이라고 해요. 아까 서양에서 절대시간, 절대공간 같은 것을 무너뜨리더라도 사고 발전이 없다고 했죠. 서양에서는 누가 뭐라 말하면 그게 진리가 돼요. 그러다가 문제가 생기면, 그때 비로소 다른 게 나타나죠. 그때부터 그게 또 유지되고요. 그리고 또 가다가 새로운 게 발견되면 그게 되고, 이런 식으로 나가요. 동양은 그렇지 않아요. 순간순간이 다 새롭죠. 내내 다르게 존재해요. 동일성이 없거든요. 서양에서 말하는 '포스트모더니즘'은 틀을 깨자는 거예요. 그럼 틀이 뭐냐? 동양에서는 이 틀을 가리켜 '기'(器)라고 하지요. 기(器)란 한번 만들어지면 변형이 없고, 그대로 고정돼 있어요. 다른 걸로 변하지 못해요

노자에 이런 말이 있어요[칠판에 '박'(樸) 자를 쓴다]. 이거는 나무토막을 말하는 거예요. 나무토막. 원시림에서 툭 잘라낸 나무토막, 다듬지 않은 원목. 껍질을 벗기지 않은 나무, 이건 아무 쓸모가 없어요. 벽난로에 불을 때려고 해도 쪼개야 쓸 수 있어요. 그대로 놔두면 아무

쓸모가 없어요. 이건 쪼개야 쓸모 있는 것으로 변해요. 쪼개서 만든 그릇은 쓸모 있는 거예요. 쓸모 있는 것은 고정시켜야 쓸모 있는 게 돼요. 그런데 한번 그릇을 만들면 그건 그릇으로만 쓰지 다른 걸로는 못 써요. 그 나무그릇을 깬다고 해서 판자나 기둥을 만들 수 없어요. 이런 걸 한정된 거라 해요. 한정된 것은 시간성을 안 타요. 시간성을 타는 것은 용도가 달라지면 다른 것으로 쓰이는 거예요. 동양적 사고에서 보는 시간 초월, '초월'이라는 말은 시간을 초월시켜야 알 수가 있어요. 시간을 초월시킨다는 말은 시간의 지배를 받지 않는다는 말이고요. 시간의 지배를 받지 않은 것은 머물러 있는 거예요. 우리가 아는 건 다 머물러 놓고야 아는 거예요. 그래서 '초월적 존재이기 때문에 못 본다.' '초월적 존재이기 때문에 모른다.' 하는 말은 뒤집어져요. 초월시켜야 아는 거예요. 오히려 시공간상에 실제로 있는 것은 모르는 거예요. 카메라로 물 흐르는 것을 찰칵 찍으면 흐르는 물이 멈추어 선 것으로 잡히잖아요. 우리의 감각기관은 모두 그러한 작용을 해요. 가고 있는 것을 눈으로 보는 것을 필름에 담아 놓는 것이나 다름없어요. 머물러 놓아야만 알 수 있기 때문이죠. 사실은 초월시켜야 알 수 있는 거거든요. 판자를 만들려면 다시 원목을 쪼개야 만들지, 바가지를 쪼개서는 안 돼요. 마찬가지로 이미 만들어진 남의 사고 속에 머물러 있으면 새 사고를 못해요. 원위치로 돌아와 있어야 돼요. 원위치로 돌아와 있어야 지금의 사고가 나갈 수가 있어요. 그런데 다 여기 머물러 있어요. 한 번 만든 바가지를 가지고 이건 왜 판자가 안 되느냐 이걸 걱정하는 식이에요. 되질 않죠. 다시 여기로 돌아와야 해요. 물론 여기도 실질적으로는 쓸모없는 자리가 되죠, 무용지용(無用之

用)이죠. 사실은 쓸모없는 쓸모예요. 이놈을 쓸모 있는 것으로 끌어내리는 곳이 곧 현실이에요. 우리는 자꾸 형이상학적으로 올라갈 줄만 알았지, 끌어내리는 작업은 잘 못해요. 동양 진리의 기반이 뭔지 알아요? 내가 선 자리, 지금 바로 이 자리가 진리의 토대예요. 진리가 서 있는 자리를 말하는 거예요. 이 자리를 떠나서는 진리는 존재할 수가 없어요.

노자는 나무토막을 '도'라 그랬어요. 도를 쓸모없는 거라고 본 거죠. 도를 갖고 현실의 생활로 내려오면 그 도는 의미 있는 도가 돼요. 그런데도 도를 깨닫는다고 현실을 내버리고 산이고 어디고 간다고들 하니 문제예요. 현실을 버리고 가서 어쩌자는 거예요. 도 닦으라고 수십 년 보내고 죽기 전에 깨달으면 뭐해요. 지고 가려고 깨닫나요? 살아있을 적에 의미 없는 거는 의미 없는 거예요. 처자식 다 내버리고 온 청춘을 허비해 버리고 칠팔십에, 죽을 즈음에 혹 깨달았다 쳐요. 그게 무슨 쓸모가 있겠어요. 우리가 사는 이 자리에서 문제를 끌어내야 해요. 불교에서 참다운 승려는 세속으로 내려와서 대중 속에서 같아져야 된다고 해요. 나는 다르다 하며 비현실적이 되면 안 돼요. 내려갈 자리로 철저하게 내려가기 위해서 잠시 수행기간을 가진다거나 하는 거지, 그걸 이탈해서 세상에서 산다는 것은 절대 아니에요.

아까 말했듯이 진리의 자리, 바로 이 자리를 깨는 것이 '각'(覺)이에요. 깬다 그러잖아요. 깨뜨리는 게 아니에요. '깨드린다'는 말은 일정한 상태의 모습이나 틀로 있는 것을 부순다는 말이거든요. 파(破)하는 게 아니에요? 그릇을 들고 가다 깨는 것, 동그랗게 있는 것을 산산조각 내는 것이 깨지는 거예요. 하여튼 지금까지 있던 모습의 형태를 깨는 것이지요. 이걸 우리말로 하면 참 재미있어요. '깬다' 그러잖아요.

지난 16일엔가 불교 정토회에서 연 모임에서 이현주 목사님이 '영성'에 대해 발표하고, 도법 스님이 '깨달음'에 대해서 발표를 하였어요. 저도 (엉뚱하게) 토론자로 참여했죠. 스님이 깨달음에 대해서 어떻게 말씀하실지 궁금했고 교회는 제가 무식하니까(제 집사람이 제 것까지 다 믿어 주고 있어요.) 여하튼 영성에 상당히 관심을 갖고 있던 저는 그 모임에 나가 우두커니 앉아 있다가 '깬다'는 것에 대해 이야기했어요. 깬다. 잠을 자다가 눈을 뜨는 것도 깬다 그래요. 우리말로 "깨워라." 그러잖아요. 자다가 "늦잠 잔다, 깨워라." 이러잖아요. 눈을 뜨는 것, 죽었다가 살아나는 것도 깬다 그래요. 기절했다가 일어나는 것도 깬다고 하죠. 이것을 불교에서는 '각'(覺)이라고 그러죠. 각을 다른 말로 하면 '개안'(開眼)이라고 그래요. 이것도 '깬다'라는 말이에요. 깨달음. 여기에서 공통점을 뽑아 보면 뭐예요? 뭔가 하면 '깬다'라는 말은 지금까지 있던 세상과는 다른 새로운 세상을 내 앞에 마주 세운다는 뜻이에요. 우리가 그릇을 들고 가다가 깼다고 칩시다. 그걸 보면서 쓸모 있는 게 못 쓸 것으로 바뀌었다고 하는 가치 개념으로 볼 것이 아니라, 지금까지 있던 것이 깨짐으로 다른 차원으로 들어섰다고 봐야 해요. 그게 깨짐이에요. '깬다'는 말은 다른 차원으로 들어서는 거예요. 모든 대상은 늘 다른 차원으로 있어요. 살아 있는 거죠. 그런데 내가 잠을 자서 다른 삶을 맞지 못하는 거예요. 내가 깨어 있어야 해요. 사고가 살아 있으면 자꾸 새로운 사고를 접할 수 있을 거예요. 새로운 차원, 지금까지와는 다른 새로운 차원으로 접어드는 것을 '깬다'고 해요. 물론 한번 접어들고서 그대로 계속 되는 거는 깨는 게 아니에요. 어디 가서 한번 깨고 나면 다 되는 줄 알면 안 돼요. 깨는 것을 다 완전한 것처럼 아는데 천만에요. 깨는 건 내내 속행이에요. 그거 가지고 계속 머물러 있으면 자는 거예요. 정지돼 있는 거니까.

새로운 사고, 재미있는 건 기독교에서 '거듭난다'는 말을 하죠. 무슨 말인지 잘 이해가 안 됩니다만 글자 그대로 '중생'(重生)이라는 말이 거듭나는 것이라고 한다면 그것이 다름 아닌 깨는 거지요. 한번 거듭났기 때문에 "나, 다 됐다." 하면 되나요. 자꾸자꾸 거듭나야지요. 유학에서 날로날로 새로워라 그러잖아요. '일신우일신'(日新又日新). 이걸 기계론적으로 생각해서 날로 새로운 거라고 하면 우리는 살 수가 없어요. 선생님들도 아까하고 같은 모습으로 있다고 생각하니까 이렇게 살고 있는 거지, 자기 아들, 자기 부인이 자꾸 달라지면 어떻게 해요. 우리가 사고를 바꾸지 않아도 아무 지장이 없으며 문제에 부닥치지 않으면 구태여 깰 필요가 없음을 말하는 거예요. 깨달음이란 문제를 해결하기 위해 요구되는 것이에요. 아무 문제 없는데 깨고 말고 할 것이 뭐가 있겠어요. 우리는 깨달을 필요도 없는데 기계적으로 자꾸 달라져야 한다고 생각해요. 그건 동양적 사고가 아니라 기계론적 사고예요. 깨달음이라는 거, 깨지는 게 필요도 없는데 기계적으로 자꾸 달라져야 한다고 생각해요. 그건 동양적 사고가 아니라 기계론적 사고예요. 깨달음이라는 거, 깨지는 게 필요할 때 깨지는 기예요. 필요하지도 않은데 기계론적으로 무조건 깨고, 필요하지도 않은데 전부 변한다면 하루도 못 살 거예요. 변할 자리에서 변하는 것은 너무나도 당연하겠지요. 변해야 할 때 안 변하려고 안간힘을 쓰니까 문제 해결이 안 되고 괴로움을 가져오는 것 아니겠어요.

불교에서 '생각하지 말라'고 하죠. 이것도 기계론적으로 이해하면 안 돼요. 사람이 생각을 안 하고 어떻게 살아요? 그건 말도 안 돼요. 도인이나 그럴 수 있을까요. 아무리 도를 깨닫고 왔다 그래도 그 사람 밥 안 먹고 사나요? 땅 안 밟고 살고요? 이렇게 생각하면 안 돼요. '무념'(無念)이라는 건 생각 안 한다는 것이 아니에요. 지금 생각을 다른 생각으로 바꿔라, 그런 이야기지요. 생각을 머물게 하지 말라는 이야기이기도 해요. 생각 자체를 다 버리라는 이야기가 아니라 고뇌, 번뇌를 가져오는 생각을 다른 것으로 바꿔라, 새로운 생각을 하라는 거지요. 그 말이에요. 젊은 사람들이 연애하다가 실연을 당하게 되면 거기에 매달려가지고 아프잖아요. 생각을 바꾸면 안 아파요. 불교는 이고득락(離苦得樂)이라고 번뇌와 고뇌를 이겨 내고 없애자는 종교예요. 고뇌를 다른 거로 대치시키면 종국에는 아무것도 없게 돼요. 사업이 실패했는데 거기에 붙들려서 헤어나지 못하면 다른 길이 없어요, 자살밖에는. 그걸 다른 걸로 바꾸면 아무것도 아닌데……. 개념이라고 하는 것은 모두 다 어떤 전제 위에서 존재하는 거예요.

마지막으로 이거 하나 하고 질문 받겠습니다.

우리나라에 개화기의 신채호, 소설 『임꺽정』을 쓴 홍명희, 그리고 문일평, 최남선, 이들 모두 동경 유학시절 천재라고 알려졌던 분들입니다. 그중 호남 문일평이라는 사람의 책을 읽다 보면 이런 얘기가 나와요. 아마 요즘 같은 땐가 봐요. 길을 가다가 들국화가 피어 있는 걸 보았어요. [칠판에 그리면서] 들국화가 이렇게 생겼나? 누구하고 갔냐면 생물학자하고, 그 다음에 화가하고요. 둘이서 길을 가다가 들국화한 송이를 봤어요. 화가인 예술가가 "참 사람이 그림을 그리고 예술을 한다고 하지만은 이런 아름다움의 결정체는 있을 수가 없다. 요거야 말로 미의 결정체다."라고 얘기한 반면, 생물학자는 "이놈도 하나의 생식기에 지나지 않구나." 이렇게 본다 말이에요. 생물학자는 생식기로 보고, 예술가는 미의 결정체로 본 거예요. 하나는 생식기로 보고, 하나는 미의 결정체로 본단 말이지요.

누가 잘 본 거예요? 서양에서는 그걸 요구해요. 생물학자가 옳게 본 거냐, 미술가가 옳게 본거냐. 이거 둘 중에 하나를 택하려고 그래요. 어떤 게 옳을 거고 어떤 게 그른 거예요? 만약 다 옳게 보지 못한 거라면 양비론이 돼요. 그죠? 둘 다 옳게 본 거라면 양시론이 돼요. 둘 다 잘못된 것이라고 얘기한다면, 그럼 옳게 보는 건 어떤 걸까요. 옳게 보는 걸 정해 놓았기 때문에 잘못된 걸 문제 삼을 수 있는 거예요. 만약 그게(옳다고 정해놓은 것) 잘된 것이면 문제 될 게 없을 거예요. 그 잣대는 누가 세운 거죠. 도대체 누구 생각이냔 말이에요.

우리나라 속담에 '개 눈에 똥만 보이고…' 그런 거 있잖아요? 실례되는 말인 것 같습니다만, 누가 본 게 하나님의 뜻입니까? 많은 신학자들이 있는데, 어느 신학자가 본 것이 하나님의 뜻인가요? 이거(하나님의 뜻인지 아닌지) 누가 결정해요? 만약 본래의 뜻을 안다고 하는 신학자가 있다면 하나님보다 더 뛰어나다고 하는 것과 다름없어요. 하나님은 우리를 알아도 우리는 하나님의 본래를 알지 못해요. 그래서 '너 잘못됐다', '내가 본 것만이 옳은 거다.' 하는 딜레마에 빠지기가 쉬워요. 여러분께 과제를 한 가지 드리지요. 하나님의 말씀인『성경』은 꽤 오래된 것이에요.『신약』만 따지더라도 2천 년이에요.『구약』은 더 오래됐고요. 고전 중의 고전이죠. 그런데 이게 항상 살아 있어서 생생한 책으로 읽히고 있어요. 지금도 살아 있는 책, 중세기에도, 현실에도 살아 있는 책, 언제나 현실에서 현존성으로 읽히고 있는 거예요. 살아 있는 책, 그 생명은 무엇일까요? 왜 옛날 책으로 안 읽히고 지금 도 생생한 책으로, 살아 있는 생명의 책으로 읽히고 있는 걸까요? 그 이유가 어디 있느냐. 이것이야 말로 우리가 생각해 봐야 해요. 제가 말씀드린 것을 생각해 보시는 걸로 제 강의는 끝내고 질문 받겠습니다.

문: 강의 잘 들었습니다. 제 전공이 자연과학(수의학)이기 때문에 제 질문이 선생님께 질문이 될는지 모르겠습니다. 우선 한 가지 자연과학 쪽에서 이야기되고 있는 죽은 사고는 살아 있는 사고에 전혀 도움이 되지 않을까요? 만약 죽어 있는 사고가 살아 있는 사고에 도움이 된다면, 어떻게 해야 도움이 될까요? 두 번째로 현대 자연과학은 그 결과가 보편타당성이 있어야 됩니다. 그렇지 않으면 그 연구의 결과를 인정받을 수 없습니다. 아까 선생님께서 말씀하신 동양 사상을 바탕으로 보면, 현재의 자연과학은 존재할 수 없는 것 아닌가요. 자연과학의 산물인 기술이 우리 생활에 깊이 관여하고 있는데 어떻게 이해해야 하지요?

답: 무념(無念)이라고 해서 생각 자체를 하지 말라는 건 아니에요. 지금 하는 생각이 문제가 있다면 생각을 다른 생각으로 바꾸란 말이에요. 죽은 사고, 우리는 죽은 사고에 들지 않고서는 사고 자체를 진행할 수 없어요. 세상이 변한다고 하지만 머무르게 하고서 인식하는

것처럼 머물러 있는 사고 안에서만 사고의 내용이 생겨요. 물론 죽이는 작업을 필요할 때만 하는 거예요.

과학이 우리에게 절대적으로 필요하죠. 죽은 사고가 필요하고, 머물러 있는 게 필요하고, 법칙이라는 게 필요해요. 그런데 우리는 그 법칙을 필요한 만큼만 이용하는 것이 아니라, 필요하지 않아도 이걸 절대화시키고 현실화시키죠. 세상이 어떻게 변하든 몇 만 년이 흘렀는데도 그것에만 고정시키는 사고, 그게 죽은 사고죠. 아까 시계가 필요 없다는 게 아니었어요. 필요에 의해서 만든 거면 필요할 때만 적용을 시키고 절대화시키지는 말란 얘기예요.

고전물리학이 무너졌다고 해서 고전물리학이 필요 없다고 생각하면 안 돼요. 고전물리학이 적용되는 세계는 고전물리학이 적용돼야 되요. 양자물리학에 내려가서는 그게 적용이 안 된다는 거죠. 양자론(量子論)이 뭐냐면 전체를 포괄하는 진리란 존재하지 않는다는 거예요. 어느 조건과 어느 범주 안에서만 진리이고 존재한다고 보는 거죠. 종래 과학이 그걸 무시하고 우리의 감정까지 기계적으로 보니까 문제가 생긴 거죠. 기계가 적용되는 세계가 있고 그것과 다른 것이 적용되는 세계가 있어요. 그걸 하나로 풀려고 하니 문제지요. 이건 다원주의와 비슷하다고 할 수 있어요.

과학은 동일반복을 전제하지 않으면 존재할 수가 없어요. 법칙이란 게 성립될 수 없죠. 물론 법칙이란 '부득이'해서 생긴 반복에 불과해요. 달력을 보면 올해도 10월 12일이 있고 작년에도 10월 12일이 있어요. 이걸 같은 날이라고 봐야 돼요? 편리에 의해서 그렇게 한 것일 뿐 절대 같지 않아요. 작년 10월 12일엔 제가 여기에 오지도 않았어요. 근데 뭐가 같아요? 사실의 세계는 달라요. 편리에 의해서 요구에 의해서 같지 않지만 같다고 간주할 것은 하되, 사실과 혼동하면 곤란해요. '유무' 관념도 그래요. 우리 조상의 과학책에는 '무'의 개념이 없어요. '없다'라는 개념이 없어요. 관점을 어디다 두느냐에 따라 있고 없고 하는 거죠. 없다는 것은 동양에서는 성립하지 못 해요. 모르는 영역이 있을 뿐이죠. '모르는 게 없다', 이거 동양에서는 말이 안 돼요. 아는 것도 마찬가지예요. 이거 보고 '새빨갛다' 그러는데 내가 보는 것하고 선생님이 보는 것하고 달라요. 현미경으로 보면 또 달라요. 그럼 현미경으로 본 게 본래의 색깔이에요? 아니면 눈으로, 안경 안 쓰고 본 게 본래의 색깔이에요? 본래의 색깔은 누가 결정하죠? 다른 조건에서 보면 색깔이 따르기 마련이에요. 따라서 어떤 게 옳은지 판단하고자 하는 것은 어리석은 짓이에요.

판단을 내리기 위해서는 기준이 있어야 해요. 기준은 누가 정하죠? 기준이란 필요에 의해서 결정되는 거예요. 미를 심사할 때 미술가들만 모였을 때와 생물학자들이 모였을 때의 기준은 달라지는 거예요. 따라서 누구는 잘못됐고 누구는 옳다가 아니에요. 존재 조건, 거기 위에서 결정되는 거예요. 동양에서는 보편이라는 기준의 가능성이 거부되는 거예요. 어떠한 전제나 조건 아래서의 결과만을 기다리게 되는 거죠. 전체를 포괄하는 그러한 설정이란 존재하지 않거든요.

사실의 세계도 마찬가지예요. 사실의 세계는 뭔지 몰라요. 멀리 보이는 사람은 멀리 보이는 대로, 가까이 있는 사람은 가까이 있는 대로 알고 살 뿐이죠, 본래의 것이 뭔가 따지는 건 우리가 사는 세계와는 다른 세계의 일이에요. 우리에겐 그게 필요한 게 아니에요. 아까 말한 원목 말이에요. 그거 쓸모없는 거예요. 지금 어떻게 마주섰느냐가 문제예요. 그게 현실의 문제, 생활의 문제지요. 동양 철학 한다는 젊은 사람들(대학원생) 가운데 '왜, 30년 전 선배들이 하던 얘기를 앵무새처럼 반복하느냐?' 하는 이들이 있어요. 솔직히 30년 전에 퇴계가 썼던 것에서 문장만 바꿔 놓았지 다른 게 뭐가 있냐는 거죠. 다른 게 뭐냐? 저는 그 사람들더러 이럽니다.

"노자 하면 '도' 규명하는 책이고, 불교 하면 '공'을 해명하기 위한 걸로 알기 쉬운데 초점은 여기 있는 게 아니다. 현실에 있다. 노자가 말하는 '유명의 세계' 불교에서 말하는 색계를 규명하는 게 문젠데, 그건 분명 '밖의 세계'의 말이다. 있다 하더라도 그건 쓸모없는 얘기야. 원목이 쓸모없는 것처럼. 그러나 그걸(원목) 바탕으로 이게 생기는 거니까 이게 있기는 있는 거야."

얘기가 엉뚱한 데로 가네요. 원래 자신이 없으면 논점 변경의 오류, 곧 엉뚱한 데 가서 한참 떠들잖아요. 죄송합니다.

문: 선생님 말씀에 수긍하면서도 그 논리 속에서 두 가지 질문을 드리고자 합니다. 우선 동양 사상의 관점을 다원주의라 하셨는데, 그럴 경우 미술가와 생물학자, 둘 사이에 이해와 공유를 위한 노력은 전혀 필요가 없는 것일까요. 또 하나는 동양적 사고에 가장 접근하고 있는 서양 철학자 하이데거에 의하면 "미술가와 생물학자는 각각 꽃을 봤는데 인간의 생이라는 것은 단 한 번도 그 꽃이 서 있어야 하는 자리에 꽃을 세워 놓지 못했다."고 지적하였습니다. 인간의 사유가, 꽃이 있어야 할 그 자리에 꽃을 세우지 못하고 자기 자리로 끌어내리기만 한 것에 대한 비판이지요. 이것은 관점의 다양성을 넘어 그것 자체

도 비판적으로 볼 수 있는 근거가 될 것 같은데요.

답: 제가 지금 얘기하고 있는 것은 실재하고 있는 것의 정의, 존재자의 정의예요. 이건 우리가 필요로 한 거죠. 필요하지 않은 데 초점을 맞춘 것이 아니에요. 선생님 질문은 전체적으로 공유할 수 있는 것을 위해 노력해야 하지 않겠느냐는 것이죠. '보편성'이라는 걸 부정했는데 그게 요구되지 않느냐는 질문이죠. 필요와 실재는 달라요. 필요한 것은 실재하기 때문에만 있는 건 아니죠. 요구해서 있는 거예요. 보편이 필요하니까 보편을 요구해도 되는 거예요. 보편을 절대화시키면서 그러니까 필요도 없는데 보편에만 매달리지 말라는 거예요. 필요하면 절대적으로 따라야죠. 마구 찾아야죠. 요는 그것은 필요에 의해서 존재하는 거고, 실재하는 것과 관련이 없다. 이걸 말씀드리는 거죠. '필요 없다'가 아니에요. 저는 학생들에게 그래요. 우선 철학을 하려거든 가치관에 사로잡혀 무엇이 얼마나 쓸모 있는 건지 따지지 말라고요. 가치 문제는 상황에 따라 달라져요. 이때 이 가치를 수용했다고 해서 그걸 절대적인 것이라고 하면 다른 상황에서는 혼동을 겪게 돼요. 이것이 현실에서 우리가 부딪히는 가치 문제죠.

그럼 동일한 꽃을 본 이 두 사람에게서 공통점을 찾을 필요가 없는 것이냐. 공통점을 찾을 필요가 있을 때는 찾으면 돼요. 생물학자가 예쁘게 볼 수도 있지 않느냐. 그러면 그 다음에 시각을 돌려서 예쁜 쪽으로 봐서 동의할 수 있는 거고 그 다음에 너도 네 것만 고집하지 말고 한번쯤 과학에서 봐라 하면 그쪽에서도 동의할 수 있겠죠. 얼마든지 찾을 수 있어요. 필요하다면 이렇게 동의할 수도 있고, 저렇게 동의할 수도 있죠. 공통점은 필요에 의해서 설정되는 거예요.

문제는 필요와 상관없이 절대화시켜 버리니까 정작 필요할 때 필요한 가치를 세우지 못한다는 거예요. 여고생 쌍둥이가 지하철에 앉았는데 어떤 사람이 옆에 앉아가지고 '야, 고놈, 똑같다.'고 생각해요. 근데 장가들어 보면 달라요. 똑같긴 뭐가 똑같아요? 똑같다면 상황이 달라져도(장가를 가더라도) 똑같아야죠. 그럼 남편들에겐 큰일이겠죠.

그래요 동양에서는 동일하다고 보면 질서세계가 무너져요. 선을 봤는데 '아, 나는 틀렸다.' 하고 한 번 딱지 맞으면 영원히 시집 못 가는 거예요. 관점이 동일하니까. 딱지 맞았더라도 이 사람은 또 좋다고 하거든요. 그게 '제 눈에 안경' 아닙니까. 결국은 이렇게 다른 세계가 모여 있는 게 동양의 조화예요. 바이올린, 첼로, 피아노가 모여 트리오 연주를 하다가 첼로 소리가 더 멋있다고 그것 따라가면 화음이 깨져요. 아무리 시끄러워도 자기 것을 쳐야 돼요. 달라야 돼요.

'다르다'. 다른 것이 함께 있는 것을 화(和)라고 해요. 그래서 부부 화할 때 절대 이 화(化) 안 써요. 남자, 여자 달라. 달라서 결혼한 거예요. 같으면 뭐 하러 결혼을 해요. 그래요 달라서 했어요. 그래서 부부유별(夫婦有別)이에요. 별(別)이 다르다는 소리예요. 그런데 결혼해서 아이를 낳고 보면 이 틀이 무너진다는 거예요. 아내 손목을 잡아도 이게 남자를 잡은 건지 여자를 잡은 건지가 희미해지면서 깨진다는 거예요. 화가 깨진다는 거죠. 이걸 분명히 하려면 지킬 건 분명히 지켜야 해요.

동양에서는 예(禮)가 제일 강하게 요구되는 데가 부부 관계예요. 부자지간에는 예의가 필요 없어요. 부부지간에는 예의가 필요해요. 아무렇게나 대하게 되면 여자하고 사는지, 남자하고 사는지를 모르게 되고, 그러면 부부화합은 깨지는 거예요. 이게 생생하게 살아 있으면 언제나 신혼 초 같아요. 화합이 됐다는 건 별미가 있거든요. 모든 객체가 다 자기 개성을 가지고 있어 서로 다르기 때문에 공존할 수 있는 거예요.

물론 동양 사상에서도 동일성이 있기에 공존할 수 있다고 보는 이들이 있어요. 유학, 성리학이 여기에 속해요. 그러나 노장 쪽에서는 다르기 때문에 공존한다고 보아요. 서로 다른 유기체들이 나하고 같으면 요구성이 없어진다는 거예요. 다르기 때문에 내가 이 사람에게 요구성을 갖게 되는 거예요.

이것은 우리 교육에도 시사하는 바가 커요. 한 시간에, 한 버스를 타고, 한 강의실에서, 한 교과서를 읽고, 한 선생님 밑에서 듣는 교육 방법은 앞으로 지양되어야 해요. 토플러 책 읽다 보면 그런 이야기가 나와요. '다 다르게'. 영어, 수학만 잘해야 머리 좋다는 식이 아니에요. 사람은 아무거나 잘하면 다 의미가 있어요. 이런 식으로 읽다가 '야 요거 상당히 노장적이다.' 하고 느낀 적이 있어요. 대답이 됐는지 모르겠네요.

문: 사후 세계…….

답: 동양에는 원래 시종(始終)이 없어요. 시종이 없으니까, 생사(生死)도 없지요. 생은 시고, 사는 종 아닙니까? 다른 것들도 다 시종이 없어요. 생사가 없어요. 말하자면 죽음을 마지막, 즉 종이라고 생각하지 않아요. 동양 사람들이 서양 사람들보다 사실 죽음 앞에 훨씬 초연합니다. 아주 초연해요. 당연히 받아들여요. 거부하지 않아요. 결국

죽고 사는 것에 대한 우려는 사고에 달려 있어요. 죽고 나면 이 세상보다 더 좋을지 어떻게 알아요. 여기서 좋으니까 저기서는 아닐 거다. 여기가 좋으면 저기는 더 좋을 수도 있는데 왜 여기에 사로잡혀 있어야 하죠? 그리고 죽기 전까지 자기 목숨이 살아 있는 거라면 자기 목숨이 죽기 전까지는 죽어 있지 않은 거겠네요. 그러면 있지도 않은 허깨비를 갖다 놓고 왜 두려워해요? 목숨이 있는 날까지 죽음을, 그 허깨비를 무서워할 이유가 없어요. 왜 없는 것에게 생생하게 있는 것이 잡아먹히느냐 이거예요. 없어요. 오지 않았으니까 없잖아요.

어린아이들은 있지 않은 것을 무서워하지는 않아요. 하지만 벽에 붙여 놓은 그림이 무서우면 막 무서워하죠. 있다고 착각하니까 그래요. 죽음도 마찬가지예요. 있지도 않은데 있다고 해서 두려워하니까 어린아이가 있지도 않은 괴물 그림 갖다 놓고 있다고 하는 것하고 똑같아요.

오지 않는 한, 죽음은 없어요. 죽고 나면 산 건 없는데 비교할 성질의 것이 못 되죠. 비교할 성질의 것이 아니니까 구별의 존재가 아니고, 구별이 없으면 문턱 하나 넘어가는 것에 지나지 않아요. 그래서 죽음이 두렵지 않게 되면, 그건 죽으나 안 죽으나 같은 거예요. 그러니까 언제 죽어도 그건 살아 있는 대상이 아니에요. 있을 적에 문제가 되는 거예요. 하나는 없는 거고, 하나는 있는 건데 어떻게 구별을 해요. 있는 거 하고 없는 거 하고 자꾸 구별하는 걸 보고 오류라고 하는 거예요. 동양은 이렇게 생사 문제를 다루는 경향이 있어요.

제2부

자연적 삶과 영성 수련

곽노순

병폐를 씻게 하는 일곱 가지 갑옷 입기

옆 사람하고 조금 떨어질 수 있어요? 유치원 학생 대하듯이 말한다고 무시한다고 생각하지 마시고 제가 요구하는 대로 따라해 주셨으면 좋겠네요.

(1) 담대하고 당당하라

왼손으로 목 뒤를 서너 번 문질러 주세요. …… 그만. 손을 무릎에 내리시고… 물론 앉는 건 이래라 저래라 할 것 없이 편안하게 앉으시고… 눈은 떠도 좋고, 감아도 좋고 편안하게 자유롭게…. 다음엔 오른손으로 목을 뒤로 훑어서 서너 번…… 그만. … 손을 무릎에 놓으시고… 다음에는 왼쪽, 오른쪽 손을 번갈아서 목 앞 쪽에서 밑으로 훑어 내리세요. 번갈아서…… 그만. 손을 무릎에 놓으시고, 편안하게….

이제 목덜미가 훈훈해지면 (다 아는 건 아니겠지만) 몸의 상태에 대해서 예민한 사람은 자기 정수리에서 발끝까지 느껴지는 차이를 알 수 있어요. 목덜미가 훈훈하면 담대해질 수가 있어요. 전 세계에서 한국 사람의 트레이드마크로 '목에 너무 힘준다.'라는 말이 있는데, 그건 지나친 경우이고 기독교인들은 담대한 것을 배우셔야 돼요. 『성경』에 있는 예수가 있고 2천 년 동안 우리가 만든 예수가 있죠? 여러분은 잘 아시죠. 약하고 친절하고 속으론 미워도 씽긋 웃고…. 그런데 예수란 분은 '문간에서 그 집이 받을 만한 자격이 없으면 신발 흙까지 떨구고 딴 데로 가라', 또 '사람을 선별해서 돼지에게 진주 던지는 꼴이 되지 않게 하라', 또 여차하면 '오른손을 도끼로 잘라라.'… 이렇게 무서운 얘기를 하신 분이에요. 이거 내가 만든 얘기 아니에요. 여러분 복음서에 다 있는 내용인데 교회와 목사님과 여러분들이 채널을 다른 데다 맞추었기 때문에 아주 생소한 것처럼 느껴지지만, 다윗이나 아브라함이나 엘리야나 모세나 예수나 다 담대함을 알고 있었어요. 당당하게 자기 권리를 주장할 수 있었고요. 당당하면 무슨 이점이 있냐 하면 불필요하게 남이 집적거릴 기회를 줄여서 남이 죄 지을 기회를 줄일 수 있어요.

(2) 자기 영역을 지켜라

손을 이렇게 어깨에서 내려서 배꼽에다 대시고 다 같이 숨을 들이쉬세요. 그리고 손을 배 위로 훑으세요. 팽팽하게 숨을 들이쉰 상태에서… 그리고 가만히 계셨다가 내쉬면서 천천히 풀어 주세요. …… 숨은 코로 쉬어도 좋고, 입으로 해도 좋아요. …… 다시 한 번 숨을 들이

쉬면서 허리를 잡아당겨요. 배를 홀쭉하게…… 그리고 천천히 내쉬고…… 한번만 더 숨 들이쉬고 내쉬면서 풀고. …… 이 자세도 뱃심을 길러 줘서 하나님이 만든 창조주 세계에서 자기 영역을 지킬 수 있게 해줍니다. 모든 동물들이 자기 영역을 지키죠? 자기 영역을 지킬 줄 아셔야 돼요.

(3) 수줍음을 없애라

오른손으로 위에서부터 밑으로 훑어서 배꼽 밑으로 쓸어 주세요. 한 서너 번… 천천히 인두로 미는 것 같이…… 그만, 손을 무릎 위에 놓으시고… 가슴 앞 쪽 위에서 밑으로 잔잔한 더운 기운이 흘러가게 되면 수줍음이 없어져요. 수줍은 사람은 남보다 어쩌면 더 독한 욕심과 야망이 있을 수 있는데, 그것을 감추는 방식이 수줍음이라는 것을 심리학자들은 다 알고 있어요. '쭈뼛쭈뼛' 하는 것은 덕이 아니에요.

기독교인들에게 흔히 많은 병을 제공하는 것이 죄의식인데 예수께서는 자기가 태어나고 보니까 자기 동포들이 그저 미주알고주알 다 죄가 된다고 얘기를 하거든요. 그리고 청년이 돼서 사방을 돌아보니까 다 죄의식에 병들어 있었어요. 그래서 무조건 '네 죄를 사한다.' 그랬어요. 그 내용도 안 들어보고 말이에요. 다 벗기우고 벗겨 주었어요. 그러니까 우리가 아는 대로 도교, 불교, 이슬람교, 조로아스터교, 등 지구에 많은 종교가 있는데, 그중에서 33살의 젊은 예수께서 지구에 남긴 유산이 무엇이냐? '용서'하는 것. 그게 트레이드 마크였어요. 그런데 어떻게 됐는지, 죄의식이 가장 많은 인간을 배출해 냈어요. 교회가. 예수는 그 점에서 성공했다고 볼 수가 없죠. 수줍음 중의

하나가 '길트'(guilt)예요. 무화과나무로 자기 몸을 감추려고 하는 그
런 심정.

(4) 자기 자신을 지키라

다음에는 갓난아이가 잘 때 하는 것처럼 엄지를 감싸고 주먹을 꽉
쥐시고 힘을 주시고 그 다음에 힘을 빼세요. 힘을 뺀 상태에서 이 형
태만 유지하시고 그냥 헐렁하게 밑에다 내려놓으며 숨을 들이쉽니다.
같이…… 그리고 어깨에 올리세요. …… 텅 내려놓으세요. …… 한번
다시 숨 들이쉬고요. …… 어깨 올리시고…… 숨 내쉬고, 힘을 탁 풀
고… 한번 다시 숨 들이쉬고…… 숨 내쉬고. …… 서양에서 우리가
배운 것은 'doing'이었어요, '하는 것'. 지금 여러 가지 자세를 할 때
혹시 오해하는 사람들이 있어요. 이 행위 자체가 중요한가 보다. …
그건 아니에요. 수영 선수가 스프링보드에서 몇 번 하다가 다이빙하
는 것과 마찬가지로, 행위한 다음에 가만히 있을 때 오늘 그 여운을
즐기는 것이 동양이에요. 그래서 아까 할 때보다 하고 난 다음에 그
독특한 진동이 신체 부위에서부터 퍼져 나가는 것을 예리하게 쫓아갈
적에 참으로 기가 막힌 것을 체험할 수 있어요.

동양은 'doing'이 아니라 행위 뒤 여운에 있는 진짜 엑기스를 잡는
것이에요. 우리가 산문도 즐기고 시도 즐기는 것처럼, 또 가사가 있는
데 유행가도 즐기고 가사가 없는 클래식도 즐기는 것처럼. 서양의 행
위와 동양의 무위도 알아야 하기 때문에 제가 주제넘게 유치원 학생
대하듯이 해드린 거예요. 이 자세는 '숫기'(수놈의 기운)를 얘기해요.
당당하게 나가게 되는 것. 우리는 인류가 백만 년 사는 동안에 다른

동물과 많이 다른 것을 요구해 왔어요. '여자는 숫기가 있을 필요가 없다', '얌전하고 예쁘고 순종하면 된다.' 이러한 것들 말이죠. 그러나 여러분이 아프리카에 갔다가 사자를 만났는데 자세히 보니까 암놈이라서 맘이 놓입니까, 아니죠. 암놈이 더 사나워요. 그래서 '암사람은 유약하다.' 이것은 인류가 길들인 작전이에요. 다 홍콩 영화에 나오는 고대 무술하는 여자처럼 자기가 자기를 지킬 줄 알아야 해요. 일본에는 사무라이 시대가 있었죠. 칼을 차고 가기 때문에 칼을 대장간에서 만들고 잘 만들었나 보기 위해서 지나가는 사람목도 베고 그랬다고 해요. 피차가 칼을 찼기 때문에 어떤 결과가 있느냐? 수백 년 지난 다음에도 말이 길지가 않아요. 서양도 권총을 차고 서부 개척한 것이기 때문에 함부로 말하지 않아요. 여차하면 끝장나니까…….

그런데 우리는 중국에 조금만 바치면 국방예산도 필요 없는 상태로 5백 년을 지내면서 "없던 걸로 해", "있던 걸로 해." 이런 말장난하는 더러운 문화를 만들었어요. 그러면 칼과 총이 있는 게 더 정상입니까, 그렇습니다. 짐승은 다 발톱과 이빨이 있어서 자기를 지키게 되어 있어요. 자기가 자기를 지킬 준비를 하면, 판단의 서늘함이 있어요. 그러니까 이씨 조선이 스스로를 지켜야 하는 것을 경험했더라면 조정에서 소를 잡아먹는 것만은 안 했을 거예요. 그런데 조공만 바치면 국방예산이 들이 않으니까 그냥 앉아서 심심하니까… 게임은 해야 되겠으니까… 김씨, 이씨, 소를 잡아먹는, 그렇게 하고도 안 한 걸로 하고, 없던 걸로 하는 이런 푸세 문화가 생겼어요.

스스로 자신을 지키는 것이 모든 지금의 논리요. 그런 자세가—뭐, 여러분이 나가서 총을 사라는 얘기가 아니라—아브라함의 자세였습니다. 에녹이고 노아고 다 이런 고대의 추장이었는데, 당당하게 두 발로 하나님이 지은 이 대지 위에서 그런 것을 기초로 나중에 사랑, 친절, 용서가 나오는 것이지요. 목과 가슴과 배와 어깨를 이렇게 해서 어지간히 내 영역을 지킬 수가 있어요.

(5) 너그러워지라

양쪽 손을 위로 하고 귓밥을 조금씩 잡아당겨요. 이렇게 좀 만져줘요. 아주 심하게 안 하셔도 돼요. 조금만 만져주고 내려놓으세요. 그 여운에 진짜가 있다고 했어요. 가만히 있기만 하면 우주의 기운에 예민해져요. 무언가를 하기 때문에 그걸 알아차릴 수 없는 거죠. …… 시계처럼 가만히 있기만 하면 천지자연에 있는 기운이 알아서 내 몸을 관통해서 효험을 보게 되는 것예요. …… 지금쯤 귀가 아까 흥분한 거 하고 틀려요. 박하사탕처럼 싸— 하면서 따뜻한 게 얼굴 쪽으로 퍼지게 돼요. 그러면 저절로 숨이 깊어지고…. 눈을 감고 요 맛을 보시란 말이에요. 요게 어떻게 다른가. 아까 것하고…. 점점 더 선명해지죠? 따끈한 것이…. 그리고 여기에 코도 위로 따듯하게 하고 머리도 이마도 훈훈하게 하고 그러면 숨이 점점 더 깊어져요. 배 밑에까지… 요런 상태가 되면요. 누가 톡 쳐도 씩 웃고. 누가 사기 치려고 하면 "에이, 가져가라 가져가." 이렇게 관용을 가질 수가 있어요. 10리 가자고 하면 10리 가구요. 예수님이 2천 년 전 박혁거세하고 동시대인인데, 그때 하신 비유를 가지고 요즘의 젊은 애들이 그래요. "글쎄 목사님 나는 그러려고 하는데 나더러 5리 가자는 사람이 없어요." 이렇게 뻔뻔해졌어요. 그런데 회사에서 내가 한 연구를 남이 좀 가져가려고 할 적에 요롭게 귀가 따뜻하면 "에이, 난 얼마든지 할 수 있으니까 이번에 네가 가져가라." 이렇게 할 수 있어요. 이삭이 우물을 팠는데 블레셋 사람들이 돌로 메우면 "또 딴 데서 파지" 하면서 계속 열댓 번 옮기는 장면이 「창세기」에 있습니다. 또 요셉이 형제들한테 모함을 당해서 팔려 갈 적에—우리 같으면 심장마비 걸렸겠죠—또 그중에서도 잘못해서 누명을 쓰고 감옥에 들어가게 될 때, 우리 같으면 심장마비도 열댓 번도 걸렸을 거예요. 그런데 그런 기사가 없어요. 어떻게 그랬을까? 예수께서 이삭의 이야기, 요셉의 이야기 이런 것을 공부하시다가 '아, 우리 조상들이 오른뺨을 맞으면 왼뺨도 내었구나.' 했는데, 이것이 노동자 출신이기 때문에 사실적인 사례에서 그분의 지혜가 트였지, 하늘에서 낙하산 타고 떨어진 게 아니에요. 귀가 이렇게 따뜻하면 기독교의 덕목이라 할 수 있는 '허물도 좀 덮어 주고', '양보하고', '잊어 주고', 어떨 땐 좀 '속아주고'… 그렇게 하는 사람이 한 마을에 10명만 있어 봐요. 시간이 갈수록 전체에 누룩이 퍼져요. 소돔과 고모라나 서울시나 그런 사람 천만 명만 있으면 동북아시아가 다 돼요. 그런데 한국에 있는 천만여 명이 무슨 일을 하는지 여러분 다 아시죠? 이렇게 귀가 뜨거운 적이 없는데 사랑을 하려고 해봤자 아무 소용이 없죠. 스케이트 안 신고 빙판을 지치는 꼴을 하니 얼마나 보기 싫습니까? 보통 신발을 신고 스케이트 지치는 시늉을 벌써 백 년을 해왔어요. 대한민국 교회가. 왜? 귀가 이렇게 따뜻한 것을 한 번도 맛보지 못했으니까.

(6) 평안함을 찾으라

안경 쓰신 분은 좀 벗고… 손으로 얼굴을 좀 문지르세요. 빡빡 문질러서 화장을 지우라는 게 아니라 손에서 다 기운이 나가니까 그냥 지나가기만 해도 돼요. …… 인두질을 하란 말이죠. 뭐 많이 할 필요는 없어요. …… 그만 손 내리시고 가만히 물결 같은 여운을 즐깁시다. 이런 상태를 평안이라고 하는 것이에요. 얼굴이 아랫목에 있는 것처럼 편안해져요. 전신에 대한 압축이 얼굴이죠? 전신에 관한 정보가 얼굴, 귀, 손바닥, 발바닥에 축소판으로 있어서 거기다 침을 놓는 것이에요. 그래서 자주 얼굴을 마지면 아주 좋은 것이라는 거예요. 왜 여자가 대한민국에서 남자보다 10년씩이나 오래 사는가, 이유가 많겠지만 남자들 손바닥이 얼굴에 가는 것보다 여자의 손바닥이 가는 횟수가 많습니다. ……

(7) 기를 느끼라

이제 손바닥 밑이라 할까? 요기도 얼굴을 사방으로 둘러가면서 밖으로 세 번만 문지릅시다. 이렇게 하나, 둘, 셋, …… 또 옆에 …… 1시, 11시 방향으로…… 그 다음에는 옆에…… 힘 있게 안 해도 돼요. 맨 나중엔 턱에…… 이제 다 됐으면 손을 내려놓으시고 손이 수고했으니까 많이 쉬게 하고… 머리끝에서 발끝까지 릴렉스! 편안하게 내버려두세요. 얼굴은 광채 나는 태양이라고 할 수도 있고, 사자라고도 할 수 있어요. 아까 것하고 뭐가 다르냐 하면, 지금 한 동작이 축도에 해당하는 것인데 환함이 더해지는 것을 알 수 있어요. 눈을 감았어도 내 눈앞이 환한 것을 느낄 수 있어요. 열과 빛이 인간에게 있어야 하는 것인데 아직까지는 목 밑으로 열을 가한 것이고 귀의 짜릿함을 주고 얼굴에 환함을 일으켜요. 더움과 밝음. 그래서 몸은 노곤하고 졸리죠? yes! 불가에서 ‘선’이다, 일본에서 ‘센이다’ 하는 것이 뭘까요. 모세가 홍해를 가르고 왼쪽, 오른쪽을 가름과 마찬가지로 몸이 노곤하고 환해지는 상태를 쉽게 말해서 ‘선’이라고 해요. 우리는 노곤해지면 잠들고 꿈꾸게 되고 커피 먹어서 머리가 맑아지면 몸이 떨려요. 그런데 그 둘의 중간점, 몸은 지금처럼 노곤한데, 머리는 환해지는 것을 선이라고 해요. 이런 것을 불교가 생기기 이전부터 고대인들은 사냥을 나가서 짐승을 기다리다가 몸을 움직이지 않고 가만히 있다가 느꼈는데, 이 중에 저처럼 나이 많은 분들은 어렸을 때 경험했을 거예요. 밭에 쭈그리고 앉아서 풀을 뽑을 적에 이 사람과 저 사람 사이에 간격이 멀고 그 사이에 사람의 키만 한 곡식이 자라고 있으면 나른하고 땅에서 오는 뜨거운 기운이 있어요. 그게 얼마나 사람을 졸리게 하고 좋은지… 쭈그려 앉았어도 스프링처럼 기운이 팽팽하고… 그래서 혼자만의 그런 것을 고대인들은 기독교, 불교 같은 것이 생기기 몇 천 년 전부터 다 경험했어요. 짐승은 지금도 경험하고… 그래서 사자나 호랑이가 토끼를 잡아먹으려 할 적에 오른발을 앞에 들었다 하잖아요. 소리가 바스락하고 날까 봐 내리지 않고 가만히 들고 있는 상태죠. 짐승들은 벌써부터 고요한 상태에 들어가서 이 자연의 출렁거리는 기를 느껴요.

겨울에 한강이 얼었을 때 새들이 쭉 앉아 있는 것을 볼 때 대뜸 입에서 나오는 말이 "아유, 어떻게 쟤들 양말도 안 신고 저러고 있냐?" 그 세 개로 쪼개진 빨간 살점의 발이 시리니까 한쪽은 들고 한쪽은 내리고 하는데 그게 지방층 때문인가. 서양 사람들이 모르고 그걸 곰이 동면하는 것처럼 지방층이 많아서 그렇다고 그래요. 그게 아니에요. 고요해지면 우주의 기운이 오기 때문에 물개가 외투 안 입고도 헤엄쳐 다니는 것과 같은 것이에요. 고대인들이 다 그랬어요. 불교인의 독점이 아니에요. 고요해지면 누구든지 하는 것이지, 종교 행사가 아니에요. 생물학적인 현상이에요. 고요해지게 하는 것을 사냥꾼과 묵상하는 사람이 많이 하니까 그들이 밝혀내서 그런 것입니다. 원래는 모든 짐승들이 다 하고 있는 것을 인간은 뇌를 써서 지구를 점령하고 그 값을 치르느라고 지금 다 두통이 생겼는데, 짐승과 나무는 두통이 없습니다. 두통약 먹는 건 지구상에 인간밖에 없어요. 기린은 목이 긴 것이 장점이자 단점인데, 모든 전문화된 게 단점이자 장점인 것과 마찬가지로 인간은 이빨, 손톱, 발톱도 없고 뿔도 없고 아무것도 없어요.

그런데 뇌 하나 가지고 지구를 점령했기 때문에 거기에서 오는 폐단을 우리가 지금 경험하고 있습니다. 여러분 다 아시는 짓거리를 하는 게 뇌죠. 더러 우리가 브레인(brain)에서 "Come back to body." 뇌에서 몸으로 가끔 오는 것을 안식일이라고 하는 것이에요. 엿새 뇌 쓰고 하루 몸을 쓰란 말이죠. 그래서 몸은 이렇게 훈훈하게 하는 것! 아마 민감하지 않은 사람도 알 거예요. 아무 말할 필요 없이 약간 훈훈하고 커피 안 먹어도 머리가 훤해져요.

이런 상태를 모든 종교인들이 축하했어요. 몇 십 년 전에 아프리카에서 살던 사람이 한 번 누굴 따라서 유럽 여행을 했어요. 이것저것 편리한 게 많은데, 샤워기가 있었던가 봐요. 그래서 틀어 보니까 소나

기가 막 나오는데 참 좋더라고… 그래서 자기가 아프리카로 돌아갈 적에 하나 훔쳐 가지고 갔어요. 그리고 고향에 가서 벽에 붙였는데 '이게 안 나오더라고….' 영성이라는 것은 벽에다 샤워 꼭지 붙이는 게 아니에요.

또 감옥소에 진짜 도둑질해서 온 놈하고 또 어떻게 해서 들어왔는지 아무튼 철학 전공한 놈하고 같이 쓰고 있었어요. 그러다가 손발이 잘 맞아 탈출하게 됐는데 이 두 놈이 지붕의 기왓장을 살살 밟고 밤에 빠져나왔어요. 물론 진짜 도둑이 앞장서고 철학과 출신이 뒤에 쫓아갔어요. 한참 가다가 도둑이 잘못 짚어서 기왓장 하나가 떨어지니까 지나가던 경비원이 "이게 뭐야?" 그랬더니 "야옹!" 도둑이 이랬어요. 또 한참 가다가 뒤에 있는 놈이 발을 잘못 디뎌서 기와장이 떨어졌어요. 그러니까 이제는 "이게 뭐야?"가 아니라 "누구냐?" 그랬더니 "고양이에요." 그랬어요. 자연적인 삶이라는 것은 우리 존재에서 '야옹' 소리가 나와야 되는 것이지 '고양이예요' 하는 문장이 나오는 게 아니에요. 이제까지 하신 일곱 가지 동작은 특별히 크리스천들에게 많이 있는 쭈뼛쭈뼛하고, 길트(guilt)하고, 속은 용서할 준비도 안 됐는데 용서한다고 하고, 그런 병폐를 씻기 위한 아주 간단한 동작인데 제가 그냥 '갑옷'이라고 이름을 붙였어요. 우리가 '갑옷'을 입고 나가야 되니까….

만성피곤증에 시달리는 현대인이여, Here now!

도시인들은 십중팔구 만성피곤증에 시달리고 있습니다. 이것을 제거하는 간단한 방법을 함께 하겠어요. 유치원 학생 다루듯이 한다고 너무 언짢게 생각하지 마세요. 유치원 학생 아니면 천국에 들어가지 못한다고 우리 원조께서 말씀하셨으니까… 아주 극진히 대우하는 거예요.

(1) 목에 힘을 빼라

숨 들이쉬고, 고개를 왼쪽으로 돌리면서 내뿜으세요. …… 아주 90도로 꺾어서…… 숨 들이쉬고, 앞으로 와요. 천천히…… 그리고 앞에서는 오른쪽으로 내뿜으면서…… 오른쪽으로…… 바짝 90도로…… 다시 숨 들이쉬고 앞으로…… 앞에서 내 쉬고…… 그만…….

그거 쉬운 것 아니냐? 하지만 여러분 하루를 사는 동안에 이렇게 한 번도 안하십니다. 왼쪽 보려면 몸이 돌죠? 대개 고개는 안 돌아 가요. 그러니까 목이 뻣뻣해서 한국 사람이 목에 힘이 많은 거라고요.

(2) 감각기관을 활성화시키라

숨을 들이쉬고 고개를 완전히 떨구면서 내쉬세요. 완전히…… 들이쉬면서…… 앞에 와서 밑으로 갔다 와서 위로 갔다 하는 걸 하나, 이렇게 해서 세 번 하는데, 손바닥으로 귀를 막은 상태에서 각자 편한 대로 하자고요. 시작! 숨 들이쉬고 내려요. 다 하셨으면 손 내리시고 편안한 걸 즐기세요. 그리고 천천히 눈을 뜨고 사물을 보세요. 머리가 아주 맑아졌어요. 사물을 꽉 쥐고 싶어요. 흐리멍덩하게 오관이 작동했었는데 사진기, 감각지가 아주 고도인 것처럼 사물을 파악하고 싶은 거예요. 눈과 코와 귀가 다 활성화돼서 하나님이 만든 피조물을 다

만져 보고 핥아 보고 감각해 보고 싶어 하는 욕구가 있어요. 하루 동안에 남이 나한테 욕한 거, 칭찬 받았다고 괜히 겉멋들인 것 다 쓸어 내는 방법이 이 두 동작이에요.

(3) 감정의 찌꺼기를 씻어 내라

감정의 찌꺼기를 씻어 내는 세 번째가 마지막인데 오른손 엄지로 오른쪽 코를 막고 왼쪽으로 마음껏 숨을 들이쉬세요. …… 다 했으면 둘째 손가락으로 막아요. …… 엄지를 열고 내쉬세요. 마음껏…… 또 오른쪽으로 들이쉬고 그냥…… 엄지로 막고…… 둘째 열고 내쉬세요. …… 그만. 손 내리시고, 손이 수고했으니까 쉬게 하세요. …… 몸뚱이가 좋은 대로 아무렇게나 쉬세요. …… 그리고 천천히 눈을 뜨고 자기 앞의 분위기를 확인해 보세요. 감정의 찌꺼기가 사라졌어요. 원망이라든지 슬픔이라든지 이런 것이 다 증발해 버렸어요. 이것이 도시인들을 만성피곤증에 시달리게 하는 것을 씻어 내는 아주 간단한 방식이에요.

어떤 사람이 나이가 들어서 이제 아들이 컸기 때문에 교육을 시킨답시고 여자들이 발가벗고 춤추는 스트립쇼 하는 곳을 데리고 갔어요. 그래서 이제 부자가 나란히 무대를 바라보고 있는데 그 아들놈은 황홀해서 정신이 없었어요. 그런데 아버지가 계속 "에이… 에이, 참." 그래서 아들이 아버지를 쿡 찌르면서 "아버지, 저만하면 됐지 뭘 그래요." 그랬더니 "에이, 니 엄마 말이다." 이렇게 말했다는 얘기가 있어요. 사람 머리는 늘 딴 데 가 있어요. 몸 있는데 머리 있는 사람은 아주 드물어요. 애인하고 있으면 시험 볼 교과서가 떠오르고, 교과서를 펴면 또 애인이 떠올라요.

ㆍ그러니까 제자리에 있는 적이 거의 없어요. 그런데 필름이 포개지 듯이 몸하고 내가 생각하는 의식이 포개지는 사람을 도인이라고 하는 거예요. 아주 간단해요. 이 간단한 세 가지 동작을 하시면 싫어도 홀 연히 여기에 있게 돼요. 여기엔 과거도 없고 미래도 없어요. 내일 걱 정? 몸이 따뜻한데 내일 걱정하실 수 있습니까? 할 수가 없어요. 몸이 훈훈하고 기분이 좋으면 "어이고, 이게 좋은데…", "내일 걱정 내일 하지 뭐." 그럽니다. '한 날의 괴로움은 그날에 족하다.'는 예수님의 말씀을 인용하면서 'Forget it.' 또 어저께 잘못한 거 이미 다 인천바 다를 건너 적도를 향해 갔고 다 잊어버리게 돼요. 언제, 설교를 많이 들으면? NO! 몸이 차갑고 쑤시고 어디가 허해지면 설교라는 소프트 웨어가 귓구멍에 암만 들어가도 뇌에 들어가서는 작용을 안 해요. 이 몸을 못 고쳐요. 그래서 몸을 먼저 고치는 방식이 예수께서 하신 거고 또 도교의 방식이에요. 하드웨어인 몸을 고치면 지극히 작은 힌트와 지극히 작은 예화, 지극히 짧은 설교만 들어도 양약이 될 수가 있어 요. 그런데 몸이 차가우면 암만 들어봤자 헛농사예요. 그런데 그런 헛 농사를 교인도 즐기고 목사님도 즐겨요. 그래 오래해야 되니까…. 여 러분, 제약 회사가 완전히 병을 낫게 하는 약을 만들면 그 다음엔 문 닫죠? 그러니까 제약회사는 두 가지 조건이어야 돼요. 타사보다는 좋 지만 아주는 안 고치게….

나일론이라는 게 처음 나왔을 때 석산 나일론 양말이 있었어요. 제 가 중학교 때인가 그랬는데 영원히 안 떨어져 가지고 결국 그 회사 망 했어요. 안 떨어지는데 누가 사냔 말이죠. 그 당시는 패션이 있는 것도 아니어서 있는 것만 해도 감지덕지였는데 말예요. 다른 회사보다는 질기지만 결국엔 떨어지게 해야지. 그래야 먹고살지. 그래서 모든 것이 완전히 고쳐 주지 않는 것이에요.

그러면 목사들이 앉아서 짰냐. 교인과 목사 간의 무의식의 협약이에요. 이면 계약이 그렇게 됐다는 것이죠. 완전히 새사람 되는 거 다 두려워하죠. 완전히 새사람 되면 어떡해, 딴 놈처럼 비슷하게 살아야지. 그러나 죽을 때가 되면 너무 늦죠. 어떤 도인이 제자들을 데리고 다녔는데, 제자가 거의 동년배들이에요. 예수님이 제자들을 데리고 다닌 것처럼 여러분은 예수님이 한 3천 살 된 줄 아세요? 어쩌면 베드로가 더 나이가 많은지 모릅니다. 그걸 알아야 돼요. 청년부 회원쯤 되는 30살 또래들이 몰려다니며 여관에도 들르고 노숙도 하고 그랬겠죠. 하여튼 이 사람이 가는 데마다 제자들이 "스승님, 스승님!" 해서 귀찮으니까 어느 마을에 들어가서는, "내가 선생이라고 티내지 마라." 이렇게 약조를 받은 다음에 여관집에서 하룻밤 잤어요. 자고 일어나서 밥을 먹은 다음에 여관집 주인이 차를 한 잔씩 대접했어요. 선생한테 주더니 그 앞에서 무릎을 꿇고 엎드려 제자로 받아 달라고 해요. 그래서 선생이 사방을 둘러보고 "누가 나를 선생이라고 알려줬냐?" 그랬더니 다들 아무도 안 했다고 고개를 좌우로 흔들었어요. 그래서 여관 주인에게 물었어요. "내가 스승인 걸 도대체 어떻게 알았소?" 그랬더니 여관집 주인이 "제가 이 한 자리에서 30년 여관업을 했습니다. 아침마다 제가 손님께 차를 드렸는데 지금 선생님처럼 이 세상에 아무것도 없고 이 차와 입술과 물뿐인 양 이렇게 'Here now' 인 사람은 처음 봤습니다. 어떻게 내가 모를 수 있겠습니까?"

간단한 세 가지, 좌우로 돌리고 상하, 그리고 코로 하는 것. 이렇게 만 하면 현대인의 만성피곤증의 50%가 가셔지는 걸 제가 보증할 수 있어요. 아까 했던 갑옷 입기는 크리스천들의 많은 병폐를 씻어서 남을 용서하고 관대할 수 있는 그리스도의 인간상으로 정형시킬 수 있어요. 그런데 우리가 지금 여기 있어야 하나님이 응답해도 대답을 들을 수 있지, 몸은 서울에 있는데 맘이 다른 곳에 가 있으니까 하나님이 응답해 주고 싶어도 어디다 맞춰야 될지를 몰라서 우리가 못 듣는 거예요. 그러니까 하나님의 응답을 받으시려면 두 필름을 제발 포개시라고요. 그래서 'here now'라고 했어요. 'here now'이어야만 정말 맹수처럼 살아 있는 것이에요. 우리는 찰나를 사는 것이에요. 80년 살아도 찰나인데, 찰나를 살아봐야 그것의 앙코르로 영혼이니 영생이니 또 주문하죠. 매번 흩어져서 분열증으로 살면서 어떻게 신청곡은 그것으로 하느냐 말예요. 도무지 알 수가 없어요. 현대인은 늘 허약하거나 병이 들었어요. 얼굴이 누렇거나 하얗거나 퍼렇거나 벌겋거나 아무튼 병들었어요. 여러분 다 아시는 걸 동양의 학문적인 근거에서 나온 것으로 상기시켜 드리기 위해서 말씀드린 거예요.

근심 걱정 매일 하는 사람은 반드시 위에 구멍이 뚫려 있습니다. 또 슬픔이나 좌절을 오래하면 폐가 상한 것이고, 탐욕이 지나치거나 조급증이 과하면 심장이 고장난 것이고, 울화가 터지고 난폭하면 간이 터진 거고, 무서운 것이 많으면 신장병이 난 것입니다. 이런 것을 동양 선조들은 다 알고 있어요. 작은 기쁨이 벌써 다 빠져나간 사람만이 당뇨에 걸립니다. 그리고 남을 이래라 저래라 집적대기를 좋아하는 사람이 대개 대머리 되고, 결단할 것을 자꾸 보류하면 잇몸에서 피가

나게 돼 있어요. 그리고 인색한 사람이 변비에 걸려요. 똥도 아까워서… 이 몸이 그냥 말하고 있어요. 우리에게 다 가르쳐 주고 있다고요.

이런 것이 3백 60가지가 있어요. 대한민국에 많고 외국에도 많은 10가지만 말씀드린 거예요. 하나님이 만든 기계가 그냥 있는 게 아니에요. 아주 예민하죠. 우리가 만든 컴퓨터보다도 더 월등한데 이 미세한 것을 관찰할 만큼 여유가 있고 고요하느냐가 문제지요.

제가 시카고에서 목회할 때의 어느 겨울날, 소아과 의사인 교인에게 전화가 와서 "아유, 이거 농담이지만 목사님 이번엔 감기가 안 돌아요." 그래서 내가 "야 이놈아! 감기가 안 돌면 다 좋잖니? 그런 것 고치고 싶어서 한 직업인데…." 그랬어요. 사람이 얼마나 우습습니까? 대한민국에서만 보이는 풍경이 있어요. 제가 미국에 한 26-27년 살던 사람이니까 얘기하지만, 어저께 경부고속도로로 오는데 레커가 한 20대 넘게 기다리고 서 있어요. 레커가… '어떤 놈이 안 다치나!' 하구선… 한편으론 고맙고 한편으론 야박하고… 이런 뻔뻔한 사업이 나온 것이에요. 장의사는 사람들을 보면서 이게 다 내 재료라고 할 테고, 의사들은 겨울에 감기 환자들을 보면서 씨―익 웃을 테고…. 그러지 맙시다. 제가 표준이라고는 할 수 없지만 저는 신학교 지망할 때 그랬어요. '어떻게 되어서 나 같은 놈이 이것을 지망하게 되었는가? 좋은 세상이 되면 나는 하고 싶은 것이 뭐냐?' 제가 물리학을 전공했기 때문에 '수학문제 풀고 싶은 게 내 꿈이고 수영을 한다든지 그런 게 차라리 좋다. 법도 없고 겁도 없는 세상, 아무 겁 없고 법이 없어도 사는 그런 사람이 되면, 그것이 언젠지 모르지만 신학을 공부하는 것

은 그때까지다. 그 다음에는 바둑, 장기 두고 낚시할 것이다.' 이런 생
각을 하고 있었어요. 이렇게 내가 좋아하는 게 따로 있어요. 그런데
그런 게 없고 사람 구원하는 것만 좋은 사람은요 천당 가서도 예수만
나도 "예수 믿어." 이럴 거라고… 얼굴도 안 보고 해요. 그래서 기독
교하고 다른 종교하고 비슷해요.

　대전에 대순진리교인가 죽순진리교인가 많더라고요. 밤에 총알택
시를 타려고 하는데 한 젊은이가 찾아왔어요. 하늘엔 별이 있고 깜깜
해서 갈 길이 바쁜데 대뜸 찾아오더니 "조상을 섬기세요?" 그래서 내
가 "조상 섬기는 건 좋은데, 자네 윤회 안 믿어?" "윤회 믿어요." "그
게 넌지도 몰라. 넌지도 모르는데 도대체 어디다 하냐? 그 조상이 넌
지도 모르는데…. 그 다음엔 우리 조상들이 살던 때를 생각해 봐. 어
떻게 살았겠냐? 지금으로부터 5백 년 후에는 우리 후손이 날 섬긴다.
햇볕 쬐고 눈 맞으면서 간 놈 한 놈도 없다. 너처럼 그냥 그날을 좀 살
았지. 그리고 그 조상의 제일 위의 조상이 어디 있냐? 그게 지금 동물
원의 원숭이다. 그러니까 조상보다 그 원숭이를 섬겨야 되고 그 원숭
이도 있기 전에 뭐가 있었냐? 천지자연이 있었다. 이 천지자연이 더
큰 부모다. 그 다음엔 뭐냐?" 바로 그때 마침 낙엽이 하나 떨어지기에
"늘 힘을 추구하는 게 종교인데도 힘도 좋지만 서글픔을 알아야 종교
가 된다. 이 낙엽이 떨어지는 것처럼 너나 나나 동창생이다. 백년 이
내에 같이 죽는 놈이니까… 그래서 목숨 붙은 걸 다 불쌍히 생각하는
마음이 있어야지 종교지, 뭐 초능력적인 힘이 있어 가지고는 형편없
다. 너 조상이 어디 있냐? 너 생기기 위해서 아버지, 어머니 있었지.
아버지 생기기 위해서 할아버지, 할머니 있었지. 또 외할아버지, 외할

머니 있었지. 자꾸 이렇게 되는데 어지럽지?” 내가 이랬더니 어지럽대요. 조상이 되면 ‘∧’ 이렇게 되는 줄 알았는데 ‘∨’이렇게 되거든…. 그래서 어서 가라고 하니까 그러더라고요.

몸과 마음을 건강하게 하는 손동작

현대인들이 다 이렇게 허약하거나 병들었거나 그래요. 그래서 크리스천으로서 갑옷 입는 게 좋고 또 도시인으로서는 스트레스 푸는 게 좋고… 손가락 동작으로 존재를 다스리는 것을 간단히 가르쳐 드리겠어요.

(1) 힘이 솟게 하는 동작

손은 이렇게 쥐시고 가운데 손가락만 이렇게 붙이세요. 그리고 아무 데나 놓으세요. 책상에 놓아도 좋고 무릎에 놓아도 좋고 힘 있는 사람은 들어도 좋고… 대개 “숨은 어떻게 쉽니까?” 이래요. “아! 숨 쉴 줄 모르는 사람이 어디 있어요.” 짐승들은 그런 거 몰라요. 그냥 몸이 알아서 하게 하면 저절로 깊어지고 저절로 하게 되는 거예요. 그런데 여러분 그 얘기 다 아시죠? 지네가 잘 가다가 개미를 만났어요, 개미가 지네더러 “한 가지 물어볼 것이 있다. 도대체 언제 오른발 내고 왼발 내냐?” 하니까 지네가 그 자리에서 결국 움직이질 못하더래요. 그걸 생각하려니까, 몸이 알아서 하게 돼 있는데…. 숨은 몇 분에 몇 박자 쉬라고 하니까 몇 달씩 돈 내고 배워도 안 되는 거예요. 그냥 여러분의 몸이 좋은 대로 하시면 저절로 숨이 깊어지고 저절로 몸이 훈훈해지고 몸이 알아서 하게 돼 있어요. 그런데 그걸 배로 해라, 등으로 해라, 그건 기교에 속하는 거예요. 그런 철학이 서양이에요. 'Doing'을 하는 거예요. 자기 좋을 대로 하세요. 기운이 좀 있으면 척추도 세울 테고, 없는 사람은 구부려도 좋고… 가장 좋은 자세는 없어요. 숨을 들이쉬고 내쉬는 걸 코로 해도 좋고 입으로 해도 좋고… 그것을 하나로 해서 아홉 번만 세자고요. 속으로…… 네, 아홉 번 하셨으면 가만히 그 자세로 놓고 잠깐 얘기를 들으세요. 이것은 심장 부분을 특별히 훈훈하게 해주어서 힘을 솟구치게 하는 방식이에요. 아무것도 믿으실 필요 없어요. 과학이에요. 관찰하고 실험하는 것이에요.

(2) 평화롭고 조화롭게 하는 동작

다음에는 넷째와 다섯째 손가락만 대시고 다른 건 접고 아홉 번 셉시다. …… 아직 처음이기 때문에 차이를 모르시겠지만 아까 가운데 손가락은 훈훈하고 힘이 솟구치게 하는 것이고 지금 넷째와 다섯째는 마음을 평화롭게 해주는 것이에요. 구체적으로 말하면 분노할 까닭이 없고 두려워할 까닭이 없게 돼요. 이 넷째 손가락은 간에 해당하고, 화나는 것과 관계되면 다섯째는 신장하고 겁이에요. '샬롬'이 뭐냐? '평화'가 뭐냐, 두려울 대상도 없고 화를 퍼부을 대상도 없는 것을 평화라고 하는 것이에요. 간과 신장이 건강한 사람은 평화를 누리는 거예요. 그 전에는 도저히 평화를 느낄 수가 없어요. 그것이 이 자세가 요구하는 것이에요.

(3) 치유케 하는 동작

이제는 둘째 손가락만 대시고 일곱 번만 합시다. …… 둘째 손가락은 만병통치를 하는 거라고 하는데 구체적으로 폐를 좋게 해요. 그래서 호흡을 원활하게 하는 것이에요. 호흡이 모든 병을 왜 고치느냐? 편도선, 두통이나 설사 났을 때 실험 정신을 갖고—그 당시에는 아프지만—3분이고 2분이고 눈을 감고 두 손가락으로 귀를 막고서는 가만히 보세요. 호흡에 그 숨결이 벌써 들려져요. 날이 흐리고 해가 질 때 자살하고 싶던 마음들이 없어지는 거예요. 그런 날 우울하고 친구도 안 오고 애인도 안 오고, 전화도 안 올 때 우울증(depression)에 걸리는데 가만히 앉아서 이 자세로 10분 내지 20분간 있어 봐요. 그러면 홀연히 '내가 왜 그런 생각을 했을까?' 이렇게 이상할 정도로 상태가 10층으로 올라오는 것이에요. 우리 상태가 한 곳에 있는 게 아니에요. 거의 지하실에 있어요. 어떤 사람은 3층, 어떤 사람은 20층…. 꼭대기에 가보면 존재가 다 조그맣게 보여요. 그런데 아래층 그것도 지하실에, 훈훈하게 하는 것이 아니라 어딘가 서늘하게 해줘요. 머리를….

내관이라고 하는, 관조하고 자기를 들여다볼 때 하는 아주 좋은 자세가 있어요. 사람들이 생각한다고 하지만 아니에요. 그건 조건반사예요. 이런 상태로 한 30분간 있다 보면 문제가 저절로 증발하고 머릿속에서 조동사, 목적어로 '그놈이 이렇게 했으니까 나는 이렇게 해야 되는데…', 『성경』이 이러니까 이렇게 해야 되겠지….' 하지 않아요. 이렇게 하면 영상적 으로 벌써 빛의 속도로 '척척척' 서늘해지는 거죠. 존재가 항아리에 물이 가득 찬 것처럼 뿌듯하고 제왕이 된 것

같은 것을 느낄 수가 있어요.

　짧은 시간에 세 종류를 가르쳐 드려서 죄송하지만 다 외우실 거라고 믿고 했어요. 그중에 떠오르는 것 한두 가지만 해도 되니까요. 어떤 사람이 대학교수로 있었는데 한번은 동료 교수가 임종을 맞았어요. 죽게 됐는데 자기 집으로 좀 와달라고 해서 그 교수가 갔어요. 그런데 가만히 보니까 위로의 말을 한 마디도 안 하는 거예요. 그 교수는 불교인도 기독교인도 아니니 누굴 들먹거리겠어요. 예수님 믿어라, 부처님 믿어라 않고 가만히 있는 거예요. 그러니까 오죽 답답하면 죽는 사람이 얘기한 거예요. 뭘 좀 말해 달라고…. 그랬더니 "걱정하지 말게, 죽지 않아." 이렇게 말을 하는 거예요. 그러니까 죽는 사람이 처음에는 농담인 줄 알았어요. "아니 내가 지금 숨이 넘어갈 텐데 안 죽는다고 하니 농담이 너무 심한 것 아니오." 그랬더니 "아니다. 진심이다. 안 죽어. 산 적이 없으니까…" 이렇게 말했어요. 그리고 "욕망과 후회 사이에서 떠내려간 이것을 너는 삶이라고 부르겠는가?" 이렇게 말했어요. "욕망과 후회! 욕망과 후회! 욕망과 후회! 이 조건 반사로 떠내려간 3-40년, 4-50년, 이것을 삶이라고 부르겠는가? 당신은 산 적이 없어, 그러니 걱정하지 마! 결코 죽지 않아." 이렇게 말했어요. 그러자 이 사람이 펄펄 뛰다가 나중에 눈물이 나면서 그 사람의 손을 덥석 잡고 "고맙다." 그랬어요. "나는 삶도 삶처럼 못 살았는데, 당신의 말이 아니었으면 죽음도 죽음으로 못 맞이할 뻔했다." 그러면서 "정말 고맙다." 하고 갔어요.

　이것은 모든 그리스도인들이 들어야 할 얘기예요. 왜? 그리스도인들은 십자가를 너무 강조해서 나는 안 죽어도 되는 것처럼 착각해요. 김씨, 이씨 누군가가 대신 죽어 주는가. 아니에요. 여러분 각자가 태어날 때 예수가 대신 태어난 게 아니니까…. 태어난 게 내 이름으로 태어났으면 가는 것도 내 이름으로 가는 것이에요. 그런 것을 예수가 '이렇게 하렷다.' 하고 멋있는 동사 변화표를 보여주시면서 본을 보이시고, 또 구체적인 도움을 요구하는 사람에게는 신비한 방법으로 접근해 온 것이에요. 그런데 기독교인들이 2천 년 동안 해온 것이 그리스도의 죽음으로 자신의 죽음을 회피하는 짓이었어요. 그게 아니에요. 그리스도가 '죽음을 맞이하는 자세대로 살렸다!' 한 것인데, 우리는 삶도 특별히 모든 종교인 중에서 쭈뼛쭈뼛하고 조금만 틀리면 죄라고 하면서 형편없이 살다가 죽는다고요.

어느 날 교회에 가보니까 어느 분이 겨울인데 감기에 걸리신 모양이에요. 기침을 콜록콜록하면서 "몸이 다시 사는 것과 영혼이 사는 것을 믿사옵니다." 그래서 내가 속으로 '감기나 고쳐라. 감기나….' 그랬어요. 제 얘기는 「사도신경」을 버리라는 게 아니에요. 저는 제 자신이 그 처지가 내 처지가 아닌 기도 제목으로 통성기도할 적에, 또 그 처지가 내 처지가 아닌 가사의 찬송을 부를 때, 입을 다물고 속으로 기도했어요. '이 가사가 내 가사가 되도록 도와주십시오. 어느 날 생활이 변화해서….' 그러면서 보니까, 미안하지만 내가 남이 하는 걸 가만히 보고 있었어요. 사람이 언행이 일치하면 몰라도 못하면 말이라도 말아야지. 어쨌든 이렇게 세 가지 동작을 하면 제왕처럼 뿌듯해서 욕망과 두려움에서 벗어날 수 있어요. 비로소 살 수가 있고, 물론 비로소 죽을 수가 있고, 그리고 더 나가서 비로소 부활할 수가 있어요. 죽지 않고는 부활 못해요. 살지 않고는 죽을 수가 없고.

자연적 삶이란 무엇이냐

이제 끝으로 자연적인 삶이란 무엇이냐?

첫째, 인공적인 것보다 자연을 더 좋아하는 것이에요. 둘째, 부자연한 것보다 자연스러운 것을 더 좋아하는 것이에요. 셋째, 우리가 대자연의 일부분이라고 하는 인식이 동트는 것이에요. 넷째, 대자연은 어찌 보면 살아 있는 듯이 느껴진다고 하는 것이에요. 이런 네 가지를 다 품고 사는 사람이 어느 날 자기 존재에서 '야옹' 소리가 나오는 것을 '자연적 삶이다.' 하고 말하는 것이에요.

샌프란시스코 주립대학의 심리학 교수로 있는 빌로도라고 하는 사람이 있었어요. 이 사람이 정글에 들어가서 인디언 스승 밑에서 10년인가 약초에 관한 심리적·효과를 연구하면서 제자로 있었어요. 그런데 어느 날 새떼도 있고 원숭이 같은 짐승이 다 있는 그 무시무시한 정글로 끌고 들어가더니 "오늘은 너를 한번 테스트해 보는 날이다. 이 정글의 시끄러움이 멈추지 않도록 걸어라." 그래서 살살 두 발짝을 걸었을 때까지는 계속 동물들이 못 알아채고 시끄러웠어요. 그런데 셋째 발짝을 떼는 순간 앵무새 소리도 멎었고 원숭이 소리도 멎었다는 거예요. 그래서 "선생님, 아무래도 제가 향수를 뿌리고 면도해서 그런 것 같습니다." 하고선, 때마침 인디언이 지나가다가 잡아놓은 짐승의 기름조각을 가져다가 온몸에 칠하고는 다시 출발을 했어요. 이번에는 세 발짝 가는 동안에도 정글이 계속 시끄러웠어요. 그런데 그

136

다음에 뚝 멈추더라는 거예요. 스승이 얘길 했어요. "짐승이 네 몸의 냄새를 맡은 게 아니라 네 속의 포악함과 난폭함을 알았다." 우리는 다 난폭합니다. 꿈에 회사의 그 목을 비틀었으면 좋겠고, 내가 못하면 차라리 자동차 사고라도 났으면 좋겠고, 그런 것을 꿈으로 연출하게 돼 있어요. 이건 다 난폭함이에요. 그런데 스승이 지나가면 짐승들이 다 거들떠보지도 않고 계속 떠드는 거예요. 이 교수도 짐승이 시끄러운 가운데 걸을 수 있게 되는 데에 5년이 걸렸다고 자기 책에서 고백하고 있어요. 그래서 제가 웃으면서 '장로, 목사, 감독 또 뭐 총회장을 뽑을 때 저 숲속에 들여보내는 걸로 테스트하면 좋겠다. 그렇게 하면 아마 통과하는 놈이 한 놈도 없겠지.' 하는 생각을 한 적이 있어요.

티베트에서 호랑이가 자주 나와서 동네 사람을 잡아먹은 적이 있어요. 19세기 말이니까 100년 전에…. 그때 그것을 어떻게 막았느냐 하면 히말라야에서 도를 닦던 도인이 그 성문 앞에 드러누워 있었어요. 그 호랑이가 오는 입구에 말예요. 그러면 호랑이가 와서는 그냥 가고, 그냥 가고…. 이걸 서양 사람들이 보고 "와― 어떻게 이런 일이 일어나느냐?" 그랬더니 "우리가 싱거운 반찬은 안 먹고 양념이 잘된 것만 먹는 것처럼 짐승도 양념이 잘된 사람, 즉 공포라는 양념이 들어가 있는 사람만 먹는다."고 하더래요. 겁 있는 것만 먹지 공포가 없는 것은 안 먹는다는 거예요. 그 도인은 거기 드러누워서 공포가 없을 정도가 아니라 타 생명에 대해서 연민까지 느꼈기 때문에 "이제 그만해라." 하면서 타일렀다는 것이지요. 이렇게 이 교수가 얘기하는 우리 속의 난폭함과 두려움은 사실 동전의 양면입니다. 그런데 누가 난폭하냐 하면, 겉은 아주 우락부락하지만 속에는 겁이 많은 사람이 그렇거든요. 이 안팎이 다 통해 있어요.

그래서 자연적 삶이란 난폭함과 두려움이 씻긴 삶을 말합니다.『성
경』에 보니까 채식만 했다는 다니엘이라는 소년이 있었어요. 그 아이
를 사자우리에다 집어던지는 얘기, 여러분 너무나도 잘 아실 거예요.
거기선 천사가 와서 사자의 입을 틀어막았다고 했어요. 물론 천사라
고 하는 건 인구조사에 들어가는 게 아니니까 안 보이는 걸로 쳐야죠.
그럴 때 제 해석에 의할 것 같으면 이 사람은 채소를 먹으니까 난폭하
지 않을 거고, 언제든 죽어도 좋다고 자기 운명을 여호와 하나님께 내
맡겼기 때문에 두려움이 없었을 거예요. 그러면 사자에게 음식거리로
안 보이는 거죠. 덤덤한 친구처럼 보이지. 이런 존재의 의식에 구체적
인 무언가가 있기 때문에 짐승이 알아보는 것이지, 뭐『성경』끼고 있
다고 알아보거나 교리 문답한다든지 하면 그냥 잘 씹었을 거예요.

유명한 인류학자인 케서널리벨이란 사람도 약초 연구를 16년 동안
멕시코에 가서 인디언 스승 밑에서 했는데 첫날 제자로 받아주느냐,
아니냐를 할 때 이런 시험을 했대요. 아무도 없고 깜깜한 하늘에 별이
있는 자기의 산골 초가집으로 데려가서는, 마당에서 "자네 자리를 찾
게." 하고는 사라졌어요. 그러니 이 사람이 도대체 문제를 어떻게 풀
어야 할지 모르겠지만, 물어볼 사람도 없고 해서 할 수 없이 '네 자리
를 찾아라.' 그랬으니까 마당의 여기저기를 그냥 봤다는 거예요. 그냥
어벙하게 앉아 보니까 이상한 데가 두 군데 나왔더래요. 한 군데 앉으
면 무서움, 근심, 걱정 온통 그런 것이 있어서 몸이 시릴 정도로 꿈틀
거리게 하고, 또 어디에는 앉으니까 아주 편안하고 나른하고 잠이 사
르르 오고, 그래서 이게 우연인가 하면서 또 두 번째의 편안한 자리에

가서 앉으려고 했더니 옆에 선생이 나타나더니 "너, 찾았구나." 하더라는 거예요.

우리가 문명 속에 사는 동안에 몸이 다 죽었어요. 남자의 몸보다는 여자가, 여자보다는 아이, 아이보다는 짐승, 짐승보다는 식물, 식물보다는 광물, 광물보다는 지구가 더 예민한 존재죠. 그중에서도 지구가 가장 예민한 존재예요. 초속 30km를 달리고 45억 년을 지내는데 아직 버스가 급정거해서 뒤에 있는 놈이 앞으로 왔다든지 이런 게 없어요. 그렇게 예민해요. 너무 커서 우리가 모르니까 고마워하지도 못하죠. 그런데 우리는 몇 만 년 내에 성숙한 시대에 왔어요. 홀연히 고마움을 찾을 시대가 온 거라고요. 예전에 우리는 대지가 평평한 줄 알았어요. 그런데 이제는 저녁 뉴스 시간마다 뱅글뱅글 도는 푸른 행성을 보게 되었어요. 고마움을 알아야 돼요. 예전엔 인류가 유아 시절이었으니까 그랬지만 어쨌건 지진이 날 때 보면, 쥐나 닭은 몇 시간이나 몇 분 전에 다 알고 있어요. 사람만 아둔하게 가만히 있다가 당하는 거예요. 만물의 영장이고, 첨단 과학이고 그러면서도 얼마나 우스워요. 닭과 쥐들이 얼마나 깔깔거리고 웃었겠어요. 쟤들 보라고 장비를 잔뜩 가지고 그냥 당하니… 왜 몸을 안 쓰냔 말이에요, 몸을. 몸이 다 죽은 까닭은 너무 생각과 말을 했기 때문에 그렇습니다.

시시때때로 말과 생각을 멈춘 사람만이 이 지구 전체의 움직임과 춘하추동과 여러분이 좋아하는 환경을 느낄 수 있습니다. 환경이란 말 난 안 좋아해요. 언제부터 우리가 환경이란 말을 썼습니까? 몇 천 년 몇 백 년 동안 삼라만상이라든지 산천초목이라든지 금수강산이라든지 하는 말을 썼지. 환경! 내가 주인이고 환경이다 이거죠. 아니에요. 여러분은 좋은 뜻을 갖고 환경이라고 하지만 그 낱말 자체를 지구가 들으면 "웃긴다, 웃겨." 그래요. "날 환경이래. 쟤들이… 최근에, 백만 년 전에 생긴 호모 사피엔스 후손들이 나를 환경이란다." 이럴 거예요. 이 지구가 달보고, 해보고, 또 해는 많은 별들을 보고 "여기 우스운 친구들이, 버러지들이 있다." 그럴 거예요. 달에 가서 사진을 찍으면 사람 키가 안 보여요. 큰 놈 작은 놈 목에 힘주는 놈은 물론이고 히말라야도 안 보이죠. 그러니까 기간도 짧지, 하루살이에요. 45억 년에서 80년이 뭡니까? 또 사이즈는 얼마나 작습니까? 이런데 왜 아침마다 신문 보는 줄 아십니까? 이 낙엽 지고 과일 열리고 이런 것 안 보기 위해서 그런 거예요. 이게 진짜인데 죽을 때 이것을 마지막으로 더 보고 못 보는 게 한인데, 신문 못 보는 게 한입니까? 그거야 뭐 관을 아주 신문으로 덮어 주면 되지. 그 다음날 것도 갖다 주고 또 다음날 것도 갖다 주고… 참, 요즘은 '관도 DC 해서 팝니다.' 하면 좋아해요. 몸이 말 안 듣는 지경에 온 것이라고요.

힌두교에 이런 얘기가 있어요. 우리나라에서 4-5살 되는 애를 절간에 가서 공부하게 하는 것처럼 힌두교의 어느 아들도 그렇게 하게 했어요. 그래서 점성술, 풍수지리 등 여러 가지를 다 배웠어요. 그리고서는 12살 때 장원급제를 해서 아주 으스대면서 집에 왔어요. 참 끈기가 있는 아들을 자랑스럽게 보던 아버지가 가만히 보더니 고개를 절레절레 흔들면서 "글렀다, 글렀어. 걷는 폼을 보니까 글렀어." 하면서 이렇게 물었어요. "무얼 배웠느냐?" 그러니까 아들이 "이것저것 다 배웠습니다." 하니까 "그것은 배웠는가?" 그랬어요. "그게 뭡니까?" 아들이 묻는데, 아까 인디언 도인처럼 다시 설명 안 하고 반복했어요. "그것을 배웠는가?" "도무지 무슨 말씀인지도 모르겠거니와 배운 적이 없습니다." 그랬어요. 그래서 아들은 하룻밤도 자기 전에 다시 돌아갔어요. 선생더러 "아니, 우리 아버지가 그걸 배워 오라는데 그게 뭡니까?" 그랬더니 "아니, 진작 얘길 하지, 공부 다 끝난 다음에 하면 어떡해. 너 정말 그걸 배우려고 하냐?" 그러니까 "아, 그거 아니면 집에서 안 받는 대요." "정말 배우겠어, 오래 걸려도?" "그거 아니면 집에 못 들어가요." "그래 그럼 여기 소 2백 마리가 있는데 이걸 끌고 산으로 들어가서 1천 마리가 되면 와라." 그랬어요. 그래도 일등한 아이가 머리에 든 게 많이 있지 않겠어요? 이 아이가 소 2백 마리를 끌고 산으로 갔어요. 가서 뭘 했겠는가? 한번 생각해 봐요. 처음엔 친구도 없고 전화도 없고 휴대폰도 없으니까 스스로 했겠지요. 문, 답, 문, 답… 그럴 적마다 소가 멀끔히 쳐다봤다는 거예요. 그 아들을 말예요. '뭘 하는가? 이게 무슨 짐승인가? 혼자 말하고 혼자 대답하고….' 그 다음에 겨울이 오고 봄이 오는 동안 조금씩 예민해져 갔어요. 바람이 불어오면 거기 사자가 숨었는지를 아는 등 자연에 대해서 예민해졌어요. 그리고 자연밖에는 몰랐어요. 예수님이 비유하신 것처럼 살아 있는 자연이 되었어요. 어느 정도가 됐냐면 그러니까 학교에서 배운 것을 다 쏟아 내고, 자연이 삼투압처럼 스며들었어요. 전체가 말예요. 그래서 어느 날 소가 1천 마리가 됐는데 1천 마리가 되면 돌아간다는 것조차 그 아이가 잊어버렸기 때문에 소들이 '이제는 갈 때다.' 이렇게 알려줬다고 나와요. 그래서 이놈이 소 1천 마리를 끌고 내려와요. 그런데 선생은 또 몇 회를 졸업시키고 새 학생이 들어왔을 게 아니겠어요. 선생이 가르치다가 딸랑딸랑 소리가 나니까 다 저기를 보라고 하면서 "1천 1마리의 소를 보라." 이렇게 말했어요. 그게 'That'이에요. 그게 모세의 40년이죠. 자그마치 40년씩이나 초야에 묻혀 있었어요. 왕궁에서 40년, 초야에서 40년, 민족해방할 때 40년, 120년! 80세에 민족해방을 시작했어요. 80세에…. 그전엔 어떻게 했나, 왜 그런 사람을 하나님이 택했는가, 완전히 자연의 한 부분이 된 거예요.

왕궁에서 배운 것 다 잊고, 자연의 한 부분이 된 거예요. 결국 하고 싶은 말은 부자연한 것을 버리면 자연히 된다는 얘깁니다. 자연스러운 게 클라이맥스에 가면 초자연으로 이어지는 것이에요. 부자연, 자연, 초자연이 한 스케일에서 가는 것이에요. 그래서 남의 눈에 잘 띄는 것이 부자연한 사람이에요. 근데 자연한 사람하고 초자연한 사람은 눈에 안 띄어요. 적외선과 자외선처럼 말예요. 부자연한 인간은 가시광선처럼 눈에 띄죠. 커뮤니 제프라고 하는 소련이 낳은 도인이 있었어요. 이 사람은 아주 괴팍한 장난을 많이 했는데, 한번은 한 열 명이 들어갈 만한 방에다가 서른 명을 집어넣고, 서로 다른 사람이 없는 양 말하지 않고, 뭐 발등 밟아도 '미안합니다.' 하지 않고 밟은 걸로도 치지 않고 그렇게 30일을 있으라고 했어요. 서른 명이 지원했는데 사흘 있다가 스물일곱 명이 못하겠다고 나왔어요. 가렵지, 우스운 소리 나오지…. 인간이 이게 1백만 년 훈련이 됐기 때문에 계속 말을 해야 돼요. 말 안하면 못 견디게 돼 있어요. 그런데 말 안하는 정도가 아니라 없는 것처럼 있으래요. 눈빛도 마주치지 말고 없는 것처럼…. 스물일곱 명이 낙제고 세 명만 남아 30일을 버텼어요. 그 30일이 됐으니까 의식이 보통사람이 아니죠. 선생이 와서 아무 말 없이 끌고 갔어요. 그리고 어느 정원 같은 데에 가서 속으로 '이제는 말을 해도 돼.' 그랬더니 세 사람이 "정말이요?" 했어요. 세 사람이 그 얘기를 다 들었다는 거지요. 고요해지면 다 그렇게 되는 것이에요. 여러분, 새가 이렇게 서른 마리. 오십 마리 있는데 함께 동작할 때 뭐 이럴 것 같아요? "야 왼쪽이야 왼쪽! 오른쪽이야, 오른쪽… 돌아… 돌아." 이렇게 하는 것 같아요? 아니에요. 또 전자장치를 해놓은 것 같아요? 아니 예요. 전체가 한 혼인 양 도는 것입니다.

그리고 모세도 그랬기 때문에 여호와의 영성을 들은 것이에요. 여러분도 하나님이 수없이 불렀을 거예요. 그런데 여러분이 다 귀머거리였던 거니다. 1천 1마리의 소의 세계를 경험해야 자연으로 돌아갑니다. 문명에서…. 홀연히 초자연이 되는 걸 체험하는 거죠. 그래서 사무엘처럼 또 엘리야가 미사 하는 중에 여호와 영성을 들었던 것처럼 '이제는 말해도 돼.' 이렇게 속으로 말했는데 세 사람이 동시에 "정말입니까?" 한 것, 이것을 텔레파시라고 하는 거예요. 텔레파시라고 하는 건 초능력으로 으스대면서 쓰는 게 아니에요.

그게 에덴동산이에요. 문장이라는 건 가장 오해 덩어리예요. 인간의 언어는 거짓말하기 위해서 만든 걸 아시죠? 진짜는 말할 필요가 없는 것이에요. 그래서 자연과 초자연이 열렸습니다. 이런 상태에서 엘리야나 모세나 사무엘처럼 하나님과 자연과 통할 수가 있는 것입니다. 속이 꽉 차 있고 가슴이 열려 있어야 되는 거죠.

미 동북부에 메리디스라고 유명한 TV 부사장이 있는데 이 사람이 명상을 좀 하다가 어느 날 자기 집 정원에 있는 완두콩을 앞에다 두고 여러분이 아까 하던 식으로 고요히 있었어요. 그런데 며칠을 해봐도 아무 일도 안 일어나는데 어느 날 눈을 감았는데도 앞에 초록색 물감이 퍼진 것 같은 게 자꾸 보이는 것이에요. 그래서 그날도 실패를 했어요. 그리고 그 다음에도 또 집요하게 했더니 그 초록색 물감 같은 게 더 뚜렷해지더니 갑자기 자기 몸의 앞, 뒤로 막 흔들렸어요. 그러더니 소리가 들렸어요. "그거 좋으냐?" "아니 싫어. 막 현기증 나고 그러니까…." 그랬더니 "우리도 싫다. 그러니까 우리 울타리 좀 튼튼히 해라." 그 완두콩이 하는 얘기예요. 그래서 그 다음부터는 일일이 식물을 키울 적에 무슨 비료, 무슨 비료 교과서 보고 주는 게 아니라 그 앞에서 가만히 명상하면서 순전히 식물들의 충고를 받아가지고 기가 막힌 정원을 만들었어요. 전 세계 사람들이 방문했어요.

에덴동산이나 고대로 가면 이런 빌딩도 없고 글자도 없고 컴퓨터도 없고, 거짓말도 안 할 그때는 삼라만상이 다 살아야 되니까 전체가 커뮤니케이션을 하고 있었어요. 그런 시대가 얼마 안 있으면 오게 돼 있어요. 왜냐, 문명의 극치를 우리가 경험할 수 있기 때문에 차면 기우는 법이에요. 그래서 환경보호라고 하는 것은 이 지경에 이르게 한 사람이 땅과 협력해서 이루는 아름다움을 말하는 것이에요. 식물, 동물, 광물, 산, 강, 지구와 대화하는 인간이 배출될 때 낙원이 되지 그 이전에 몇 번 뛰고 여기다 뭐하고 이래 가지고 되는 게 아니에요. 우리가 잠깐 사는 동안 같이 사는 거예요. 강에 있는 생선이나 산에 있는 것이나 다 동창생이고, 지금 사는 짐승이 다 동창생입니다. 그럼 지구가 서로 사랑하니까 얼마나 좋겠습니까? 그런 큰 그림에는 우리가 '그러면 어떻게 했으면 좋겠습니까?' 하고,—모세가 야훼께 경청하듯이—이 지구 소리, 나무 소리, 짐승 소리를 듣는 겸허한 자세를 가질 때 비로소 지구의 낙원을 만드는 것이에요.

그러면 이렇게 자연한 인간은 어떤 모습일까? 두 가지만 예를 들겠어요. 어떤 사람이 우리 같은 종교 집회를 끝내고 갔는데 모텔에 방이 다 차고 없어서 "어디 빈 데 좀 없습니까?" 그랬더니 매니저가 찾아보더니 "어느 방에 침대가 둘인데 여자 손님이 들어갔습니다. 거기도 괜찮습니까?" 그랬더니 "어떻게 해요. 길에서 잘 수도 없고…." 그래서 가기로 했어요. "그런데 아까 그 손님이 주문한 식사가 있는데 그것 좀 가는 길에 갖다 주실 수 있겠습니까?" 하니까 "물론." 한다고 그랬어요. 그리고 문 열고 밥그릇을 내려놓고 보니까 몸에 실오라기도 걸치지 않은 금발 여인이 드러누워 자고 있는 거예요. 그래서 밥을 놓고서는 젊은이가 그 앞에 앉아서 몇 번이나 같은 것을 반복했어요. "할까?… 말까?… 할까?… 에이 그래서야 되나?" 그러다니 "에라 모르겠다." 그러더니 그 여자 밥을 먹었다는 것이에요. 이게 초자연이에요. 그리고 그 사람에겐 자연스러운 거예요. 배고픈 게 제일 급하니까…. 사람의 기대치를 넘어가는 것, 이런 걸 자연함이라고 하고 초자연이라고 하는 것이에요. 이 지경으로 사는 것을 자연적 삶이다, 이렇게 말하는 것이에요.

생태적 삶을 추구하는 영성

이현주

영성의 의미

영성이라는 말이 최근에 와서 많이 사용되고 있습니다. 저는 이런 생각을 해보았습니다. 우리가 두통을 앓기 전에는 머리가 거기 있는지 없는지 생각지 않습니다. 눈이 아프기 전에는 눈이 있는지 없는지 별로 생각도 않고 사는데 눈이 아프게 되면 눈에 대해서 많이 관심을 가질 수밖에 없습니다. 원래 영성이라는 단어도 삶의 내용과 방법들이 건강할 때에는 말하지 않아도 됩니다. 많이 병들어서 문제가 생기니까 저마다 '영성', '영성' 하고 이야기하는 것이 아닐까 생각됩니다. 영성이라는 말이 있으면 '육성'이라는 말도 있어야 할 텐데, 아직 못 들어 보았습니다. 영이라는 말하고 아무래도 대비되는 것을 생각해 보면 물질, 혹은 육이 될 것입니다. 지난 3백 년 동안을 되돌아봐도

146

인간의 정신적인 면의 발전보다는 물질적이고 물리적인 발달이 굉장히 빨랐다고 생각됩니다.

인디언들은 말을 타고 빠르게 달리다가 가만히 멈추어 서서 무엇인가를 기다린다고 합니다. 무엇을 기다리는가 하면 자기 몸이 너무 빨리 달렸기 때문에 혹시 자기 영이 그 속도를 못 따라와서 날 놓지 않았나 싶어 영이 올 때를 기다린다는 거예요. 어쩌면 지금 우리 인류 전체가 그러고 있는 게 아닌가 하는 생각이 듭니다. 말을 멈추고 기다려야 하는데 더욱 빨리 달리는 시대에 걸맞지 않는 사람들이 있어서 영성, 영성, 하는 것이 아닐까요? 안 보이는 것을 좀 잘 보면서 살자는 것이 영성이기 때문이죠.

저는 그렇게 생각합니다. 눈에 보이는 것보다 눈에 보이지 않는 것에 중요한 게 많습니다. 우리가 많이 놓치고 있습니다. 제대로 살려면은 눈에 안 보이는 부분을 좀 제대로 잘 볼 수 있는 그런 삶을 살아야 하지 않겠느냐? 그런 반성이 이제 영성, 신앙 그런 단어를 쓰면서 생겨나는 것이라고 봅니다. 그러니까 생태적 삶을 우리가 추구하고 있다는 것과 우리가 생각하는 영성 생활이라는 것이 같은 것을 다른 식으로 표현한 것이라고 봅니다.

생태적 삶을 저는 이렇게 이해합니다. '너는 혼자가 아니다.'라는 사실을 좀 알고 사는 것이 아닐까요? 틱낫한 스님이 쓰신 어떤 책에 '종이 한 장에서 강물을 본다.'는 글이 있습니다. 종이를 본다고 물이 보입니까? 비가 보입니까? 사람들이 보입니까? 당신은 보인다는 겁니다. 비가 안 오면 나무가 못 자라고 나무가 안 자라면 펄프를 못 만들어 내고 펄프가 없으면 종이가 없으니까 결국 이 한 장의 종이 있기까지는 비가 내렸기 때문에 나무가 있고, 펄프가 있고, 종이가 있습니다. 그러므로 이 과정, 시간이라는 것만 빼버리면 요게 바로 비다 해도 된다는 거죠.

헤르만 헤세가 쓴 『싯다르타』라고 하는 소설에 이런 이야기가 나옵니다. '돌멩이 하나는 언젠가 부서질 것이다. 언젠가 부서져서 흙이 될 것이고, 그러면 거기서 씨앗이 나오고 나무가 자랄 것이다. 그런데 종교적인 스승들의 말에 의하면 시간은 없다.'고 합니다. 종교적 스승들뿐 아니라 아인슈타인도 시간이라는 것은 소위 정신적인 건축물(mental construction)이고 인간의 정신이 만들어 낸 하나의 있지 않는 그 무엇이라고 합니다. 과학자, 물리학자들도 그렇게 증명을 했었어요. 벌써 옛날에 스승들은 '오늘이 있을 뿐 어제도 없고 내일도 없다. 다만 있는 것은 지금이다.'라고 가르쳤습니다.

돌이 흙이 되고 흙에서 씨앗이 떨어져서 나무가 된다. 그런데 이렇게 변해 가는 시간을 빼면 남는 것은 무엇일까요? 그 돌이 즉 나무다. 그 나무에서 무슨 새가 산다, 그러면 그 돌이 곧 나무요, 새요, 이렇게 해서 하나의 모래 안에서 우주를 본다는 말을 하는 거지요. 그것은 시가 아니라 다소 정확한, 과학적인 관찰이라고 봅니다. 생태적 삶이라고 하는 것은 그런 줄 알고 살아라, 우리가 독자적으로 혼자 살 수 있는 사람은 아무도 없다. 하긴 그렇죠? 여러분과 제가 여기서 이러한 모임을 갖는다는 것은 아마 처음에 어떤 분이 생각을 했겠죠. 누군가 아이디어를 냈을 겁니다. 그 아이디어를 혼자만 갖고 있었다면 이런 사건은 없었을 겁니다. 한번 해보자 하고 광고를 했고, 광고를 보신 여러분이 판단했겠죠. 가볼까? 말까? 한 번 가보자. 이렇게 해서 이

모임이 존재하게 된 것입니다. 인간 존재 내지는 모든 지구상의 존재
가 이렇게 살게 되어 있는데, 우리가 잊어버리고 사는 것이 아닌가 생
각합니다. 단절된 삶을 살다 보니까 어딘가 아프게 되고, 아프니까 영
성을 거론하는 것이 아니겠습니까? 생태적 삶이라고 하는 것, 저보다
여러분이 더 잘 아실 텐데 제가 생태적 삶이란 이런 것이다 하고 말해
봤자 재미없을 것 같고 해서 제 이야기를 들려드리려고 합니다.

　2주 전에 예산으로 이사를 갔습니다. 한 며칠 사는데 저는 둘레가
전부 군부대인 줄 알았어요. 빵빵 총소리가 하루 종일 계속 들립니다.
군부대 옆에 살아 봤지만 사격 훈련을 가끔 하는 건 봤어도 저렇게 하
루 종일 하는 것은 못 보았기에 물어봤습니다. 예산은 사과로 유명한
곳인데 과수원에 까치가 많다고 합니다. 까치가 맛있는 사과를 골라
가며 쪼아 먹기에 까치를 쫓기 위해서 자동으로 프로판가스 같은 것
이 터지게끔 장치를 해놓은 것이라고 하였습니다. 옛날에는 깡통에
줄을 달아 흔들어 새를 쫓거나 할머니가 '훠이' 가라고 그러셨는데 지
금은 기술이 발달하여 총소리로 쫓는답니다. 까치들이 얼마나 기겁했
겠습니까? 파리를 잡을 때 파리채로 '딱딱' 소리 내며 20~30분 두드
리면 파리가 안 보입니다. 물론 그것도 계속하다 보면 그 소리에 익숙
해져서 그 소리가 나도 위험하지 않다는 것을 알지요. 궁금하시면 한
번 해보시죠. 이 총소리 장치도 한 몇 년 해보니까 까치는 도망도 안
간답니다. '저것은 소리만 나지 총알이 없어.'라고 본능적으로 아는
것이죠. 그래서 별로 효과가 없는 것이죠. 까치가 와서 따먹으니까 못
따먹게 하기 위해서 총소리를 내고, 또 어떤 보도에 보니까 잣농사를
하는 우리나라 농부들이 청설모가 떼로 몰려오니까 허락을 받아서 무

더기고 잡아서 매장하는 것을 봤습니다. 총소리로 까치를 겁주지 않으면 안 되는 세상, 청설모가 무슨 죄가 있습니까? 자기가 먹을 것이 있으니까 와서 먹은 것뿐인데, 하나님이 또 그런 것을 먹고 살라고 그래서 그렇게 했는데 그걸 총으로 쏴서 합동으로 매장시켜 버리지 않으면 안 되는 세상, 이런 것들이 지금 우리가 살고 있는 세상을 단적으로 보여주는 것이 아닌가 생각됩니다.

지네와의 대화

목포에서 이런 경험을 한 적이 있었습니다. 거기는 산을 깎아서 집을 지었는데, 그 산이 돌이 많은 석산입니다. 이 석산에 이상하게도 습기가 참 많아요. 물이 많고 돌이 많고 그러니까 지네가 많습니다. 자다 보면 가끔 나와서 허벅지도 깨물고 어깨도 깨물고 그럽니다. 자다가 따끔하면 지네가 있는 거예요. 한번은 신경줄을 건드렸는지 한두어 시간 동안 온몸이 전기 통하는 것같이 찌릿찌릿한 고통을 느끼곤 했습니다. 저를 문 놈은 요만한 놈인데 뭐 순간 작살났었죠. 단번에 쳐서 죽여 버렸죠. 죽였지만 내 몸은 계속 찌릿거리고 아팠어요. 그렇게 거기는 늘 지네가 비상입니다. 아무리 방비를 해도 어디로 들어오는지 방으로 들어옵니다. 장마철에는 정말 조심해야 돼요. 언제 이불 속에서 나올지 몰라요. 그래서 지네가 나오면 어떻게 하느냐. 거기 분들에게 배운 방법은 이렇습니다. 우선 파리채로 때립니다. 너무 세게 때리면 터지니까 적당하게 때리면 기절을 합니다. 죽지는 않고요. 그럴 때 그 놈을 집게로 집어서 유리병 속이나 페트병 속에 집어

넣습니다. 그 안에서 정신을 차리면 말라 죽거나 굶어 죽습니다. 이것이 댓 마리가 되면 그걸 잘 말려서 허리 아픈 사람들에게 주기도 한답니다. 저도 이제 나타났다 하면 파리채로 잡아서 기절시켜 놓고 페트병에 넣고… 하여튼 많이 죽였습니다.

제가 걸레질을 잘 안 하는 사람인데 그날따라 걸레질을 하는데 볼펜만 한 큼직한 지네가 등장을 했죠. 기겁을 했죠. 나는 놀랐는데 이놈은 별로 안 놀래요. 슬슬 기어서 아주 천천히 바닥의 모서리에 들러붙는 겁니다. 제가 자동적으로 파리채를 찾아 때리려고 하는데 순간 이런 느낌이 들었습니다. 그 느낌이 참 소중하다고 생각합니다. 머리로 생각하는 것보다 느낌이 빠르고 정확합니다. 생각을 따라 사는 것보다 느낌을 따라 살면 좀 덜 속지요. 사람하고 이야기할 때도 말을 듣지 말고 어감을 들으면 비교적 안 속습니다. 어감은 말보다 비교적 거짓말을 덜 하니까요. 제 느낌에 확 때리려는 순간 그 지네가 나를 쓰윽 쳐다보는 것 같았어요. 쳐다보니까 내가 움찔할 수밖에요. 대체적으로 딴전 필 때 때려야지 눈과 눈을 마주하면 못 때리는 거죠.

그런 느낌을 받으면서 이번에는 제가 소리를 들었습니다. 이건 소리를 들었다고 밖에 표현을 못하겠습니다. 어떻게 들었냐고 궁금하시겠지만 그런 질문은 하는 것이 아닙니다. 그건 내가 설명할 수 없기 때문입니다. 하여튼 소리를 들었어요. 지네의 음성입니다. "왜 때려? 니가 날 왜 때리느냐? 니가 날 왜 죽이려고 하느냐." 하는 겁니다. 그러니까 제가 대답을 해야 할 것 아닙니까? "야, 인마 넌 지네잖아." 그랬죠. 그랬더니 그 지네가 하는 말이 "내가 지네이기 때문에 죽어야 되냐?" 내가 지네인 까닭에 죽어야 하냐 이거죠. 그래서 "그건 아니지만 내버려두면 넌 날 물을 것 아니냐?" 그랬습니다. "어, 그럼 아직 오지 않은 미래의 가능성 때문에 죽인다는 거냐?" 이루어지지도 않은 가능성. 내가 널 물 수 있기 때문에는 아직 미래예요. 그러면서 "그러면 왜 너는 너를 안 죽이냐? 니가 장차 무슨 못된 짓을 할지 어떻게 알아? 니 몸을 가지고 얼마나 기가 막힌 범죄를 저지를지 아무도 몰라. 그 가능성은 너한테도 있어. 내가 미래의 가능성 때문에 죽어야 한다면 너도 그런 가능성을 가진 존재니까 너도 죽어야 돼. 왜, 너는 안 죽이냐?" 그래서 "나는 절대 아무도 해코지 할 마음이 없어." 내가 그랬죠. 나는 그럴 가능성이 없다 이거죠. 이런 이야기는 하면 할수록 비참해지는 겁니다. 지네가 엄숙하게, 단호합니다. "그건 나도 마찬가지다. 나도 누구도 해코지 할 마음이 없다." 그래서 이걸 때릴 수도 없고, 그렇다고 이걸 내버려둘 수도 없고 난감하죠. "그렇지만 넌 지난번에 날 물었잖아?" 그랬더니 "난 널 문 적 없어." "너 같은 지네가 물었단 말이야, 인마" "그러니까 나 같은 지네가 과거에 널 물었으니까, 그래서 내가 죽어야 한단 말이냐? 그러면 너는 왜 너를 안 죽이냐?" "내가 날 왜 죽이냐?" "너 같은 인간이 과거에 얼마나 못된 짓을 했냐? 입으로 무는 정도가 아니라 아주 숨통을 끊어 버린 것이 얼마나 많냐? 너 같은 인간이 한 못된 짓을 생각해 봐라. 그러면 너도 죽어야 되는 거 아니냐?" 제가 할 말이 없죠. 참 난감했어요. 그냥 무지하게 죽일 순 없잖아요? 그래서 "야, 니 말이 맞긴 맞는데 난 아무래도 니가 겁나. 니가 좀 나가 주었으면 좋겠다. 여긴 내 집이잖아?"

그랬더니 지네가 하는 말이 "누가 정했냐? 여기가 니 집이라고." 누가 정했냐는 거예요. "내가 정했다." 그러니까 지네가 하는 말이

"나도 여기가 내 집이다. 너희 인간들이 여기 와서 터를 잡고 집을 세우기 전에 오래전부터 여긴 우리 땅이여, 우리가 대대로 물려 수백 대째 여기서 사는데 나중에 온 놈이 왜 이렇게 큰 소리냔 말이야. 정말 임자를 따지려면 그 사실부터 좀 생각하고 따져 봐라." 제가 논리적으로 완전히 졌습니다.

"도저히 나는 너하고 같은 방을 쓸 수가 없어. 니가 스스로 안 나간다면 내가 내버려야겠다." 그랬더니, "아, 그건 니 맘대로 해. 니가 나를 강제로 할 수 없듯이 나도 너를 강제할 수 없어." 그래서 제가 걸레로 잘 쌌습니다. 맨 손으로 잡으면 물 것 아니에요? 잘 싸가지고 뒤꼍 풀 속에 가서 털어 주었죠. 한 두어 바퀴 돌더니 풀 속으로 싹 사라졌지요. 그게 제가 지네를 내 눈으로 보고 안 죽인 첫 번째 사건이었습니다. 못 죽인 거죠. 다음날 비슷한 장소에 고만한 크기의 지네를 또 봤습니다. 이번에는 뭐 대화를 나누고 자시고 할 것도 없이 어제처럼 그냥 바로 걸레에 싸가지고 던져 주는 순간, 이게 어제 그놈하고 부부였던가 보다 하는 생각이 들더군요.

그러고 나서도 몇 번인가 지네를 발견했죠. 그럴 때마다 저는 그냥 걸레로 싸서 내버렸습니다. 그래서 그런지 그 사건 이후에 처와 식구들은 한 사람도 지네한테 안 물렸습니다. 어떻게 보면 지네하고 사이좋게 그런대로 살다가 떠났다고 볼 수도 있죠. 몇 번 그러고 보니까 나중에는 제가 손으로 지네를 잡아서 밖에 놓을 수도 있겠다는 착각이 들더라고요. 흉물스럽고 겁나는 지네를 맨 손으로 이렇게 만질 수만 있다면 저로서는 꽤 괜찮은 삶을 연습해 왔다고 결론 낼 수 있지 않을까? 이런 생각을 좀 해봤습니다.

생태적 삶

생태적 삶을 산다는 것은 사람이 태어나면서부터 죽을때까지 아니 저 아담에서부터 인류 존재 전체가 유기적인 관련을 맺고 살고 있음을 머리로만 '아, 그렇지.' 하고 인식하지 말고 우리 온몸의 세포 하나하나에 그 지혜와 지식이 배어 들어감을 말합니다. 어떤 사람은 깨달음이란 머리로 아는 그 앎이 온몸의 세포 하나하나에 그대로 배어 들어가는 것이라고 그러더라고요. 그렇게 될 때 비로소 진정한 생태적 삶을 살아갈 수 있을 것입니다. 그렇게 되면 그날이 이사야 선지자가 내다보았던 독사굴에 어린아이가 손을 넣고 사자와 송아지가 같이 살고 하는, 말 그대로 꿈과 같은 세상을 살아가게 되지 않을까요?

이 지구상에 사는 전체 인간들이 함께 생각하는 것이 매우 중요하다고 생각합니다. 뛰어난 한 개인이 어떻게 생각하느냐도 중요하지만, 그것은 인류 전체의 지식이나 지능의 발달이랄까, 인류 전체의 생각이 변화되는 것과 맞물려 연관 지어질 때 의미가 있다고 봅니다. 오늘날 환경에 대한 관심이 두터워지면서, 우리가 어떻게 소비생활을 할 것이며 또 자연을 상대로 하는 게 어떤 마음가짐을 가질 것이며 상당히 인류적인 운동의식 같은 것들이 만들어지고 있습니다. 이렇게 된 배경에는 그동안 지나치게 물질적인 풍요와 편리함을 추구해 온 우리 인류의 유산이라는 것이 있습니다. 물론 누리고 있는 이것이 부정적인 역할만 했다고는 생각하지 않습니다. 왜냐하면 이런 것들을 겪었기 때문에 '이게 아니다.'라는 것을 아는 것이죠. 마치 둘째 아들이 아버지의 집을 떠나서 그렇게 고생을 해봤기 때문에 아버지하고 사는 게 얼마나 좋은지를 나중에 깨닫는 것처럼. 안 떠났으면 모르는 것입니다. 아무리 좋은 세상에 살아도 좋은 세상인 줄 모르면 할 수 없는 것 아니겠습니까? 그런 의미에서 우리 인간들이 그동안 해온 일이나, 과거부터 지금까지 해오고 있는 이 모든 것들을 버려야 한다느니 하지 말고, 그런 것들도 합쳐서 우리 인류를 깨우쳐 가는 어떤 밑거름이나 징검다리가 될 수도 있겠다 생각해 봅시다. 이렇게 생각하고 있어도 지네하고 좀 덜 싸우고 파리하고 좀 덜 싸우는 것은 참 어렵더라고요. 오늘 아침에도 급한 원고가 있어서 쓰는데 파리 서너 마리가 얼마나 성가시게 구는지, 이놈의 파리는 쫓으면 갔다가 영락없이 제자리에 돌아옵니다. 겁도 없이 펜을 쓰고 있는 손등을 막 기어 다녀요. 요걸 어떻게 하나, 일어나서 콱 잡아 버리고 말까? 그러면 내가 쓰는 그 내용하고 너무 안 맞아. 성가시고 귀찮은 것들을 내가 어떻게 하면 좀 받아들인다고 할까? 수용한다고 할까? 이런 열린 마음이 있어야 우리가 추구하는 생태적 삶을 살아갈 수 있지 않을까?

제가 어느 소나무 하나를 만났어요. 보는 것이지요. 소나무가 아주 건강하게 잘 자랐어요. "야, 참 잘 생겼다 건강해 보이고. 비결이 뭐냐." 하고 물었죠. "비결은 무슨 비결이 있냐? 그냥 아래위로 열어 놓고 살면 돼." 그래요. 그게 뭐냐 하니까 위로는 하늘을 향해 열어 놓고 아래로는 땅을 향해 여는 것이지요. 뿌리가 건강하고 잎이 건강하다는 것은 열린 것이지요. 폐쇄적인 것은 병들었다는 것이지요. 건강한 사람은 다 열어 놓고 살지요. 내 양심에 하나 걸림이 없다면 닫아 놓을 게 뭐가 있겠습니까? 양심에 걸림이 없다는 것이 건강한 삶이겠지요? 보디빌딩을 해서 근육이 나오는 것이 건강한 삶이라고 보지 않습

니다. 어디다 갖다 놔도 전혀 감출 것이 없는 삶을 누가 산다면 저는
그 사람이야말로 건강한 사람이라고 생각합니다. 나무가 그렇더라고
요. 만약에 뿌리가 대지하고 단절됐다면, 막혔다면은 이 나무는 병들
어 죽겠지요. 요새 코팅 기술이 발달되었는데 누가 나뭇잎을 전부 코
팅해 놓으면 그 나무는 금방 병들어 죽을 것입니다. 닫힌 건 죽는 것
이지요.

　가만히 생각해 보면 사람이 열려 있지 않은 것 같아요. 선사라든가
다른 종교의 스님들이 말하는 것을 들어보면 가리지 말고 열어 놓으
라고 합니다. 가리지 말고, 요것은 마음에 드니까 너는 오고 너는 마
음에 들지 않으니까 너는 오지마 그런 게 아니라 어떤 누가 와도 다
받아들일 수 있고 또 간다면은 누구나 다 보낼 수 있는 그게 열려 있
는 것이지요. 들어왔다가 못 나가면 그건 닫혀 있는 것 아니겠습니까?
들어왔으니까 마음대로 나갈 수 있고 또 나가면 언제든지 들어올 수
있고 이게 열려 있는 문이지요. 절에 갈 때마다 저는 일주문을 보면서
참 기막힌 아이디어로 만들었다고 생각해요. 일주문이 뭡니까? 문은
문인데 문이 없잖아요. 빗장도 없지만 누가 봐도 문입니다. 그런데 잠
글 수가 없어요. 항상 열려 있는 문이지요. 그러니까 누구든지 들어가
고 싶으면 들어가고 나가고 싶으면 나가고 그게 일주문입니다. 사람
이 만약 그렇게 된다면, 그런 마음가짐으로 살아간다면 영성적 삶이
요, 생태적 삶이라고 이야기할 수 있습니다. 하나님이 처음부터 살도
록 만들어 주신 그대로 살아가라는 것이지요. 억지를 부리지 말고, 움
켜잡으려고 하니까 잡히는 것이지요. 그런 것 없이 그냥 언제든지 삼
라만상이 다 터져 있는 동서남북 좌우 어디를 향해서나 문이 열려져

있는 그런 인간, 혹은 인간 사회, 그것이 건강한 인간이고 생태적으로 건강한 사회일 것입니다.

먹이 사슬이 끊어지는 문제와 병균까지도 용납해야 할 것인지에 대하여

먹이사슬. 그것은 엄연한 사실이지요. 누구도 부정할 수 없을 것입니다. 그러나 그것이 왜 문제가 되는지는 잘 모르겠습니다. 호랑이가 토끼를 잡아먹는다. 왜 문제가 되느냐 말이지요. 먹이사슬이 깨지면 사람뿐이 아니라 모두가 다 죽으니까. 먹이사슬은 우리 몸통의 피나 마찬가지 아닌가 그런 생각을 해요. 잘 돌아야겠죠. 먹이사슬이 문제가 아니라 그것이 깨지고 끊어지는 데 거기에 문제가 있습니다. 먹이사슬을 깨지게 하는 인간이 문제입니다.

사람이 골치예요. 오죽하면 하나님이 사람을 만드시고 후회하셨겠어요? 괜히 만들었다고. 그렇게 보면 아주 옛날부터 인간 스스로 인간에 대해서 실망했던 것 같습니다. 『성경』이 인간들이 쓴 것 아닙니까? 그러니까 인간이 하나님으로 하여금 인간을 만든 것을 후회하도록 그렇게 표현했다는 이야기는 이미 그때부터 인간이 자기 자신에 대해서 굉장히 실망하였었다는 그런 이야기지요. 그런데 문제는 넘어지지 않는 놈은 일어나서 걸어다니는 것이 얼마나 좋은 줄을 모른다는 것이지요. 그래서 자연이 돌아가는 것을 보면 아주 하나님의 법을 어김없이 잘 지켜요. 해와 달과 별과 하물며 바닷물, 풀 한 포기까지 그렇죠? 개미까지 하나님이 처음 만들어 놓은 법칙에 따라서 틀림없이 살죠. 유독 인간만이 그걸 어긴단 말이에요. 왜 어길까? 그걸 혼자 한번 생각해 봤습니다. 왜 하나님의 형상을 가지고 만들어진 인간만이 먹이사슬도 끊어 버리고 자연의 법칙도 자꾸 어기는 걸까? 전 엉뚱한 생각도 해보았습니다. 굶어 보지 않은 놈은 밥이 얼마나 맛있는 줄을 모른다는 것. 사랑이라는 것을 하지 않으면 사랑이 아니죠. 참된 사랑이라는 것은 가짜 사랑한테 진짜 한번 속아 봐야, 아 이게 아니구나 하고 알게 되는 것 아니겠습니까? 마치 아까 제가 잠깐 말씀드렸습니다만 탕자가 집을 떠났기 때문에 자기 아버지하고 사는 것이 얼마나 행복한 줄 뒤늦게 깨닫는 것이지요. 저는 이 깨달음은 인간에게만 있다고 생각해요. 개나 짐승들은 여전히 낙원에 살고 있지만 거기가 낙원인 줄을 모르는 것이지요.

그런데 인간은 그것을 실락해 왔기 때문에 그래서 낙원이 어떤 것인 줄을 어렴풋이나마 그리워하고 거기를 향해서 갈 수 있는 그런 존재가 아닌가. 그래 먹이 사슬이 얼마나 좋은 것인지도 그게 끊어져 봐야 알거든요. 그런 면에서 인간은 역시 인간이다. 참 대단한 존재다, 하는 생각을 해보았습니다. 타락은 상승을 전제한 말입니다. 상승이라는 것은 떨어진 놈만이 위로 올라갈 수 있기 때문입니다. 탕자가 아버지를 떠날 때 이미 돌아오기 시작했다는 관점에서 본다면 앞에서의 추락은 인간의 상승이라 보는 관점도 옳다고 봅니다. 그렇게 본다면 먹이사슬도 문제가 아니고, 먹이사슬을 끊어 버리는 인간도 부분적으로는 문제가 아닐 수 있습니다. '잘될 것이다.' 저는 그렇게 생각합니다.

두 번째 질문인 병균, 이것도 마찬가지의 논리로 이야기할 수 있습니다. 우리에게 건강하게 산다는 게 얼마나 좋은 것인지를 가르쳐주기 위해서 그렇게 고생하는 게 아닌가 그렇게도 볼 수 있지 않겠습니까?

병 이야기 하니까 생각납니다만, 장일순 선생님이 암으로 진단받았습니다. 제가 병원을 찾아가 '투병'이라는 단어를 썼습니다. 그랬더니 아주 정색을 하시면서 "자네 입에서 그런 말이 나오다니, 암세포는 내 세포가 아닌가? 잘 모시고 가야지." 그러시더라고요. 그리고 "지구가 지금 암을 앓고 있는데, 지구 땅덩어리가 앓고 있는데 나는 '아프다'고 소리나 지르지. 나 좀 아프니까 후배들이고 뭐 사람들이 와 가지고 이렇게 여럿이 와 주는데 땅덩어리가 아프다고 누가 좀 울어 주지도 않고 땅은 신음도 하지 않고 있지 않는가." 그러면서 우시더라고요. 그런 식으로 자기 몸의 병을 모시고 사셨다가 암하고 같이 가셨지요. 투병이라고 하는 것은 사실은 아주 생태적인 삶을 사는 사람들 입에서 나올 수 없는 단어가 아닌가? 뭐하고 싸우자는 건가? 생태적인 삶이란 다 내 몸인데 모든 것이 내 몸인데 내 몸하고 내가 어떻게 싸운다는 것인가? 나에게 이익을 준다고 판정되는 것들만 내 친구가 아니라 지금 당장 나에게 상처를 주고 손해를 주는 것같이 판단되어도 결국 내 몸이다라는 의식을 가지고 산다면 투병이라는 말이 차츰 사라지고 어떻게 하면 병과 함께, 병을 잘 다루면서 병을 통해서 내가 얻을 수 있는, 내가 배울 수 있는 부분을 잘 간직할 수 있을까, 오히려 이걸 생각하는 것이 성숙한 사람이 아닌가, 저는 그렇게 생각합니다.

병을 잘 모신다는 것은 병하고 즐긴다는 것이 아니라, 여러 약도 먹고 모든 치료를 다하는 거예요. 왜냐하면 병은 나 한번 이겨봐라 하고 오는 거예요. 전 그렇다고 생각해요. 니가 할 수 있는 데까지 최선의 지혜를 발휘해서 나하고 한번 겨루어 보자. 그러는 동안 너 커라 이거지요. 군대 마귀가 예수님 만나서 뭐라고 합니까. 제발 나를 지옥에다 던져 무저갱(無底坑)에다 집어 처넣지 말아 달라고 했습니다. 무저갱에다 집어 처넣으면 그놈 이제 못 나옵니다. 그러지 말아 달라는 것은 예수님한테 그럴 힘이 있다는 것이지요? 제발 나를 무저갱에다 넣지 말라 그랬을 때 예수님이 안 했잖아요. 그러면 어떻게 하냐? 저 돼지들 속에 들어가겠다. 그래, 그래라. 아주 점잖게 살려 주지 않습니까? 그게 예수님께서 이 세상을 소위 악이라고 하는 것과 어떻게 대처하며 살아가야 할 것인가를 잘 알려주는 교훈이라고 생각됩니다.

문제는 사람이다

지난달에 『공동선』인가 하는 잡지에서 "오늘의 우상, 돈" 그런 제목으로 한 쪽 쓰라고 해서 썼습니다. 돈은 돈이 번다든가, 돈이 사람을 타락시킨다고 하는데 그 말을 정확하게 하자고 하였습니다. 돈이 어떻게 해서 사람을 타락시킵니까. 돈한테 힘이 있다면 사람이 그 돈한테 자기의 힘을 실어 준 거지요. 결국 다시 문제는 돈이 아니라 사람이라는 원론적인 이야기를 할 수밖에 없습니다. 어떤 체제라든가 제도 같은 것이 사람을 그렇게 만든다고 쉽게 이야기들 합니다. 지난번에 어떤 모임에서 한 사람이 어떤 기관에서 이러이러한 이야기를 했다는 말을 들었습니다. 제가 말한 사람에게 그랬지요. 좀 정확하게 이야기하죠. 기관이 그런 결정을 했냐? 그렇게 했대요. 기관이 아니라

이사회나 그런데서 했겠죠. 기관이야 사람이 모여서 하는 것 아니겠습니까?

금전만능주의라는 것도 인간이 만든 겁니다. 돈이 만든 것은 아니죠. 그렇기 때문에 그 책임도 역시 사람에게 있습니다. 스스로 자각해야 한다고 보는데요. 아까 제 논리대로 이야기한다면 돈 노름을 진탕 해봐야 '아휴 이게 돈이 아니구나.' 하는 것을 알게 되어 있다고 저는 보는 거죠. 그런 면에서 좋지 못한 현상으로 보이는 것들 모두가 우리를 돕고 있다고 볼 수 없느냐 하는 거지요. 인간 전체를 볼 때 깨어 가고 있는 것 아닐까요. 자본주의가 전 세계를 지배하고 있다는데, 제 사견입니다만, 저는 여기에서 하느님의 뜻을, 하느님의 섭리를 느꼈습니다. 사회주의가 무너지고 대안이 없는 자본주의 전체, 그것도 미국식 자본주의가 전 세계 시장을 석권하게 됐단 말이지요. 이것이 눈앞에 뻔하고 우리나라도 이미 그 체제 안에 들어갔지요. 그래서 돈이 정말 세상의 주인 노릇 하는 그런 세상이 되어 버렸죠. 자본주의의 잘못으로부터 벗어나는 길이 자본주의를 겪지 않고 어떻게 가능하겠습니까? 노예가 되지 않고 어떻게 노예 해방이 가능하겠느냐 그겁니다. 어떻게 보면 터무니없는 낙관주의라고 볼 수도 있겠습니다만 하여튼 저는 크게 봐서 다 잘될 것이라고 봅니다. 하느님이 사랑하시기 때문입니다. 우리 눈에 보이는 돈, 돈이 좋다, 돈이 이 세상에서 최고다, 이러는 사람도 많지요? 나 자신도 그렇지 않습니까? 나 자신도 그런 모습으로 살아갈 때가 많지요? 사실은 그럴 때 어떻게 탈출할 것이냐? 그렇지 않은 삶을 어떻게 회복하고 찾을 것이냐 하는 건 우리들 각자가 자기 삶에서 치열하게 모색해야 할 과제라고 생각합니다. 다른 사람이 안 그러는데 내가 어떻게 합니까? 저 사람 자기 돈이 최고라고 살아가는데 난 그렇지 않다고 이야기는 하지요. 이야기는 하지만 안 듣겠다는 걸 어떻게 합니까? "너 이거 먹으면 죽어, 인마. 농약인데 먹으면 죽어." "아, 나 죽고 봐야겠다."는데 할 수 없지요. 그래서 망할 놈들은 망해 가게 그냥 두자 그겁니다. 정신 차린 사람들끼리 뭐 합니까? 세상을 제대로 사는 사람은 '내가 그렇게 살면 세상도 그렇게 살 것입니다. 노아 한 사람이 살아가는 것이 인류가 살아가는 것과 같습니다. 노아는 개인이지요. 노아들이라고 부르는 것을 들어보았습니까? 없습니다. 그런 면에서 개인적인 차원으로 돌아가자는 것은 아닙니다만 깨어 있는 사람이 되는 것밖에는 자본주의의 문제든, 사회주의의 문제든, 경제 문제든 하느님 만들어 주신 상태대로 살아가는 방법을 스스로 터득해 가는 인간들의 존재, 거기밖에는 다른 길이 없지 않은가 생각합니다.

이게 생태적 삶이다

제 얘기는 지네를 살려주자 그런 얘기가 아니라 얘기를 좀 해보자는 것입니다. 그걸 좀 알아야 될 것 같아서요. 이것이 소위 말하는 생태적 삶이라는 얘기입니다. 사실 영성 생활이 제대로 되는 것은 육체 생활이 제대로 되는 것이지요. 영성 생활이 따로 있습니까? 내 몸으로 영성 생활을 하는 것이지 영으로 어떻게 영성 생활을 합니까?

『핀드혼의 기적』이라는 책을 보셨습니까? 일본에 있는 한 중학교 3학년짜리 여자 아이가 '미야자와 겐지'라고 하는 동화 작가를 참 좋아해요. 미야자와 겐지는 천재 작가인데요, 결핵으로 죽었지요. 이 사람의 동화 중에 우리나라에도 많이 알려졌던 〈은하철도 999〉가 있습니다. 그런데 그 사람은 동화 작가답게 모든 것들하고 얘기를 했어요. 돌, 나무, 개하고 다 말을 합니다. 이게 열려 있는 사람이에요. 그 여자 아이는 식물들의 영, 요정이 있다고 생각하고 그 요정과 끊임없이 대화를 하면서, 감자도 심고 옥수수도 심고 그러다가 불모지에서 도저히 상상할 수 없는 놀라운 농사를 짓고 있는 사람들 얘기를 보고서 따라하기 시작했답니다. 학교 운동장 옆에 아파트를 지었는데 무너져서 황폐해진 불모지가 있었어요. 거기를 약 4평방미터짜리 밭을 만들었죠. 거기서 식물들과 끊임없이 이야기를 하면서 농사를 지어 보았지요. 그 아이도 밭을 만들다 보면 풀을 뽑아야 될 것 아니에요. 그런데 풀들한테 이야기를 합니다.

"야, 풀들아. 내가 여기 밭을 만들어야 되거든. 그래서 너희들을 좀 뽑아야겠어, 응? 날 좀 도와줘. 내가 절대 밭을 함부로 만들지 않고 잘 만들 테니까 너희들 날 좀 도와줘야 되겠다." 그러면서 풀을 뽑는 거예요. 뽑으면서도 금방 낟알이 붙어서 떨어질 그런 열매가 맺혀 있는 풀은 안 뽑아요. 흙, 돌멩이들, 모든 것들과 끊임없이 이야기를 하면서 농사를 짓는 겁니다. 그래서 얼마 후 겨우 호미로 해서 밭을 만들었지요. 선생님이 지나가시다가 "뭐하는 짓이냐?" "밭을 만들어요." "얘들아, 저기다 밭을 만들어서 되느냐?" 야단치고 가시죠. 그런데 만들었어요. 이제 씨앗을 사 왔죠. 오이, 당근, 양배추 세 가지를 사가지고 왔습니다. 그 앞에 대나무 숲이 있었어요. 참새도 많았어요. 분명히 씨를 뿌리면 저 놈들이 와서 쪼아 먹을 거란 말이죠. 그래서 고민 하다가 이렇게 얘기합니다.

"참새야! 그러면 이렇게 하자. 반만 먹어다오. 반은 남겨줘." 나중에는 씨를 심는 데 막 반대하던 선생님이 와서 밭의 3분의 2를 뺏어 갔어요. 남은 3분의 1만 학생에게 돌아갔습니다. 그 선생님 밭에는 석회질, 비료 이런 걸 잔뜩 뿌렸습니다. 그런데 이 아이는 물과 노래, 이야기만 주는 거예요. 아무 비료도 거름도 주지 않았습니다. 식물들에게 노래를 해주고 그 다음에 끊임없이 얘기를 해주는 것입니다. 자라고 보니까 자기 계산처럼 정확하게 반이 난 거예요. 참새가 반만 먹었어요. 이런 이야기를 들을 때 "에이, 그거." 이렇게 얘기하는 사람을 우리가 야만인이라고 하는 거예요. 세상이 어떻게 돌아가는지는 미처 모르는 거예요.

과학이 있다고 하는 이 시대에 새가 무슨 사람 말을 듣느냐? 이 사람은 시대에 한참 뒤쳐진 사람이다. 그런데 그 아이가 그렇게 해서 씨앗이 잘 자라는 거예요. 선생님 밭에는 어떻게 됐느냐? 씨앗이 안나요. 어느 날 그 선생님이 와서 막 화를 냅니다. 나중에 지나가다 보니까 그곳이 풀밭이 되어 버렸대요. 오이가 자랍니다. 오이가 자라 싹이 나면 "야, 나왔구나. 그래 힘내 힘내. 지금은 굉장히 뜨겁고 덥지만은 참아 보자, 열심히 해." 계속 얘기를 해줍니다. 1평방미터짜리 오이밭에서 평균 25센티짜리 오이를 32개 땁니다. 물만 주고, 거름 하나 안 주고, 얘기만 계속 들려주고. 딸 땐 그냥 따나요? 얘기하면서 따지요. 먹을 때 그냥 먹습니까. 얘기하면서 먹지요. 끊임없이 말을 하면서 대화를 하면서 했다는 얘기지요. 그랬을 때 그 놀라운 결과를 가져왔다는 얘기가 자세히 기록되어 있습니다. 한번 보시면 좋을 것 같아요.

그게 바로 생태적 삶입니다. 참새들을 가서 때려잡자는 게 아니고 또는 총으로 빵빵 쏴서 놀라게 하자는 게 아니고 타협하는 거지요. 나도 먹고 살아야 하지 않겠느냐? 그러니 반만 먹자. 이 아이였기 때문에 나는 가능했다고 생각합니다. 프란치스코 성인의 전기를 읽어 보면 그 사나운 늑대에게 이야기하여 얌전하게 만들지 않습니까? 그리고 새들이 시끄러우니까 자기 제자들한테 잠깐 있으라고 하고 "저 새들 좀 만나보고 오겠다. 야 애들아, 좀 와라." 모여드는 거예요. "이놈들아 아름다운 목소리를 가지고 지저분하게 지껄지껄 떠들지 말고 하느님을 찬양해! 그러려고 태어난 거야." 그렇게 설교하니까 조용히 듣더라는 것 아닙니까?

이건 식화예요. 그렇습니다. '아, 과연 그렇구나.' 하는 인간들의 의식이 천지자연까지도 영향을 서로 주고받습니다. 내가 어떻게 생각하느냐가 곧장 물리적인 힘으로 바뀌는 것을 아이들은 아마도 과학 교과서에서 공부할 겁니다. 얼마 안 갈 거예요. 극단으로 나가는 것도 좋은데 그래봐야 또 돌아가는 거니까요. 계속 남쪽으로 가는 놈이 좋아요. 그래야 북쪽으로 가니까요. 사실 극단이라고 하는 것도 진짜 극단은 좋다고 봐요. 그런데 자기가 한계를 정해 놓고, 여기가 끝이라고 하는 사람, 그 사람도 결국 돌겠지만 한참 헤매겠지요. 헤매는 것도 자기 자유입니다. 어쩔 수 없지요.

생태적으로 집 짓는 것에 대해

지네들 못 들어오게 하려고 방부제를 넣어서 집을 짓고 싶은 사람은 그렇게 할 수 있지요. 그분이 그렇게 안 하겠다고 하면 그것도 받아들이겠습니다. 그분이 절대로 그러면 안 돼. 나처럼 해야 돼. 이렇게 말씀하는 분이라면 잘못된 것이라고 생각합니다. 그분이, 아이가 지네한테 물리더라도 나는 내 식으로 참고 살아야 되겠다 하고 생각하신다면 그거야 아름다운 것 아니겠습니까? 우러러 보겠지요. 나보고 지으라면 어떻게 짓겠느냐고요? 저는 집 짓는 것은 별로 생각을 안 해보았거든요. 그저 머리에 이슬만 안 맞으면 되겠다 싶어서 그냥 대충합니다. 지금은 뭐 저는 컨테이너 집에 살아도 좋고요, 시멘트 집에 살아도 좋고, 그저 동굴 속에 살아도 좋고 그렇게 생각하는 사람이기 때문에 방부제하고는 상관이 없어요. 저하고 번지수가 안 맞아요.

짐승에게도 영혼이 있을까

신학적으로 짐승에게도 영혼이 있느냐, 없느냐. 저보고 물으신다면 나는 모르겠어요. 이렇게 생각이 돼요. 영이라고 말하는데 그것이 무엇을 의미하느냐. 머릿속에 담고 있는 '영'이라는 단어 속에 뭐가 포함되어 있느냐 하는 것도 잘 생각해서 서로 맞을 때 '있다, 없다' 그럴 수 있을 것 같아요. 저는 저 나름대로 하느님께서 지으신 만물이나 형태들은 모양이 다를지라도 삼중구조로 되어 있는 것만은 보편적으로 같지 않을까 생각합니다. 삼중구조라고 하는 것은 우리가 흔히 말하는 육체와 정신과 영혼, 성부와 성자와 성령. 이렇게 해서 하느님께서 만들어 주신 그 모든 것들이 그 세 꼭짓점을 돌면서 존재한다는 것이지요. 지상에 우리가 육신적으로 경험할 수 있는 세상은 양극의 세상이 아닌가. 음과 양이라고 할까? 이런 식으로 볼 수 있지만 본래 하느님이 만들어 주신 세상의 질서는 삼중구조로 되어 있다고 봅니다. 막연하다고 할지 모르지만 저는 그렇게 생각합니다. 물론 개나 돼지라고 해서 제외된다고 생각하지 않습니다.

인간만이 '하나님의 형상'으로 지음 받았다는데

인간이 만들어 낸 『성경』이니까 그렇겠지요. 토끼가 만일 인간의 재능을 가지고 책을 만들었으면 토끼만이 하느님의 형상으로 지음 받았다고 썼을는지도 모르죠. 제 얘기가 비약된 것입니다만 역시 사람의 책이라는 것을 감안해야 합니다. 그런데 아까 말씀드린 것처럼 존재하는 것들을 보면 사람만이 하느님 법을 어깁니다. 다른 짐승들하고 질적인 차이에 대해서는 잘 모르겠지만 아무튼 차이는 있다고 봅니다. 그게 뭐냐고 설명하라면 제 능력으로는 설명을 못하겠습니다. 풀이나 이런 것에 대하여 제가 관심을 가지고 걱정을 하기에는 제 문제가 너무 심각해요. 그래서 저는 오로지 이 세상을 제가 바르게 판단하는 대로 사람답게 살아가는 것이 뭔가 거기에만 자꾸만 관심을 기울이려고 애를 쓰지요.

그레고리 베이슨의 삼단논법은 이런 것입니다. '모든 풀은 죽는다. 모든 인간은 죽는다. 그러므로 인간은 풀이다.' 명쾌한 삼단논법이죠. 저희들이 자연이고, 내 몸도 자연이니까 사실은 하나죠. 하나인데 오랫동안 따로따로 사는 것처럼 착각해서 함부로 구는 것입니다. 마음과 마음이 열리면 그럴 필요가 없습니다. 제가 한 20년 전에 시골 교회에 가서 초년병 목사 노릇할 때 이야기입니다. 교인들과 『성경』을 공부하는데 사마리아 사람이 강도 만난 사람 구제해 주는 대목이었습니다. 성직자 두 사람은 강도 만난 사람을 못 본 체하고 지나갔는데 어째서 사마리아 사람은 이 사람을 그냥 지나가지 않고 자기 나귀에 태워 보살펴 주었을까? 왜 그랬을까? 한번 얘기를 해보아라. 대답은 자기 생각대로 하는 것이었죠. 제가 여기서 이렇게 얘기해도 여러분은 듣고 싶은 대로 듣는 것과 마찬가지입니다. 매일 교회에 종치는 장로님이 계셨어요. 장로님의 대답이 지금도 기억에 남아요. "아마 그 사마리아 사람은 새벽기도를 열심히 하는 사람일 것입니다." 그러니까 자기 경험으로 이야기하는 거예요. 또 어떤 사람은 "천성이 착한 사람일 겁니다." 번역을 하면서 제목을 '선한 사마리아 사람' 비유 그렇게 했는데 저는 제목을 잘못 붙였다고 생각해요. 왜냐하면 본문에는 선하다는 말이 한 마디도 없어요. 그냥 '어떤 사마리아 사람 이야기' 하면 몰라도 선하다 하면 벌써 해석이에요. 웬 중학생 녀석 하나가 앞에 똘망똘망하니 앉아 있더니 "저요!" "네 생각은 어떠냐?" "제 생각에는요, 사마리아 사람이 지나가다가 강도 만난 사람을 봤잖아요? 그 사람이 아는 사람이었을 거 같아요." 제가 그냥 얼마나 기뻤는지요. 아, 성령께서 너를 통해서 이런 얘기가 나오게 하는구나. 아무도 그런 관점으로 이야기하는 것을 못 들어보았거든요. 아는 사람인데 어떻게 그냥 지나가느냐? 아는 사람인데. 바로 그게 포인트거든요. 다 형제란 말이에요. 모든 인간이 다 형제요, 자매지요. 그게 기독교의 근본 가르침 아닌가요?

또 우스운 얘기 하나 생각납니다. 저기 안동 어느 시골 마을에 제가 존경하는 동화 작가가 한 분 살고 계셔요. 그 형님이 나한테 직접 들려준 이야기예요. 시골 교회에서 목사가 세례를 주는데, 세례 교육을 해야 할 것 아니에요. 배워야 되잖아요? 그러면 예수님이 누구십니까? 삼위일체가 무엇입니까? 몇 가지 기본 질문을 하는데, 할머니 한 분이 죽기 직전에 세례를 받겠다고 신청을 한 거예요. 그래서 가르쳐 주었지요. 예수님이 누구냐? 예수님은 살아 계신 하느님의 아들이시오, 그리스도입니다. 다 배운 거예요. 그래 막상 세례를 주는 날이 되었는데, 그날따라 목사가 다 공부했으니까 그냥 주면 되는데 무슨 생각이 났는지 그 할머니한테 "예수가 누구죠?" 이렇게 물은 거예요. 복습을 하는 거지요. 그 할머니가 까먹은 거예요. 어렵잖아요. 예수님은 하느님의 아들이시오, 그리스도이시니. 그리스도가 뭔 말인지도 잘 모르는데 어떻게 그걸 기억합니까? 그래, 뭐라고 배우긴 배웠는데 기억이 안 나는 거지요. 사람들 많은데 큰일 난 거예요. 목사도 질문은 해놨는데 철회할 수도 없고 그렇다고 많은 사람들 있는데 답을 일러 줄 수도 없고 곤란하잖아요. 그래 또 묻는 거예요, "예수님이 누구죠? 가르쳐주었잖아요?" 세 번째 물으니까 할머니가 할 수 없이 한참 있더니 "예수님이요? 예수님은 오빠시다." 그러니까 목사가 화를 내면서 어떻게 감히 예수님을 네 오빠라 하느냐는 거예요. 그래서 세례를 못 받았다는 겁니다. 나중에 그 동화 작가 형님이 가서 "할머니요, 아까 왜 그랬는기요?" "글쎄 말이요, 내가 늙어서 망령이 났으니 글쎄 목사님이 가르쳐주었는데 내가 그것도 모르고 망신만 당하고, 나는 이제 지옥 간다." 그래서, 아 그러면 왜 예수님을 오빠라고 그랬냐고 했더니, "목사님이 자꾸 묻는데 생각해 보니까, 예수님도 하느님보고 아버지라고 부르고 나도 아버지라고 부르고 그러니까, 촌수로 오빠가 아니요?” 그래서 그렇게 대답을 했다는 거예요. 그 형님이 “할머니, 세례 안 받아도 할머니 천당 갑니다. 염려하지 마세요.” 하는 이야기를 했답니다.

만물이 하나다. 한 형제자매다. 이게 그리스도가 전해 준 가르침의 핵심이 아닙니까? 바로 그 모든 것이 나와 하나다라는 것, 그것이 기독교의 본질이라고 생각합니다. 우리는 그것을 신앙으로 고백하면서 살아야 합니다. 그냥 교리로 묻어 버리지 말고 ‘정말 내가 지네와 별개의 존재가 아니다. 내가 지렁이와 별개의 존재가 아니다. 날아가는 참새와 내가 전혀 별개의 존재가 아니다.’ 하는 생각을 머리로 해야 합니다. 물론 몸으로까지 가지 않았기에 깨달음이라고는 할 수 없지요. 그러면 어떻게 거기까지 가겠느냐? 아, 잘 모르겠어요. 더듬더듬 하면서 가다 보면 주님께서 언젠가 나를 따라오면 나처럼 된다고 그랬으니까, 우리도 주님을 계속 따라가다 보면은, 이생에서 못하면 내생에서라도. 하여튼, 내가 못 하면 어떻습니까? 꼭 나라야만 됩니까? 그렇지 않아요? 인류가 살면 내가 사는 겁니다. 전체가 살면 내가 사는 것이지요. 저는 그렇게 생각합니다. 그러니까 거기 그 경지를 향해서, ‘바람아 좀 그만 불어라.’ 하면 바람이 그만 불고, 또 ‘파도야 그만 쳐라.’ 하면 파도가 잠잠해지는 거기까지, 우리가 한번 내다보면서 살자고 하면 어떨까 생각합니다.

생명 공경의 삶과 영성

정일우

저는 미국에서 태어났고, 고향은 일리노이 주에 있는 아주 시골입
니다. 제 조상들은 모두 농사를 지었고, 형님하고 조카들은 지금도 농
사를 짓고 있습니다. 1960년도에 한국에 와 서강대에서 학생들을 가
르쳤고, 도시빈민지역에서도 활동한 적이 있습니다. 4년 전부터 충청
북도 끝자락에 있는 속리산 옆에서 농사를 짓고 있습니다. 먼저, 이
자리는 제가 설 자리가 아니라서 미안하다는 말밖에 할 수 없습니다.
환경이나 농사, 그리고 영성에 대해 별로 할 말도 없고, 오히려 제가
여러분의 자리에 앉아서 배워야 돼요. 교육을 받아야 되는데 거꾸로
된 것 같습니다. 지금은 벼를 베야 하는 바쁜 시기인데 이곳 유 실장
님이 꼭 해야 된다고 매우 묘하고 간곡하게 부탁하셔서 하게 되었습
니다. 묘한 기술보다는 아마 영성 때문이라는 생각이 듭니다.

이렇게 나누어서 애기하려고 합니다. 첫 번째는 이냐시오 로욜라의

『영성수련』이라는 책에 나온 기도문을 기초로 관상(觀想)을 좀 설명할 것입니다. 두 번째는 성서적인 근거, 세 번째는 모르시는 분이 계실지 모른지만 대개는 많이 아실 거라 생각해서 이냐시오 로욜라의 기도문을 통해 농부의 영성을 말하려고 합니다.

이냐시오 로욜라 신부는 예수회를 창립하신 분입니다. 그 수도회가 여러분의 조상을 많이 괴롭혔습니다. 그 역사를 아십니까? 이냐시오는 1491년에 태어나서 1556년에 돌아가셨습니다. 그 당시에 종교개혁이 일어났죠. 이냐시오는 예수님한테 완전히 반한 사람이었어요. 그래서 예수님의 공생애를 되풀이하고자 했었지요. 그런데 그 당시 구교인 천주교는 많이 부패해 있었습니다. 결국 그의 첫 번째 목적은 교회 쇄신이 되었습니다. 복음으로 돌아가는 것, 복음대로 살면서 교회를 바로잡고자 하는 것이었습니다. 두 번째 목적은 외국 선교였습니다. 중국, 인도, 일본에 천주교를 전하는 것이었습니다.

이냐시오 기도는 저희들 삶의 핵심이자, 영성의 핵심입니다. 누구든지 그와 같이 산다면 환경 문제는 없을 것 같습니다. 이냐시오를 선전하는 것도 아니고 천주교를 또한 선전하는 것이 아닙니다. 여러분을 개종하게 하기 위한 것은 더더욱 아닙니다.

이냐시오 로욜라의 영성

이냐시오의『영성수련』이라는 짧은 책이 있습니다, 원래 말은 영적인 운동(체조), 영조(靈璪)라고 할 수 있습니다. 영적으로 운동하는 프로그램을 천주교에서는 피정(避靜)이라고 합니다. 한 달간의 영적인 프로그램 중 먼저 약 10일 간은 창조 문제와 죄를 다루고, 나머지 3주 간은 예수에 대해서만 기도합니다. 예수 공생애 기간의『성경』말씀을 놓고 공부하는 것을 피정이라 합니다. 그 마지막 30일간의 기도문은 제가 드린 인쇄물에 있습니다.

주여, 나를 받으소서.

나의 모든 자유와 나의 기억력과 지력과 모든 의지와 내게 있는 것과 내가 소유한 모든 것을 받아들이소서.

당신이 내게 모든 것을 주셨나이다.

주여, 이 모든 것을 당신께 도로 드리나이다. 모든 것이 다 당신의 것이오니, 온전히 당신 의향대로 그것들을 처리하소서. 내게는 당신의 사랑과 은총을 주소서, 이것이 내게 족하나이다.

이 기도만 하며 사는 것은 아닙니다. 기도문의 내용대로 살아야 합니다. 살 뿐만 아니라 생활화해야 합니다. 묵상기도는 머리로 기도하는 것, 예를 들어『성경』구절 가지고 분석하고 기도하는 것, 주로 머리를 많이 쓰는 거죠. 그런데 관상기도는 마음으로 하는 훨씬 수동적인 기도입니다.『성경』구절을 읽고 별 생각 없이 마음으로 말씀을 보면서 하는 기도입니다. 방법은 마음으로 계속 되새기는 것입니다.

제가 1985년 속리산 법주사에 속한 한 암자에 한 달간 있을 때 겪은 간단한 체험을 이야기해 볼까 합니다. 어느 날 암자 위로 산보하다가 그냥 멍하게 있었습니다. 앞에는 소나무가 서 있었습니다. 그런데 갑자기 소나무 가지가 나한테 다가왔습니다. 비록 느낌이었지만, 이

체험을 통하여 깨달은 것이 있었습니다. 내 시선 안에 지금까지 얼마나 폭력이 많았는가를 알 수 있었습니다. 그 소나무를 보면 모든 대상을 잡아먹는 폭력의 시선이 아니고 내가 가만히 있어도 그들이 안으로 들어오는 겁니다. 이것이 관상기도의 핵심이자 자세입니다.

첫 번째, 기도는 내가 받은 모든 선물을 다시 기억하면서 감사하는 것, 태어나면서부터 이 순간까지 하나님으로부터 혹은 조상들이나 친척들로부터 받은 것들에 감사하는 겁니다. 많은 사람들이 무엇인가를 기억할 때면 좋은 것만 떠올리고 좋은 것만 생각합니다. 그러나 여기서 유념해야 할 것은 소위 좋지 않았거나 힘들고 어려웠던 것도 하나님의 사랑 안에서는 은혜라는 것입니다. 감사해야 한다는 겁니다.

두 번째, 이냐시오는 각 피조물 안에 하나님이 존재하는 것을 느끼도록 하라고 말합니다. 하나님께서는 나무, 돌, 모래 한 알, 동물, 식물 등 모든 피조물 안에 계심으로써 존재하게끔 하십니다. 문제는 그것을 느끼냐 못 느끼느냐 하는 겁니다. 느끼는 기술을 키워야 합니다. 물질 내지 식물 등의 모든 생물은 그 안에 하나님이 계시므로 존재하기도 하고 그렇지 않게 되기도 합니다. 식물을 번성하게 하시고 능력을 주시며 자라게 하는 것은 하나님이 하시는 겁니다.

세 번째, 하나님은 모든 피조물 안에 계실 뿐 아니라 수고하시고 일하시는 것도 느껴야 합니다. 하나님은 그냥 계시기만 하는 것이 아니라 일하시며 노동하십니다.

네 번째, 창조주와 피조물과의 관계를 생각해 보라고 합니다. 이냐시오는 두 가지 예를 들었습니다. 태양과 햇살, 샘과 샘에서 흘러나오는 물. 태양과 태양에서 나오는 햇살, 혹은 샘과 물은 다릅니다. 햇살은 태양이 아닙니다. 그리고 물은 샘이 아닙니다. 그러나 물은 그 물이고 빛은 그 빛입니다. 같으면서도 다르고 다르면서도 같은 성격을 지니고 있습니다. 이냐시오의 영성도 이런 것입니다.

영성은 여러 가지입니다. 구교와 신교의 영성이 조금 다릅니다. 색깔이 약간 달라요. 사실 천주교 안에서도 같은 예수님을 믿는다 하더라도 수도회에 따라—프란치스코회, 도미니크회, 베네딕트회—약간씩 다릅니다. 여하튼 이냐시오 영성의 핵심은 '모든 것 안에서 하나님을 찾아내기'입니다. 어떤 글을 보면 잘못 번역한 것이 있더라고요. 모든 것 안에서 '하나님을 찾는 것'과 '하나님을 찾아내는 것'과는 다릅니다. 찾는다는 것은 어딘지도 모르고 찾는 것이지만, 이냐시오에게는 모든 것 안에서 하나님을 찾기가 아니라 찾아내기입니다.

우리는 모든 것 안에서 하나님을 느껴야 합니다. 하나님의 영광이 보다 더 크게 드러나게 하자는 것은 이냐시오가 가장 많이 썼던 말입니다. 이런 분위기에서 살게 되면 기도하게 될 것입니다. 사는 것과 기도하는 것에 대한 구별도 없어집니다. 그리고 모든 것 안에서 관상을 하는 겁니다. 지금까지 여러 영성 중에서 이냐시오의 영성에 대해 간단히 설명했습니다.

성서적 근거

이제 성서적 근거에 대해 생각해 봅시다.

「창세기」 1:1-2를 보면, "태초에 하나님이 천지를 창조하시니라. 땅이 혼돈하고 공허하며 흑암이 깊음 위에 있고 하나님의 신은 수면에 운행하시니라."했습니다. 여기서 물(수면)이라고 표현했는데, 원래의 말은 혼돈이라는 뜻입니다. 영어로는 카오스(chaos)입니다. 맨 처음에 혼돈이 있었는데, 그 위에 하나님의 영, 입김, 기(氣)가 휘돌고 있었다는 것입니다. 하나님의 기(氣)가 혼돈 안에 퍼져 가므로 모든 질서가 생겼다는 것이죠.

두 번째, 「창세기」 1:26-27을 보면 "하나님이 가라사대 우리의 형상을 따라 우리의 모양대로 우리가 사람을 만들고 그로 바다의 고기와 공중의 새와 육축과 온 땅과 땅에 기는 모든 것을 다스리게 하자 하시고 하나님이 자기 형상 곧 하나님의 형상대로 사람을 창조하시되 남자와 여자를 창조하시고."했습니다. 하나님께서 인간을 창조하실 때 흙덩어리에 하나님께서 당신의 입김을 불어넣으셨습니다. 사람이 뭐냐 하면 흙덩이에다 하나님의 입김을 넣은 존재입니다. 인간 구조는 흙과 하나님의 입김이므로 모순 덩어리일 수밖에 없습니다. 혼돈 안에서 질서가 생기므로 물질이 생기게 되었습니다. 하나님의 기가 물질 안에서 퍼지다가 식물이 생기고 식물 안에서 동물이 생기고 동물 안에서 퍼지다가 모든 것이 다시 하나님께로 돌아가는 것입니다. 우주의 역사는 하나님의 기가 계속 퍼져 나가는 과정, 계속적으로 질서를 만들어 나가는 과정인 것입니다. 우리 마음에서도 하나님의 입김이 피지고 있습니다. 하나님의 입김이 퍼져 나가는 것이 영성입니다.

세 번째, 야훼가 모세에게 처음으로 나타나시는 말씀입니다. 「출애굽기」 3:4-6을 보면 "여호와께서 그가 보려고 돌이켜 오는 것을 보신지라 하나님이 떨기나무 가운데서 그를 불러 가라사대 모세야 모세야 하시매 그가 가로되 내가 여기 있나이다. 하나님이 가라사대 이리로 가까이 하지 말라 너의 선 곳은 거룩한 땅이니 네 발에서 신을 벗으라.”했습니다. 모세가 불붙은 떨기나무를 보러 다가서는데 야훼가 모세에게 나타나는 내용입니다. 떨기나무 가운데서 하나님이 모세를 부르고 있는 장면이 나오죠. 모든 것 안에 하나님이 계시고, 모든 것 안에서 하나님이 일하신다는 영성의 마음이 있다면, 우리는 모든 것 안에서 신을 벗어야 합니다. 모래 한 알이라도, 낙엽 한 잎이라도 다 거룩합니다. 영성으로 생각한다면 모든 것이 다 거룩합니다. 모든 것에 하나님이 계시므로 모든 것이 거룩합니다.

다음은 예수님께서 십자가 위에서 돌아가시기 전의 이야기입니다. 「마태복음」 27:50-51을 보면 “예수께서 다시 크게 소리 지르시고 영혼이 떠나시다 이에 성소 휘장이 위로부터 아래까지 찢어져 둘이 되고 땅이 진동하며 바위가 터지고.”라고 기록되어 있습니다. 이 이야기는 예수님이 돌아가시는 순간에 이 세상 어디든지 지성소가 되었다는 얘기죠. 우선은 야훼께서 그 좁은 곳에서 해방되셨을 거예요. 얼마나 갑갑해 하셨겠어요. 외로웠을 거예요. 일 년에 한 번 그것도 한 사람만이 들어오니까요. 아무튼 휘장이 찢어지므로 인해 하나님이 나오실 수 있게 되었고 모든 사람들이 하나님을 접할 수 있게 되었다는 얘기죠. 지성소라는 의미가 없어지니까 한 자리만 거룩한 것이 아니라, 이 세상 어디든지 거룩한 자리가 되었습니다. 거룩할 뿐만이 아니라 지극히 거룩하다는 얘기입니다. 예수님이 돌아가시므로 성령이 온 세상에 퍼졌습니다. 예수님께서 돌아가시는 순간에 핵폭탄 터지듯 성령이 온 세상에 터졌습니다. 그러니까 거룩한 자리 아닌 곳이 없는 거죠.

「마태복음」 25장에 있는 최후 심판 내용을 봅시다. 제가 장례식을 집전할 때 많이 읽는 부분이에요. "굶주리는 형제, 목마른 형제, 나그네 된 형제 한 사람에게 한 것이 곧 내게 한 것"이라고 하셨습니다. 최후 심판은 쉽게 말해 천당 가느냐 지옥 가느냐를 결정하는 자리입니다. 그런데 그 기준이 무엇이냐는 겁니다. 굉장히 중요한 자리 아니에요? 그러나 이 말씀에는 하나님에 대한 애기는 하나도 없어요. 그냥 헐벗고 굶주리고 목마른 사람, 나그네 된 사람, 병든 사람에 대한 애기뿐입니다. 깜짝 놀랐어요. 기준은 서로서로 어떻게 되어야 하는 것이냐 뿐이에요. 헐벗고 굶주리고 목마른 사람, 나그네 된 사람, 병든 사람이 바로 나다. 예수다. 그 외는 할 애기가 없어요. 예수님께서는 제자들과 함께 최후 만찬을 하시면서 말씀하시기를 "이젠 너희들을 종으로 부르지 않고 벗(형제)으로 부른다."고 하셨습니다. 여러분들을 내 벗이라고 하셨습니다. 이 날이 목요일 밤이었는데, 부활하셔서 말씀하시기를 "네 형제들에게 가서 애기하라."고 하셨습니다. 종이 아니고 '벗'이라 하셨고, 또 형제라 하셨습니다.

농부의 영성

제가 관심을 갖고 있는 농부의 영성에 대해 말하려고 합니다. 저 자신을 소개할 때도 말했지만 증조할아버지, 할머니 모두 농사꾼이었습니다. 저 역시도 지금 농사일을 하고 있습니다. 농부들은 말이 많지 않아 마음이 평안하고 여유가 있어요. 긴장과 폭력도 없고 겸손합니다. 자기 한계를 아는 사람들입니다. 저는 고등학교 때 우리 집에서

200km 떨어진 학교에서 유학을 했습니다. 그래서 여름방학 때면 집에서 오곤 했지요. 떠날 때는 가끔 아버지께 "농사가 잘될 것 같은지." 하고 여쭤 보면 "내가 할 것은 다 하지만 나머지는 그분께 달려 있다." 고 하셨어요. 농부들은 자기 할 것을 하고 나머지는 한계를 알기 때문에 겸손하게 그분께 맡깁니다.

저는 1960년에 한국에 와서 연세어학당에 다니며 한국말을 6개월 동안 공부했어요. 그 다음해인 1961년도 봄에 서강대학교에 다니는 지방 학생의 집에 간 적이 있었어요. 그 당시 농촌은 매우 가난했죠. 그런데 마침 식탁에 달걀이 올라왔어요. 지금은 아무것도 아니지만 그때는 귀한 것이었습니다. 그러나 아깝다 생각하면서 내놓은 게 아니고 아주 기쁘게 기꺼이 내놓는 거예요. 그뿐만 아니라 닭까지 잡아서 대접하시더라고요. 더 인상적인 것은 나를 부를 때 교수라 부르지 않고 손님이라 불렀어요. 여러분도 아시겠지만 1960년대 교수의 위치는 대단히 높은 것이었죠. 그런데 교수라 부르지 않고 손님이라고 불렀다는 것은 손님이 더 존대를 지니고 있다는 의미죠. 저녁때 한 방에 모여 앉을 기회가 있었는데 그 당시 저는 한국말을 잘 못했습니다. 그런데 손님이라 한 마디 해야 하잖아요. 그래서 말한다는 것이, 벽에 있는 그림을 보고 예쁘다고 했어요. 또 그 학생 형이 입고 있는 옷을 보고 아름답다, 맘에 든다고 했어요. 놀라운 것은 제가 떠날 때 그 그림과 옷을 주시는 거였어요. 너무 미안했죠. 그때는 물질을 귀하게 생각하지 않았어요. 오히려 사람을 중요하게 여겼었죠. 또 그때는 버리는 것이 하나도 없었어요. 음식 같은 것도 남기는 게 없었어요. 있다면 퇴비장으로 가져갔죠. 자연에서 꼭 필요한 것만큼만 쓰고 남는 것이 있다면 다시 자연으로 돌려보냈어요. 1960년대 초, 그때는 물질보다 인간을 중요하게 생각했어요. 지금은 돈이라는 것이 인간과 사회의 꼭대기에 올라서서 인간 사회를 무너뜨렸어요. 그 다음에 자연이 파괴되었죠. 여러 가지 좋은 질서를 파괴해 버렸습니다. 저는 서양 사람이지만 인간과 자연의 관계에 대한 동양 사상의 가르침이 더 마음에 들어요. 「창세기」에 나와 있는, 야훼께서 아담과 하와에게 "이 땅을 정복하라."고 하신 말씀은 마음에 안 들어요. 유대인의 피해의식이 담겨 있는 것 같아서 말이죠. 서양인은 자연을 극복할 대상으로 보고 있는 거죠. 동양 사상을 우리 믿음과 관계시켜 보면 더 옳다는 생각이 들어요.

사람은 대자연 안에 있는 것입니다. 농부는 매일 흙을 만지며 논밭에서 참깨, 들깨, 토마토, 수박 등 생명을 가꾸는 것이죠. 영성적인 측면에서 본다면 아침부터 해질 때까지 알게 모르게 하나님을 만지는 것이죠. 나중에라도 저는 아무 신앙도 갖지 않은 농부의 영성을 연구하고 분석하는 일을 하고 싶어요. 분명이 사람에게도 영성이 있다고 생각해요. 불교도 믿지 않고 구교, 신교도 믿지 않은 농부들에게도 영성이 있어요. 하나님의 개념은 드러나지 않지만 매일 자연을 만지는 사람이니까 영성이 없을 리가 없습니다. 농부들은 모내기할 때마다, 또는 새벽마다 논과 밭을 한 바퀴씩 돕니다. 그냥 보는 거예요. 제가 볼 때에 그게 관상기도(觀想祈禱)입니다. 왜냐하면 사실 농사는 감으로 하는 거죠. 식물이 건강하냐, 건강하지 않느냐는 머리로 분석하는 게 아니고 감으로 느끼는 거죠. 저는 아직 그런 기술이 없어요. 평생 농사를 지었다면 감으로 모든 것을 알 수 있겠지만 말이죠. 어쨌든 그 사람들은 관상기도하는 사람들이죠, 왜 '나락이 주인 발자국 소리를 듣고 잔다.'는 말이 있잖아요? 분명히 그렇습니다. 토마토 농사짓는 사람이 있는데 분명히 느낌이 있어요. 통하는 게 있어요. 그래서 관상하는 버릇이 있다는 거예요.

문: 신부님, '피정'이라고 할 때 '피정'을 한자로 어떻게 씁니까? 또 영어로는 어떻게 되나요?

답: 피할 피(避)하고 고요할 정(靜)을 씁니다. 영어로는 Retreat라고 하는데, 일반 생활의 복잡한 자리를 피해서 조용하게 보낸다라는 의미가 있습니다. 이냐시오식의 피정은 처음부터 끝까지 완전히 '침묵'합니다.

문: 영성 수련에 있어서 이냐시오는 신발도 신지 않았다고 합니다. 고행에 대해서 말씀해 주시고요. 아까 강의 중에 만물 안에 계시고 만물 안에서 일하시는 하나님을 언급하셨는데, 현대어로 '에너지'라는 말로 쓸 수 있지 않을까요.

답: 이냐시오가 귀족 집안에서 태어나서 21살 때 까지는 세상 방식대로 명예, 쾌락, 출세, 여자 그런 것들에 빠져 있었어요. 그런데 전쟁 중에 다쳐서 집에 있으면서 이 책 저 책 보다가 통회해서 고행했어요. 단식하며 머리도 안 자르고 맨발로 다니고 해서 건강이 아주 안 좋아졌어요. 예수회를 창립한 후에는 분별없이 살았다고 고백했어요. 영성 수련을 할 때 침묵을 지키고 각자가 기도할 때에 음식을 줄이면 기도에 도움이 된다고 했어요. 따라서 조금씩 먹으면서 기도하니까 고행은 없는 셈이죠. 현대인들은 단식할 필요는 없지만 너무 과식을 해

요. 필요 이상을 먹는 것 같아요.

성령이 뭐냐? 하나님 아버지는 비행기의 설계자(청사진), 예수는 사진대로 생긴 비행기고, 성령은 비행기의 기름입니다. 비행기가 가도록 만드는 힘입니다. 예수는 부활 이후에도 계속 가르쳤죠. 예수는 손짓 발짓으로 다 설명했는데 그거 가지고 부족하니까 더 확실한 실물교육을 최후 만찬을 통해 빵과 포도주를 가지고, '이제는 내가 너의 것이다. 먹고 마시고 나를 가지고 살라.' 하셨어요. 그것도 부족하니까 예수님 하나님의 기, 입김, 영, 배짱까지 주면 제자들이 나(예수)처럼 움직이지 않겠는가 생각한 것이죠. 하나님은 생명입니다. 생명도 힘이죠, 에너지. 하나님은 생명 자체이기 때문에 에너지로도 통할 수 있을 것 같아요.

문: 모든 것이 거룩하다고 하셨는데, 그리스도교 고전신학의 신론(神論)과 위배되는 것 아닙니까? 현대인들의 신론은 어떤 것이어야 한다고 생각하십니까? 그리고 가톨릭과 개신교의 영성의 차이점을 설명해 주십시오.

답: 저는 위배되는 것이 아니라고 생각합니다. 모든 사람 안에, 모든 피조물 안에서 하나님을 만날 수 있다는 것이죠. 그렇다고 해서 내가 하나님이라는 생각은 안 해요. 혼동이 없어요. 예수님이 보여주시고 가르쳐주신 하나님은 저 멀리에만 계시거나 우리 피조물을 만들어 놓고 우리와 전혀 상관없이 계시는(함께 하시지 않는) 분이 아니라고 생각해요. 신은 신이고 피조물은 피조물이죠. 아주 뚜렷해요. 이냐시오의 태양과 햇살의 관계를 한 번 생각해 보시죠. 성당만 거룩하다면, 삶과 믿음은 별로 관계가 없는 거죠. 그런 신자들 많아요. 천주교 신

자도 이냐시오 영성을 들으면 혼동하는 신자들이 많아요. 저는 교회
와 신자들만 거룩하다는 생각을 안 합니다. 어디든지 거룩합니다. 그
렇게 해야만 지구, 자연을 파괴하지도 않고 낭비도 하지 않을 것이에
요. 물 한 방울이라도 아끼면서 쓰지 않을까요.

프란치스코 수도회, 도미니크 수도회, 베네딕트 수도회 등 그들의
영성의 핵심은 예수예요. 여러분들의 영성도 예수죠. 그런 면에서 같
아요.

문: 관상기도로 가는 단계에 대해서 조금 더 알려주십시오.

답: 머리를 잠자게 하는 것, 머리를 벗어나는 것, 머리로 생각하려
하지 않는 것입니다. 예를 들어서 신약 또는 구약의 아주 짧은 본문을
가지로 머리로 바쁘게 생각하지 말고 마음으로 그냥 그 앞에 앉아 있
고 마음 밑바닥에서 어떤 느낌이 올라오는지 기다리는 거예요. 머리
는 아주 바빠요. 빨리 무슨 결론을 이끌어 내려고 애쓰며 분석하다가
결론이 나오면 '됐다! 기도 끝!' 하는 기도가 아니라 한 마디 가지고
되새기고 기다리다 보면 어떤 느낌이 올라와요. 제일 수동적인 자세,
기다리는 자세, 분석하지 않는 자세, 그냥 하나님 앞에서 예수님 앞에
서 앉아 있는 것도 좋아요. 말할 필요도 없고 복잡하게 생각할 필요도
없고 그러다가 조금 생각이 나면 생각하는 것이지요.

문: 도시에서 삶을 즐기면서 영성을 추구할 수 있는 방법은 무엇일
까요?

답: 어릴 때부터 도시에서 사는 이들은 자연에 자주 찾아가야 해요.
제가 농사짓는 예수회 공동체에도 많은 사람이 오는데 며칠만 있어도
사람이 달라져요. 자연 안에 있으니까 대부분 하룻밤 정도만 자도 시

원하다고 해요. 왜냐하면 조용하고 공기가 깨끗하니까 자연 속에서
놀라운 치유의 힘을 경험하게 되는 것이죠. 도시에서 살면서도 자연
을 접하도록 해야 한다고 생각합니다. 휴가 같은 때에는 가족과 함께
가서 농촌에서 노는 거죠.

　문: 불교 같은 데서도 수련할 때는 자세를 바르게 하라는 얘기를
하는데, 관상기도할 때에도 특별한 자세가 있습니까?

　답: 이냐시오는 "걸으면서 하지 말아라, 무릎을 꿇고 해라, 또는 자
세를 똑바로 하고 앉아서 해라."고 했어요. 여러 가지 호흡을 따라서
하는 기수련(氣修鍊) 방법도 가르쳐요. 기수련하고 비슷하죠.

아씨시 프란치스코의 생명사상과 삶

엄두섭

영성과 영성 생활

먼저 영성이라는 관념은 초종교적인 관념입니다. 다른 종교나 다른 정신운동을 하는 기관에서도 비록 영성이란 용어는 쓰지 않지만 비슷한 표현을 쓰기는 합니다. 예를 들면 '영기'라든지 '영의'(靈衣) 또는 '오라'(aura), 인도 요가에서는 '프라나'라고 합니다. 우리 동양 사상의 도가에서는 '기'라고 합니다. 이것은 동양 철학의 핵심적인 요소입니다.

요즘에는 개신교 신학교에서도 '영성신학'을 가르치는 곳이 많이 생겼습니다. 원래 기독교에서는 처음부터 '영성'이라 부르지 않고 '기독교 신비신학'이라 부른 적도 있고 '기독교 윤리학', '심신 생활-믿는 마음', '완덕의 길,' 또는 성인 · 성녀들을 연구하는 '성인학', '수덕심

신학'등 여러 가지로 불리던 것을 요즘에 와서는 한데 묶어 '영성신학'이라 부르게 되었습니다.

기독교적인 영성은 하나입니다. 그것은 단일한 것인데 기독교적인 것이 나타날 때에는 환경과 형편에 따라 다양성을 띠고 나타나는 것입니다. 가톨릭적인 영성이라는 말을 쓸 수도 있고, 개신교적인 영성이라는 말을 쓸 수도 있고, 혹은 그리스 정교회적인 영성이라 말할 수도 있고, 수도하는 수도 단체의 경우에는 예수회(이냐시오 로욜라)적인 영성, 프란치스코적인 영성이라고 말할 수도 있습니다.

한국 교회의 영성 변천을 어떤 분은 세 가지 단계로 말하였습니다. 처음에는 순교적인 영성, 다음에는 종말적인 영성, 마지막으로 경건하고 순교적인 영성이라고 말씀하신 분도 있었습니다. 그리고 기독교 초창기로부터 6세기까지 기독교인들의 영성 생활의 방편과 주제들은 오늘날 우리들과 마찬가지로 예배, 성례 혹은 카리스마, 또 열심히 전도하는 일, 영성 훈련, 신비주의 수도원 등이었습니다. 초창기 기독교회 예배의 기본 요소는 유대교 회당의 예배와 비슷한 것으로 봅니다. 그래서 기도하고, 시편을 외고 『성경』을 읽고, 설교를 하고, 찬송을 하는 것인데, 거기다가 기독교인들이 매주일 떡과 포도주를 나누는 것을 추가한 것이 예배라고 합니다. 그리고 카리스마는 신자들에게 주어지는 은사들인데, 『성경』상으로는 오순절 성령강림사건 때와 「고린도전서」 12장에서 고린도 교회에 각종 은사가 주어졌습니다.

그런데 고린도 교인들이 받은 은사는 아마도 교회에서 너무 남용해서 교회를 분열시킨 일이 있었던 것 같습니다. 그래서 바울은 은사라고 하는 것은 일시적인 것이요. 믿음, 소망, 사랑은 영원한 것이라고 강조했습니다. 그리고 기독교인들이 영성 생활을 위해서 한 특별히 어려운 훈련으로는 금욕주의가 있습니다. 예수님께서도 누구든지 나를 따라오려거든 자기를 부인하고 날마다 자기 십자가를 지고 날 따르라 그랬는데 십계명을 지키는 그런 도덕률이 있었을 뿐 아니라 특별히 영성 생활을 하기 위해서 음식이나, 술, 성적인 생활 등을 절제하려고 한 것입니다. 바울 같은 경우에는 머리를 삭발하고 세속을 비판하고 몸단장을 잘 하지 않고, 인위적이고 부도덕한 것은 구경하지 않으려 하고, 또 저급한 음악을 듣지 않는 생활을 하려고 하였던 것입니다.

수도원 운동과 성 프란치스코

우리 한국 개신교에서는 교육자들도 거의 관심을 두지 않은 것이 있는데 그것이 수도원입니다. 제가 생각할 때 수도원은 우리가 알고 있는 기도원하고는 전혀 다른 것입니다. 수도원은 역사가 오래된 것으로서 예수님 이전부터 있었죠. 유대교에서 주전(主前) 2세기부터 에비네라고 하는 일종의 수도 단체가 있었는데, 어느 면에서 보면 우리가 아는 성인, 성녀들 모두가 수도원에서 나온 것이라 볼 수 있죠. 수도원 운동은 영성 생활에 중요한 기관이고, 우리가 잘 아는 이집트의 성 안토니오 같은 분들이 사막 속에 들어가서 수도한 예가 있죠. 그 밖에 기독교 신비주의가 영성 생활에 중요한 것입니다.

우리는 교회를 동방교회와 서방교회로 나누는데, 동방교회는 지중해 동쪽에 있는 교회들이죠. 서방교회는 서편에 있는 로마 가톨릭 계통의 교회인데, 동방교회 나름대로의 영성적 특징이 있고 서방교회의 영성적 독특성이 있습니다. 동방교회는 그리스, 러시아 정교회와 관련되어 있습니다. 이들이 하는 기도도 예수 기도라고 하는데 역시 영성 생활을 하는 방편이죠. 그 밖에 널빤지에다 예수님, 성모 마리아를 그려 가정마다 모셔 놓고 입 맞추고 촛불 켜고 하는 방법도 있습니다. 반면 서방교회, 즉 로마 가톨릭 계통 교회의 영성에 있어서 중요한 것은 수도원 운동입니다. 그중에서 대(大)성인이면서 독특한 수도회를 시작한 성 프란치스코에 대해서 말씀을 드리지요.

성 프란치스코는, 확실하지는 않지만 1182년에 태어나서 1226년에 세상을 떠난 것으로 기록돼 있습니다. 그리고 프란치스코는 23세 때 회개하고 개종하여 45세에 세상을 떠났습니다. 그러니까 유명한 대성자 프란치스코가 활동한 기간은 불과 22년인 것이지요. 그런데 프란치스코는 기독교 전체 역사를 통해서 볼 때 가장 위대한 성인이고, 종교적인 천재라고 말할 수 있겠죠. 또한 일종의 종교적인 로맨티시즘 운동을 일으킨 성인이라고 봅니다. 프란치스코는 사랑의 하나님을 노래하고 자연을 사랑하고 모든 사람을 사랑하신 분입니다.

우리가 아는 종교개혁자 마틴 루터는 지금으로부터 500년 전 사람이고 성 프란치스코는 그보다 300년 전, 그러니까 지금부터 800년 전 사람이죠. 우리는 종교개혁자 하면 마틴 루터를 생각하지만 사실은 프란치스코도 종교개혁자입니다. 그 당시에 로마 가톨릭교회도 부패하고 타락해 있었는데 마틴 루터의 종교개혁을 대항적인 개혁이라고 본다면 프란치스코의 개혁은 사랑의 개혁이라고 말할 수 있습니다.

독일의 하르낙이라는 교수는 "프란치스코는 그 당시에 다 무너져 가고 있는 로마 교회의 성벽을 와르르 헐어 버리지 아니하고, 다만 그 성벽 밑에 자기의 조그만 수도 암자를 지었다."라고 평했습니다. 그것이 프란치스코입니다. 그 당시 로마 교회가 부패해 있었지만 헐어 버리지 않고 무너져 가는 그 밑에다 자기의 조그만 오두막을 지은 것입니다. 프란치스코의 얼굴을 그린 화상 같은 것들이 전해 내려오는데 키가 작고 얼굴은 참 못난 사람입니다. 못난 얼굴의 사람이지만 한번 프란치스코를 바라본 사람이라면 교황으로부터 도둑놈들까지 심지어 짐승들, 새와 곤충들까지 그에게 감화를 받았고, 또 그를 사랑했습니다. 그래서 교황 피오 11세는 프란치스코를 가리켜 또 하나의 예수, 혹은 나사렛 예수의 화신이라고도 불렀습니다. 저더러 예수님 다음으로 추천할 사람을 말하라 하면 '프란치스코밖에 없다.'고 하겠습니다. 예수님 같은 분이지요. 예수님의 거울이자, 성인 가운데 가장 위대한 성인인 것입니다.

그런데 한국의 개신교 교역자들이 수도원도 잘 모르지만 프란치스코를 모르는 분들이 많은 것은 참으로 유감스러운 일입니다. 프란치스코는 가톨릭 성인이 아니라—종교개혁 이전의 성인이니까—모든 기독교인들이 사랑할 만한 그런 성인입니다. 교회는 성인을 기다리고 성인을 통해서 유지되는데 이탈리아에서 한 사람, 프란치스코가 일어나서 오늘날까지 800년 동안 전 세계 모든 인종, 모든 시대, 모든 종파를 초월해서 모든 사람들의 감화를 비추고 있습니다. 이것이야말로 나사렛 예수의 종교지요. 여러분이 잘 아는 일본의 성자 가가와도 화천풍언은 프란치스코의 감화를 받은 사람입니다. 법정 스님 잘 알지요. 강원도 산골에서 혼자 살고 계시면서 참 좋은 글을 많이 쓰는 분인데, 그분이 쓴 글을 읽으니까 성 프란치스코의 「잔꽃송이」라는 글에서 제일 감동을 많이 받았다고 합니다. 그러니까 종파를 초월해서 모든 사람들이 프란치스코의 감화를 받았다고 볼 수가 있죠.

프란치스코의 회개

프란치스코는 이탈리아의 아씨시라는 자그마한 도시에서 포목 장사를 하는 부잣집의 아들로 태어났는데 성격이 아주 너그럽고 천진난만 하고, 단순하고, 젊은 시절에는 정렬적이고 자유분방했습니다. 물론 회개하기 전이죠. 우리나라에도 각설이타령 하고 다니는 이들이 있죠. 이런 사람들처럼 프란치스코도 기타 치고 노래 부르고 돌아다니며 친구들과 먹고 마시고 돈 잘 쓰고 호탕하게 살았습니다. 그러다가 22살 때에 이웃에 있는 게루지아라고 하는 옛날 도시국가와 아씨시가 전쟁을 할 때 갑옷을 입고 기사로 출전했습니다. 그런데 전쟁에서 포로가 되어 1년 동안 적국에서 감옥살이를 하고 풀려나서 집으로 돌아왔습니다.

그러나 전쟁포로가 돼서 갇혀 있다 집으로 돌아온 후부터 성격이 변해서, 친구들도 멀리하고 우울해지면서 사색에 잠기고, 그러다가 병이 생겨 인생의 허무함과 적막감을 느꼈습니다. 그러던 중에 프란치스코가 말을 타고 혼자 아씨시 교회로 가는데 맞은편에서 문둥병자가 절룩절룩 오고 있었어요. 프란치스코가 제일 무서워하던 것이 문둥병자였습니다. 처음에는 무서워서 말머리를 돌려서 도망치려 하다가 비겁한 자신을 뉘우치면서 말에서 내려 문둥병자를 포옹하고 그 입에다 입을 맞췄습니다. 우리가 볼 때 큰 사건은 아닌 것 같지만 제일 무서워하던 문둥병자에게 입을 맞췄다고 하는 이 사건은 마치 병아리가 알에서 껍데기를 쪼아 밖으로 나온 것처럼 프란치스코가 자기의 한계를 극복하는 순간이었습니다.

23살 때, 프란치스코는 회개하고 아씨시에 있는 다미아노 성당 십자가 앞에 꿇어 엎드려서 기도하고 있었는데 십자가에서 소리가 들렸습니다. 영음이죠. "프란치스코 내 집은 타락했다. 내 집을 세워라. 너는 내 집을 세워라. 내 집이 무너져 가고 있다."라는 주님의 음성을 들었습니다. 프란치스코는 처음에는 다미아노 성당이 퇴락했으니 그것을 수리하라는 말씀인 줄 알고 성당 수리부터 시작했는데, 결국 그것은 그 당시 기독교 전체의 타락을 수리하라는 하나님의 명령인 줄 깨달았습니다.

또 한 가지, 그의 생애에서 중요한 사건이 있었습니다. 1209년 어느 날, 그는 예배당 뒷자리에 앉아 있었고, 그날 예배를 인도하는 사제는 「마태복음」 10장 5절에서 15절 말씀을 읽고 있었습니다. 예수님이 열두 제자를 둘씩 내보내면서 "옷 두 벌을 갖지 말라. 지팡이도 가지지 말라. 발에 신도 신지 말라. 지갑에다 금이나 은이나 동전 하나라도 갖고 다니지 말라. 주머니도 갖고 다니지 말라. 먹을 식량 하나 갖고 다니지 말라." 하는 말씀인데, 사제가 낭독할 때 프란치스코는 예수님이 직접 그 자리에 나타나서 자기에게 말씀하고 있다는 영감을 받았습니다. 그리고 너무도 감동해서 당장 그 자리에서 그 말씀대로 실천했어요. 좋은 외투를 입고 있었는데 벗어 던지고 농부들이 입는 자루 옷을 하나 얻어 입고 성당 마당에 굴러다니는 새끼줄을 하나 얻어다가 허리에 묶고, 신발을 벗어 던졌습니다. 오늘 예수님이 나보고 이렇게 하라고 했다는 그 감격으로 예배를 마치고 나왔습니다. 어느 성문에 사람들이 모여 있는데 거기 가서 두 손을 들고 "형제들, 하나님이 여러분을 축복합니다."라고 했습니다. 그 음성에 거기 모였던 사람이 감격했고, 그중 몇 사람이 프란치스코의 뒤를 좇아갔습니다. 그 사람들이 프란치스코의 최초의 제자들입니다. 그래서 프란치스코는 그들을 중심으로 '작은형제회'를 창설했습니다. 그것이 프라니스코 교단의 시작이라고 볼 수 있겠습니다.

프란치스코가 이렇게 새로운 생애에 자기를 바치고 나섰을 때에 제일 문제된 것이 그의 아버지인데, 자기 아들이 가업을 상속해 줄 것이라는 기대가 많았는데 프란치스코가 개종하고 기도 거리에 가서 엎드려 있고, 집안은 돌보지 않고 기도하다 나오면 아이들이 좇아와서 돌을 던지며 미친 사람이라고 하는 모습을 보고 너무 화가 나서 아들을 지하실에 가둬 버렸습니다. 어머니가 풀어주자 그는 자기가 입고 있던 속옷까지 모두 벗어버리고 아버지에게 주며 "오늘부터 나는 당신의 아들이 아니고 하나님의 아들입니다."라고 말하고 집을 나왔습니다.

청빈, 곧 가난의 정신

프란치스코가 '작은형제회'라는 교단을 만든 초기에는 아씨시에서 조금 떨어진 리보도르도의 오두막 같은 데서 살았습니다. 거기에서

약 2km 정도 떨어진 곳에 수아조라는 산이 있는데 올리브나무가 우거진 계곡에 굴이 있었습니다. 프란치스코가 제자 몇 사람을 데리고 굴 속에 들어가 기도하고 그랬는데 밖의 세상이 어떻게 되는지도 모르고 기도했습니다. 그러던 어느 날,『성경』에서 사도 바울의 영적 체험의 최고 절정이라고 말할 수 있는「고린도 후서」5장 13-15절 "우리가 미쳤어도 하나님을 위한 것이요 (만일 정신이 온전하여도 너희를 위한 것이니) 예수님의 사랑이 우리를 강권하시는도다."의 체험을 얻었습니다. 예수님의 희생적인 사랑이 프란치스코의 가슴에 거센 파도와 같이 밀려와 그냥 엎드려만 있으면 진짜 미칠 것만 같았습니다. 그래서 일어나 굴 밖에 나가서 소리치며 통곡했습니다. 사람들이 길에서 "프란치스코, 왜 그러느냐." 하고 물어보면, 그는 손을 들어 하늘을 가리키며 "그리스도의 사랑이 나를 못 견디게 합니다."라고 했습니다.

수도원의 역사는 오랜 역사인데 대개 수도하는 사람들은 세상을 버리지요. 은둔하면서 수도 생활하는 것이 수도원이지만 프란치스코는 제자들이 자꾸 불어나면서 다른 수도회처럼 세상을 버리고 은둔하고 그런 수도회가 아니라 세상 속에 들어가서 복음정신을 실천하는 새로운 성격의 수도회를 시작했습니다. 그것을 '탁발 수도회', 다른 말로 '걸식 수도회'라고 하죠. 바리떼 들고 돌아다니며 밥 빌어먹는 그런 거죠. 농부들이 입는 후줄근한 옷 한 벌 입으면 십 년이라도 그냥 입을 수가 있는 거지요.

그분이 조직한 수도회를 '걸식 교단'이라고 부릅니다. 그 새로운 수도운동을 시작한 프란치스코에게 참 배울 것이 많은데, 특별히 프란치스코와 그 제자들이 예수님을 닮으려고 애쓴 가운데 제일 첫째가

'청빈', 즉 '가난의 정신'입니다. 예수님께서 「마태복음」 6장에 "공중의 새를 보라. 들의 백합을 생각하라. 무엇을 먹을까 무엇을 마실까 무엇을 입을까 걱정하지 말라." 하신 말씀대로 프란치스코와 그 제자들은 '완전한 청빈', '완전한 무일물', '완전한 무소유'를 실천했습니다. 또한 예수님의 청빈을 너무 사랑해서 그것을 여성화시켰습니다. 그는 가난을 '가난 양'이라고 부르고 일생 동안 독신으로 살았지만, "나는 가난 양과 결혼했다. 나의 아내는 귀부인 가난."이라고 말했습니다. 그와 관계된 노래가 있지요.

"오, 감미로워라. 가난한 이 마음에 한없는 샘솟는 정결한 사랑. 오, 감미로워라. 나 외롭지 않고 온 세상 만물 향기와 빛으로 피조물의 기쁨 찬미하는 여기."

이렇게 예수님의 가난을 사모하고 제자들에게 '완전한 청빈', '완전한 무소유' 정신을 넣어 주면서 "돈은 똥과 같은 것이다. 만지지 마라." 그랬습니다.

프란치스코 교단은 청빈 교단이니까 누가 기부해도 받지 않는데, 어떤 독지가가 돈 뭉텅이를 던져 넣었습니다. 제자가 그것을 보고 창가에 올려놓고, 프란치스코에게 "누가 돈 뭉텅이를 놓고 갔습니다. 그래서 주워다가 창가에 올려놨습니다." 하니까, "이놈의 자식아, 돈은 똥과 같은 것이다. 만지지 말라고 하지 않았느냐. 너는 그 벌로 돈을 만지지 말고 입으로 물어서 갖다 버리거라. 입으로 물어서 말똥 위에 올려놓고 가거라." 했습니다.

옛날이나 지금이나 모든 수도 단체, 수도하는 사람들이 서원하는 세 가지가 있지요. '복음삼덕'이라고 하는데 예수님의 복음 정신 속에서 나온 것입니다. 첫째 가난하게 사는 것, 둘째는 순결하게 사는 것, 셋째는 순명(順命)입니다. 프란치스코 교단들은 가난을 '거룩한 가난', '성빈', '신빈'이라고 불렀습니다. 또 수도하는 사람으로서 프란치스코는 철저히 순결했습니다. 프란치스코와 제자들은 모두 독신인데 독신으로 사는 남자들을 모아서 제1회를 조직했습니다. 처녀들의 모임은 제2회, 직장도 있고 가정도 가지면서 프란치스코의 정신을 따르려고 하는 재속 단체를 제3회, 그래서 프란치스코 교단은 3회로 활동했습니다. 우리나라에서도 제3회 운동이 활발합니다. 탁발하고 나가서 밥 빌어먹으며 사는 것인데, 제2회 처녀들의 수도회 수녀들은 나가서 밥을 빌어먹지 않았습니다. 남자 형제들이 나가서 여자 것까지 탁발해 주었습니다. 그러면서도 형제들과 자매들 사이의 관계는 매우 엄격했습니다.

프란치스코를 제일 처음 따라온 여자가 아씨시 성주의 딸, 클라라입니다. 어느 날 프란치스코가 교회에서 사순절 설교할 때 클라라가 자기 어머니와 같이 나와서 앞자리에 앉아 있었습니다. 그가 거지꼴을 하고 있는데도 클라라에게는 사람이 아니라 천사로 보였어요. 클라라가 너무 감동해서 시집이고 뭐고 다 집어치우고 프란치스코를 따라야 된다고 생각했지요. 그 후 종려주일 새벽에 클라라가 대문으로 나오면 파수병이 있으니까 죽은 사람의 관을 내보내는 구멍을 통해 자기 성에서 빠져 나왔습니다. 그래서 프란치스코 제자 가운데 첫 번째 여제자가 된 것입니다. 프란치스코는 그녀가 오니까 당장 머리를 자르고 다미아노 성당에 수도하라고 보냈습니다. 다미아노 성당에서 혼자 수도 생활을 하다가 클라라의 동생 아그네스가 다른 여자들과 함께 와서 클라라를 중심으로 자매회, 자매 수도 단체가 생겼습니다. 클라라는 프란치스코를 믿음의 아버지라고 존경하면서 "우리에게 와서 하나님의 말씀을 전해 주십시오." 하고 여러 번 간청했습니다. 간청에 못 이겨서 다미아노 성당에 갈 때면, 수녀들은 마루에다 머리를 두고 엎드렸습니다. 그런데 프란치스코는 거기에 가면 인사를 받지도 않고 하지도 않으며 성난 사람처럼 수녀들이 엎드려 있는 마루에 재로 동그라미를 그려놓고 동그라미 가운데 서서 재로 자기 얼굴과 머리에 뿌려 검게 만들고, "모든 것은 흙이다. 모든 것은 먼지다. 모든 것은 재다." "나 프란치스코도 먼지요 흙이요 재다."라고 설교했습니다. 수녀들이 아직도 인간적인 애정에 끌릴까 봐 프란치스코는 그렇게 냉정하게 한 것입니다.

그러나 프란치스코도 사람이죠. 게다가 누구보다도 다정다감한 사람입니다. 어떤 눈 내리는 고요한 밤에 혼자 방에 앉아 있으니까 견딜 수가 없었습니다. 가족이 못 견디게 그리워 문을 열고 밖에 나갔습니다. 그리고 미친 사람처럼 눈사람을 만들어 "이건 내 아내다. 내 아들, 내 딸이다." 그러다가 다음날 아침 햇살이 솟아올라 눈사람이 녹으면 "이 어리석은 프란치스코야, 내 아들을 봐라 내 딸을 봐라." 그랬다고 하는 인간적인 얘기가 있습니다.

우주 만물 속에 하나님이 살아 있다

형제자매들이 특별히 한자리에 앉아 만찬회를 한 적이 있었습니다. 음식을 모두 앞에 놓고 형제자매들이 모여 앉았는데 너무 황홀하게 영감에 빠져 들었습니다. 근처 아씨시 사람들과 이웃 마을 사람들이 보니까 프란치스코와 제자들이 모여 있는 뒷산에 산불이 활활 타오르는 것이었습니다. 그래서 불을 꺼주려고 달려갔는데 프란치스코와 제자들이 영감에 빠져 들어 있었습니다. 그것이 멀리서 볼 때는 불이 난 것처럼 보인 것입니다.

프란치스코는 신학자도, 성직자도 아니고 평신도입니다. 그리스도의 희생적인 사랑을 체험한 후 사랑의 하나님만을 증거하고 하나님을 사랑하고 예수님의 사랑을 생각하고, 통곡하고, 자연을 사랑하고, 모든 사람을 사랑했습니다. 프란치스코의 사랑이 얼마나 놀라운 사랑이었는가 하면 태양을 쳐다보고 해를 형님이라 부르고, 달을 보고 누님이라 하고, 풀섶의 귀뚜라미를 보고 누님이라고 하고, 불을 형제라고 불렀습니다. 아궁이의 불 형제가 저절로 꺼질 때까지 내버려 두라고 했습니다. 프란치스코는 물도 누님이라고 부르고, 세숫물이 땅에 떨어져도 밟지 않았습니다. 우리가 볼 때 범신론자 비슷하게 느껴지지만 범신론자가 아니고 모든 우주 만믈 속에 하나님이 살아 있다는 것을 깨달은 것입니다. 그만큼 자연을 사랑하고 말년에 죽음이 가까이 왔을 때에도 "내 누님 죽음"이라고 했습니다.

이탈리아에 가면 쿠피요 거리가 있는데, 옛날에 살인 늑대가 나타나서 사람들을 물어 가고 짐승들을 물어 가 사람들은 문 밖에 나가지 못했습니다. 이놈의 늑대가 마구 돌아다니는데 마을 사람들은 성인 프란치스코를 불러오자고 했습니다. 프란치스코는 당장 늑대에게 찾아갔습니다. 처음엔 으르렁거렸지만 프란치스코가 "형제여." 하니까 그의 무릎에 앞발을 올려놓고 꼬리를 흔들었습니다. 그러자 그는 "형제여, 오늘 나하고 약조합시다. 형제가 다시는 사람들을 다치게 하지 않겠다고 서약하면 매일 같은 장소에 먹을 것을 갖다 주겠습니다."고 했다는 애기가 있지요. 거짓말 같은 이야기이지만 프란치스코의 사랑의 감동이 짐승들에게까지 전해진 것입니다.

프란치스코가 기도했다고 하는 아씨시의 서바조 산 계곡 동굴에 있는 수도원에는 프란치스코가 새들에게 설교하는 모습이 담긴 벽화가 있습니다. 어느 날 프란치스코와 제자 둘이 한 지방을 지나가다가 새들에게 "새 형제들이여, 하나님께서 여러분에게 날개를 주고 먹을 것을 주었습니다. 하나님을 찬양하십시오." 하고 설교하였습니다. 그 후 사람들에게 설교를 하려고 하는데 난데없이 제비가 모여들었습니다. 어디서 왔는지 하늘이 까맣게 수천 수만 마리의 새가 짹짹거렸습니다. 그래서 제비들을 향해 "오, 자매 제비들이여 조용히 하시오. 지금은 사랑의 형제들에게 설교하는 시간입니다."라고 하니까 제비들이 조용히 했습니다. 거짓말 같은 소리지요. 그렇지만 사랑의 법칙이지요. 우리나라에도 그런 사람들이 있습니다.

어느 날 프란치스코의 제자 한 사람이 「시편」에 관계된 책 한 권을 자기가 가지게 해달라고 청원을 올렸는데, 프란치스코는 "우리는 완전한 무소유인데 네가 책을 가져가면 그 책을 꽂을 서가가 필요할 것이고, 서가가 있으면 그 다음 책상이 필요할 것이고, 그 다음 방이 필요할 것이다. 우리는 무소유 가난의 정신을 가지고 사는 사람이니 그 책을 가져가겠다는 생각을 버려라."라고 하였습니다.

흙이니 흙으로 돌아갈 것이다

프란치스코와 같은 시대에 스페인에 도미니크라는 수도자가 있었습니다. 도미니크는 프란치스코와 달랐습니다. 그는 학문을 장려하였지만 프란치스코는 그를 배격하였습니다. 왜냐하면 지식이 들어가면 어린아이와 같은 천진난만함을 잃어버리고 교만하게 된다는 것이죠. 그래서 프란치스코는 제자들이 학문에 빠지는 것을 경계하였는데, 그것은 예수님의 태도라고 볼 수 있습니다. 그러나 그런 프란치스코 정신이 끝까지 지켜지지 않았습니다. 말년에 교단에는 소위 인텔리 계층, 즉 지식층이 제자로 많이 들어왔습니다. 지식층들이 보기에 하는 일이 어린애 같고 맹랑하여 프란치스코가 하는 일을 비판하고 프란치스코 정신을 거역하여 프란치스코 교단에 위기가 왔습니다. 그 지식층들 가운데 형식상으로 프란치스코의 후계자가 된 엘리야는 겉으로는 그를 존경하지만 실제적인 삶은 프란치스코의 정신에 위반되는 삶을 살았습니다.

프란치스코는 말년에 베르나 산에서 40일 동안을 금식하면서 기도했습니다. 그 산은 해발 1300m나 되는 높은 산입니다. 그 산 꼭대기에는 집채만 한 현무암 바위가 있었습니다. 그곳에서의 기도 제목은 딱 두 가지였습니다.

'주여, 제가 이 세상을 떠나기 전에 이 두 가지 기도를 들어주십시오. 첫째는 주님이 저를 위해 겪으신 그 지극한 고난을 제 영혼으로도 체험하게 하고 제 육신으로도 체험하게 해주시옵소서. 둘째는 주님의 가슴에 저를 향해 불타던 그 사랑을 저도 주님을 향하여 가지게 해주

십시오.'

이 두 가지 기도 제목을 가지고 제자들도 오지 못하게 하고 40일 동안 기도했습니다. 성자의 기도이지요. 기도가 끝날 무렵 프란치스코에게 성흔, 오상이 나타났습니다. 기도가 응답된 것이죠.

프란치스코는 어디를 가든지 음식 초청을 받으면 맛있는 음식을 그냥 먹지 않았습니다. 꼭 재를 가지고 가서 뿌려서 먹었습니다. 프란치스코는 위궤양을 앓고 있었습니다. 그리고 안질을 앓고 있었으며, 일시적인 치료로 눈을 두 번이나 대수술을 받고난 후에 소경이 되었습니다. 위궤양, 소경, 불면증에 시달리고 두 발, 두 손, 옆구리 다섯 군데 상처에서는 피가 철철 나오는 등 아주 비참한 생활을 하였습니다. 우리는 예수 잘 믿으면 복 받고 잘산다고 생각하는데 제일 잘 믿는 프란치스코는 그 모양이 되었습니다. 자기 집도 아내도 없는 프란치스코를 클라라가 자기가 수도하는 수도원에 모셔다가 요양을 시켰습니다. 처절한 고통 속에서 믿음의 딸이요, 수도의 동반자인 클라라의 마음의 간호를 받고 있던 그는 갑자기 영감에 사로잡혔습니다. 그때 그의 유명한 '태양의 노래'가 나왔습니다.

> 지극히 높으신 주 전능하신 착하신 하나님이여
> 오! 나의 주님 만물들이 당신께 찬송을 드리나이다.
> 보시옵소서!
> 우리 형제의 저 우람한 태양의 찬송을.
> 온누리 대낮을 주관하는 태양!
> 그를 통해서 우리를 비추고 계신 것.

오! 태양은 너무도 눈부셔

얼마나 찬란한 빛을 발하고 있는지요.

지극히 높으신 주여!

태양이야말로 바로 당신의 모습이니이다.

이 '태양의 노래'를 지어 놓고는 너무도 기뻐서 그 제자들에게 매일 그 노래를 부르라고 했습니다. 찬송가 33장에도 그 노래가 있습니다.

온 천하 만물 우러러 내 주를 찬양하여라. 할렐루야! 할렐루야!

몸은 병이 들고 눈은 멀고, 교단이 위기에 처하자 그는 제자 엘리야를 후계자로 세웠습니다. 그는 자기의 죽음이 가까이 온 줄 알았을 때 '태양의 노래' 마지막에 한 줄을 첨가했습니다.

오! 나의 하나님 우리 자매인 육체의 죽음을 위해서 당신은 찬송을 받으시나이다.

45살 중년의 나이지만 자기가 곧 죽을 것을 알고 임종이 가까이 왔을 때 그는 "오래지 않아서 나는 먼지와 재 이외에는 아무것도 아닐 것이다."라고 말하면서 제자들에게 "먼지와 재가 될 것이니 내 몸에 먼지와 재를 뿌려 달라."고 했습니다. 죽음이 가까이 왔을 때 제자들과 「시편」 142편을 노래하도록 하고 '여호와여! 주는 나의 피난처요,

나의 분신이니이다. 내 영혼을 옥에서 이끌어 내사 주님의 이름을 감사하게 하소서.' 하였습니다. 죽을 때는 옷을 완전히 벗고 알몸이 되어 내 자매 내 누님인 땅에다가 직접 살을 대게 해달라고 했습니다. "흙이니 흙으로 돌아갈 것이다."라는 『성경』 말씀대로, 그의 시신은 아씨시에 있는 지오지리오 성당 지하실에 안장되었습니다.

성인을 기다림

프란치스코가 활동한 기간은 불과 22년밖에 안 되지만 프란치스코의 감화는 800년간 전 세계 구석구석 미치지 않은 데가 없습니다. 모든 성인은 잠자코 가만히 서 있어도 세계가 감화를 받습니다. 한국 종교계에서 기다려지는 것은 신학자도 아니고 목사도 아니고 하나의 성인, 하나의 성녀입니다. 이탈리아라는 나라는 성인 몇 사람, 특별히 프란치스코라는 성인이 일어나서 우러러보고 살아가고 있습니다. 어디를 가든지 이탈리아는 '프란치스코'를 말합니다. 성인 하나가 일어나면 그 나라가 벌어먹고 살 정도입니다. 아씨시의 프란치스코 무덤 교회의 지하실에는 프란치스코의 무덤이 있고 모두 3층으로 되어 있는데 그곳이 꽉 찼습니다. 저도 그곳을 찾아가 지하실에 있는 무덤에 가서 철책을 붙들고 기도를 올렸습니다.

"주여, 성인이 주님을 따라 걸어간 길을 저도 꼭 따르게 해주시옵소서."

제가 몇 해 전에 프란치스코의 전기뿐 아니라 한국의 프란치스코라고 불리는 이현필 선생의 전기도 썼습니다. 막상막하라는 생각이 들더군요. 가장 예수님처럼 살다 갔습니다. 이현필 선생은 평신도로서 화학산에서 4년, 지리산에서 3년 엎드려서 기도를 했습니다. 기도하는데 한 번 엎드리면 일어나지 않아서 지리산에 사는 까마귀들이 죽은 송장인 줄 알고 부리로 꾹꾹 찔렀고, 그래도 일어나지 않았다고 합니다. 또 그는 지리산에서 소리쳐 통곡하면서 십자가의 노래를 불렀습니다.

"갈보리 산에서 십자가 지시고, 예수는 귀중하신 보배 피를 흘리사, 구원받을 참 길을 열어 놓으셨느니라. 갈보리 십자가는 저를 위함이오, 아! 십자가, 아! 십자가, 갈보리 십자가는 저를 위함이라."

이 노래를 부르고 겨울에 맨발로 걸어 내려오면 산 밑에 있는 제자들이 달려와서 선생님을 끌어안고는, '우리 선생님하고 예수님밖에 없다.'면서 수백 명이 따라다녔습니다. 제가 보기에는 우리 한국 개신교 100년 인물사에 그런 인물이 이 한 분밖에 없습니다. 평생 거지옷을 입고 하는 그분의 설교는 다른 목사들의 설교와는 전혀 달랐습니다. '땅 파는 소리가 하나님의 소리다.' '시래깃국 먹는 것이 우리 기도다.' '맨발로 다니는 것이 성심 충만이다.' 하는 설교를 하였습니다.

달은 태양의 거울이지요. 달은 빛이 없습니다. 태양의 빛을 받아서 지구에다 비춰 주지요. 성인은 예수의 거울이지요. 프란치스코든, 이현필이든, 베네딕트이든, 예수님을 본받은 예수님의 거울입니다. 우리도 성인들을 사랑하고 본받아서 그분들에게서 배워야 합니다.

성서와 영성
The Spirituality in the Old Testament

김이곤

하나님 앞에, 하나님 없이

'영'이란 말은 히브리어로는 '루앗하'입니다. 희랍어로는 이것을 '프뉴마'라고 합니다. 그러나 저는 '영성'을 '루앗하'와 '프뉴마'라는 어떤 실체로 이해하기보다 '영적이다'(프뉴마티코스)라는 개념으로 사용합니다. 또 '영성'은 한마디로 표현하면 '하나님 앞에서 하나님 없이 (Vor Gott, Ohnn Gott) 기도의 삶을 살면서 변화되어 가는 인간 실존의 삶 전체를 가리키는 말'이라고 정의할 수 있습니다. 대체로 우리는 사람이 안 보는 데서는 하나님도 안 보신다고 생각합니다. 그러나 우리는 항상 "하나님 앞에서" 살고 있습니다. 하나님 앞에서 그러나 하나님 없이 산다고 할 때, 그것은 어디서 사는 것입니까? 우리는 지금 모두들 하나님이 지으신 세계 속에서 살고 있습니다. 그러나 우리는 이 하나님의 세계 속에서 살면서 때때로 "더러운 세상"이라고 곧잘 말합니다. 잘못된 표현입니다. 하나님이 보시고 좋다고 하신 세계입니다. 이것은 매우 중요한 사실입니다. 사람들은 일반적으로 하나님이 지으신 세계를 '세속 세계'라 합니다. 하나님의 세계와 그것과는 다른 세속 세계라는 두 개로 나누어진 세계를 왔다갔다 하는 긴장관계 속에서 살고 있다고 보는 것입니다. 그러나 사실 우리는 한 분이 지배하는 하나의 세계 안에서 살고 있습니다. 이것은 아주 근본적인 관점인데 가끔 놓칩니다. 우리는 여기 있으나 저기 있으나 하나님이 지으신 이 세속 세계, 이 세상 속에 살고 있습니다. 그렇다면 영성의 삶을 산다고 하는 것은 무엇을 말하는 것입니까? 하나님이 지으신 이 세계 속에서 마치 하나님 없이 하나님 앞에서 사는 것을 말합니다. 이런 삶의 전체를 '영성'이라고 저는 표현합니다.

모성적 하나님

우리는 세계 속에서 역사하시는 하나님을 두고 아버지, 아들, 영이라 표현합니다. 아버지로서의 하나님을 우리가 섬기면서, 또 아들로서의 하나님을 만나면서, 성령으로서의 하나님과 더불어 대화를 하면서 사는 것입니다. 아버지, 아들, 영의 활동 영역 안에서 살면서, 우리는 아버지로서의 하나님을 늘 만나는데, 그분은 또한 아들의 기능을 가지고서도 일하십니다. 아들은 우리의 죄를 대속하기 위해서 십자가에 달려 죽으신 분이신데, 그분은 대속적인 은혜라고 하는 하나의 실체입니다. 그런데 우리가 사랑의 표상을 끌어올 때는 우리가 살고 있는 세계의 경험밖에는 모르므로 항상 "아버지의 사랑"을 생각합니다. 비록 우리가 아버지라는 표상을 가져왔지만 사실 더 『성서』적인 표현은 "어머니"입니다. 하나님은 'paternal' 한 분이 아니라 'maternal' 한 분이라는 말입니다. 사랑의 표상을 우리는 가부장제의 전통 아래서 하나님 아버지에게서 찾지만 사실 『성서』의 세계, 아버지의 세계에 들어가 헤매다 보면 어머니의 이미지만을 만납니다. 끝도 없고, 다함도 없는 절대 포기하지 않는 어머니의 사랑을 만납니다. 그러나 아버지는 가끔 우리를 포기합니다. 그러므로 하나님의 본질만은 모성(maternity)이에요. 『성서』의 세계로 들어가면, 특히 「이사야」 40장 이후 부분에서 철저히 우리는 어머니를 만나게 됩니다. 이 점을 전제하고 다음 논의로 넘어가 봅시다.

포착하기 어려운 하나님

제가 지금 이야기하려는 것은 하나님은 한 번도 우리 손에 포착된 바가 없었다는 것입니다. 이것이 『구약성서』 영성의 출발점입니다. 'Elusive Presence'라고 표현할 수 있습니다. 「출애굽기」 33장 19절을 보면 모세가 시내 산에 도착해서 "하나님이여, 당신의 영광을 제게 보여 주십시오."라고 외치니까, 하나님께서 "그래 내가 네 앞으로 지나가마." 하며 지나가셨는데 그 얼굴을 전혀 포착할 수 없을 정도로 빨리 지나가신 것으로 되어 있습니다. 아마 광속도보다도 더 빠르게 지나가셨을 것입니다. 포착이 안 되도록 빠르게 지나가셨기 때문에 모세는 하나님의 얼굴을 볼 수 없었습니다. 하나님은 자신의 얼굴을 본 자는 죽는다고 하셨습니다. 『구약』에서 『신약』까지 계속되는 일관된 주요 가르침은 "하나님을 형상화하지 말라."는 겁니다. 그런데 고대 신앙세계에서는 가나안 종교나 헷 종교, 앗수르, 시리아, 바빌론, 이집트, 소아시아, 희랍, 로마 등등 모든 종교들이 하나님, 즉 신을 "볼 수 있는 것"으로 생각했습니다. 정치, 사회 등 모든 것을 종교적으로 해석했던 고대 중동 세계 속에서 모든 종교는 신을 가시화, 형상화했습니다. 그래야 그 신의 권위가 인정받는다고 생각했던 것입니다. 그런 종교적 풍토 속에서 오직 손바닥만 한 땅덩어리의 이스라엘 민족만이 하나님은 보이지 않는 분이실 뿐만 아니라 형상화해서는 안 되는 분임을 신앙의 출발점으로 삼았습니다.

고대 종교—바빌론 종교, 앗수르 종교 등등—를 분석하고 비교해 보니까 이스라엘의 하나님은 이름이 없습니다. 이름도 없고 형상도 없습니다. 사람이 하나님의 이름을 짓는다는 것은 말이 안 되죠. 그것은 우상입니다. 지상에 있는, 모든 사람이 만든 종교—사람이 종교성을 가지고 상상력을 동원하여 만들어 낸 종교—는 우상입니다. 그런데 기독교는 그게 아닙니다. 『구약』에서부터 『신약』에까지 하나님 이름은 '야훼'란 이름 하나입니다. '야훼'라는 이름은 정말 고유명사로서의 이름이었을까요? 이스라엘 제의가 시작된 후 '이름'이 형성됐어요. 불가피하게 이름이 이루어졌지만 그들은 신앙의 세계에서 하나님의 이름을 풀 네임(full name)으로 부른 바가 없었습니다. 그래서 오랜 역사를 거치면서 이스라엘 사람들도 그 이름을 정확히 어떻게 부르는지 모르게 되었을 정도입니다. 그러나 '야'로 시작하였을 것이라는 것은 확실해요. 그래서 그들이 찬양할 때마다 "하나님을 찬양하라."고 말하는데, 이렇게 말할 때는 하나님의 첫 자(initial)를 써서 "야를 찬양하라", "할렐루야"처럼 '야'를 썼어요. 그러나 '야' 다음에는 안 썼습니다. 그러니까 풀 네임으로 읽지를 못 해요. 랍비들 보고 읽으라고 하면 단지 '아도나이' 주님이라고만 말합니다. 그리고 후손들이 히브리말 『성서』를 읽을 때 이 이름자가 나오면 '아도나이'로 읽으라고 지시를 하기 위해서 이스라엘 국문학자(마소라 학자)들이 점으로 된 모음 기호를 만들어 찍었어요. 그런데 그 문맥을 모르는 한국 사람, 미국 사람, 독일 사람 등등 이방인들이 적혀 있는 그대로 읽어 버리니까 '여호와'라고 읽게 되었습니다. 그러나 그러한 발음의 이름은 없습니다.

하여간 야훼, '야'로 시작하는 그 이름이 어떻게 그들에게 고요한 신앙과 찬양, 기도의 대상으로서 쓰여 왔을까요? 그들에게는, 그들의 신앙의 출발점에는 '하나님을 만난 경험'이 있었습니다. 그것을 체험해서 이것이야말로 하나님의 사랑이구나 하고 체험한 사람들이 있었습니다. 『성서』의 인물들이 그러하였습니다. 그들은 그들의 역사 안에서 하나님을 만났습니다. 부정하려야 부정할 수 없는 하나님의 구원사건을 체험한 것입니다. 하나님이 스스로 자기를 나타내시니까 비로소 하나님을 만난 것입니다. 그럼 그는 어떻게 나타나셨나? 하나님은 우리의 역사 가운데 하나님의 사건으로서 나타나셨습니다. 우리는 하나님을 본 바가 없습니다. 또 볼 수도 없습니다. 그런데 우리는 하나님을 경험하고는 있습니다. 이것이 기독교 『성서』의 영성입니다. 저는 '야훼'라는 이름이 『구약성서』에 현존하고 있는데, 그것이 도대체 무슨 의미일까 하고 궁금해 했습니다. 거룩한 네 개의 자음—'테트라그람마톤'이라고 불린 성(聖) 네 글자—으로 된 그분, 그분이 누군가, 그분이 어떤 분이기에 이 네 개의 자음으로만 표시되나? 지금 유대인들은 그 글자를 알고는 있지만 그대로 읽거나 부르지는 않습니다. 이것은 무한한 학문적 연구의 대상입니다. 그것을 성서적으로「출애굽기」3장 14절에서 처음 표현됐습니다. 모세는 가시덤불, 타지 않은 불꽃떨기를 보았을 때 크게 놀랐습니다. 불은 붙었는데 가시가 타지는 않습니다. 역설적인 사건입니다. 도대체 저 신비가 뭘까, 가까이 가보니 하나님이 그 가운데서 말씀을 하셨습니다. 그때 모세의 신학적인 리비도가 충동하였던 것입니다. "이름이 무엇입니까?"『구약』에서 이름이라고 하는 것은 그분의 실재를 표현한 말입니다. 그분의 이름이 무엇인가, 그분이 어떤 분인가 하는 것이 모세가 알고 싶었던 것입니다. 모세 이전에도 이스라엘의 대표적 선조인 야곱도「창세기」32장 얍복강에서 하나님과 씨름하다가 동일한 질문을 한 적이 있었습니다. "주여, 당신의 이름은 무엇입니까?" 그러나 하나님은 "네가 왜 내 이름을 묻느냐?"라고만 하시고 대화를 끝냈습니다. 하나님의 이름이 있다는 것인지 없다는 것인지 대답을 안 했습니다. 또 좀 후대인 사사시대에 가면 삼손의 아버지가 하나님의 사자를 붙들고 당신의 이름을 가르쳐 달라고 한 적이 있었습니다. 그때 그는 "나는 비밀이다."라고 하였습니다. 개역『성경』에는 '나는 기묘다', 공동번역에는 '나는 비밀이다.'라고 번역했습니다. 대답을 안 하시겠다는 것입니다. 모세가「출애굽기」3장13절에서 불꽃떨기 앞에서 물은 것까지 포함해서『구약』에서 딱 세 번 일어난 사건입니다. 모세가 애굽에서 이스라엘 민족을 건져내는 엄청난 일을 위임받아 지금 보냄을 받아야 할 판인데 그냥 아무렇게나 갈 수는 없었습니다. 적어도 보내신 분이 누구냐? 하는 것은 참 중요한 것입니다. 내가 누구의 권위를 가지고 말해야 합니까? 보내신 분은 누구라고 해야 합니까? 아주 굉장히 중요한 때 모세가 던진 질문입니다.

그런데 대답이 지금 여기서 수수께끼 같고 미스터리 같습니다. 제대로 번역된 『성서』를 찾기가 어렵습니다. "나는 나다."라는 번역이 본문 자체에 근접한 번역이라고 봅니다. 우리 개역 『성경』은 "나는 스스로 있는 자다."라고 번역했습니다. 그렇게 번역한 것은 상당히 철학적인 냄새가 납니다. 철학적으로 사고하는 희랍 사람들에 의해 번역된 『구약성서』가 그런 냄새를 풍겼습니다. 『구약성서』의 하나님은 실제로는 스스로 높은 곳에 계시기만 하는 그런 하나님이 아니에요. 끊임없이 고난받는 이스라엘 민족의 역사 속으로 들어와 그들과 더불어 구원의 행위, 또는 구원의 사건을 일구어 내시는 분이죠. 'God who acts', 끊임없이 행동하는 분입니다. 'God who is'가 아닙니다. 「시편」 121편에 나오듯 낮의 해와 밤의 달이 너를 상하게 아니하도록 졸지도 아니하시고 주무시지도 아니하시고 우리를 지키시며 인도하시는 분이십니다. 그것이 바로 『성서』가 말하는 바입니다. '스스로 존재한다.' 그게 말이 됩니까. 그것은 하나의 매우 철학적이고 인위적인 해석이다 이겁니다. 하나님의 본질이라고 할까, 그분을 설명할 수 있는, 그분을 묘사할 수 있는 단정적이고 아주 집약적인 표현이 '야훼'라는 이름입니다. 그런데 이름은—『성서』를 공부하는 학자들에게는 거의 상식화 되어 있지만—명사가 아니라 동사입니다. 문장입니다. 이름이 동사고 문장이라는 것입니다. '그가 무엇 무엇을 하신다.'는 겁니다. 이것은 그냥 '그가~ 이다.'가 아니라 '그가 ~있게 한다.'입니다. 없는 것을 있게 한다는 것입니다. 이 말을 바꾸면 '하나님은 창조하신다.'는 말이 됩니다. 이 학설은 이 분야를 연구하는 사람들의 견해 중 하나입니다. 하나님은 그냥 존재하시는 분, 존재적으로 존재하시는 분이 아니라 있게 하시는 분, 창조하시는 분, 쉬지 않고 졸지도 주무시지도 않고 끊임없이 활동하시는 분입니다. 우리는「사도신경」에서 '전능하사 천지를 만드신 하나님 아버지를 내가 믿는다.'고 늘 고백합니다. 하나님은 창조하시는 분입니다. 이것은 역사적인 행위를 통해 보여주신 하나님의 본질적인 것을 인간의 언어로 설명한 가장 집약된 표현입니다. 하나님을 존재하시는 분이라고 하면 매우 불안합니다. 하나님은 지금도 끊임없이 창조하고 계십니다. 태초에 한 번 천지를 창조하고 그 후에는 쉬시는 분이 아닙니다. 그래서 예수님도 "하나님이 일하시니 나도 일한다."라고 하셨습니다.

「출애굽기」3장14절로 다시 돌아갑시다. 목동 모세가 감히 용기를 내어 애굽으로 갑니다. 초강대국 이집트 제국이 이스라엘 민족 전부를 노예로 부리고 있는 그 속에 뛰어들어, 그 손아귀에서 민족을 건져 내는 일을 합니다. 이것은 전적으로 하나님의 놀라우신 은총에 의한 기적적인 사건으로, 이스라엘 백성은 애굽의 마수에서 해방되는 사건을 체험합니다. 그래서 이스라엘 신앙 고백의 출발점은 '하나님이 우리를 애굽의 노예살이에서 건져 주셨다, 해방시켜 주셨다.'는 고백에서 출발합니다. 그런데 그 체험을 인간의 언어로 어떻게 표현할 것인가가 문제입니다. 체험한 것인데, 하나님을 만난 것인데, 후손들에게 그것을 어떻게 전할 것인가. 이스라엘 백성들은 그들이 할 수 있는 최대한의 표현을 빌려서 말을 했는데, 그것이「출애굽기」14장에 기록되어 있는 내용입니다. 하나님의 영이 앞서거니 뒤서거니 이스라엘 백성을 감싸서, 홍해를 마른 땅처럼 지나가게 한 것은 놀라운 경험이죠. 그것을 역사적으로 정확히 재건하는 것은 불가능합니다. 단지, 그들이 겪은 것, 부정하려고 하여도 결코 부정할 수 없는 그들의 체험을 증언하였던 것입니다.

하나님을 만나시기를 원하시는 분은 이러한 증언들 앞에서 만나야 할 것입니다. 여기 이외에서 하나님을 만나려고 하면, 하나님의 모양을 그리려고 하면 다 우상이 됩니다. 우상에 빠지면 그것은 우리를 죽음으로 이끕니다. 지금의 거품 경제와 거품 신앙이 바로 죽음이 가까이 온다는 증거입니다. 교회가 발전하는 것이 아니라 망할 것이라는 징조입니다. 〈쥬라기 공원〉은 사람이 만들어 놓은 공룡한테 사람이 잡아먹히는 현대 문명을 풍자한 것입니다. 우리는 자꾸 비대해집니다. 비대해지는 것만을 최고라고 생각합니다. 기독교 신앙운동이나 교회운동도 그러한 경향이 있습니다. 하나님은 무조건 크다, 하나님은 힘이 있다, 하나님은 전지전능하시니까 그의 이름만 부르면 무엇이든 나온다, 그런 식으로 막 몰고 갑니다. 『성서』가 뭐라 하는지 상관하지 않고 막 몰고 가죠. 그래서 이루어 놓은 것이 뭔가요. 거품이죠. 『성서』로 돌아와야 합니다. 그래서 앞으로 우리 과제는 우리 모두가 정말 거듭나서 모두가 『성서』로 돌아오는 것이라고 생각합니다. 『성서』로 돌아온다는 것은 무엇을 말하느냐? 문자화된 말씀을 들여다보면서 문자를 만나는 것이 아니라, 여기서 살아 있는 하나님을 만나야 된다는 것입니다. 그 문자로부터 들려오는 하나님의 음성을 들어야 된다는 것입니다. 말씀을 통하여 하나님을 직접 만날 수 있어야 할 것입니다. 이것이 결정적으로 중요합니다. 이것이 신명기 정신입니다.
「신명기」 4장에 의하면 하나님께서 불꽃 속에서 나타나시고 화염 속
에서 나타나시기는 하였지만 아무도 하나님을 본 바가 없었다는 것입
니다. 정말 두렵건대, 조심하라. 하나님을 얼굴로 보려고 하지 말라.
하나님은 음성으로 말씀하셨다. 그러므로 우리는 이 말씀을 통해서
하나님을 만난다, 이것입니다.

긍휼하신 하나님(El-rahum, maternal womb)

'El yahweh - El rahum - El sadday' 할 때의 'El'이라는 말은,
가나안 땅을 중심으로 한 중동 세계의 셈족들이 '하나님' 하고 불렀던,
즉 천지를 창조하시고 이 세계의 유일한 주인이신 하나님을 일컫던
일반적인 칭호입니다. 그것은 고유명사가 아닙니다. 그리고 이 '엘'과
연결된 말은 이 '엘'을 설명하는 말입니다. 「출애굽기」 33장 19절, 34
장 6절 등에는 'El rahum'이라는 말이 나옵니다. 이 말은 '긍휼의 하
나님'이라고 번역되며 '은혜의 하나님', '자비의 하나님'이라는 말과
평행되는 말입니다. 이 말은, 『구약』에서는 하나님의 본질을 나타내
는 데 가장 많이 쓰이는 말입니다. 'rahum', '긍휼'이라는 말은 이스
라엘 민족이 그들의 하나님이 어떤 분인가를 묘사하는 대표적 표현입
니다. 이 단어는 '어머니와 같은 사랑'을 표현하기 위하여 사용한 것
으로 보입니다. 이 말은 '어머니의 자궁'(렉켐)이라는 말에서 나왔습
니다. 하나님의 사랑을 경험한 사람이 모든 언어를 두루 섭렵하여 찾
아낸 은유가 '어머니의 자궁'이었습니다. 이 자궁의 속성을 가장 잘

설명한 곳이 솔로몬의 명재판 이야기에 나옵니다.

「열왕기상」 3장에 보면 솔로몬이 하나님 앞에서 지혜로운 마음을 달라고 말하는 그런 대목이 있습니다. 하나님은 솔로몬에게 "야, 너는 오래 사는 것도 구하지 않고, 부도 구하지 않고, 원수를 보복하는 것도 구하지 않고, 단지 나한테 지혜로운 마음만을 구하는구나." 하며 그를 칭찬하시며 지혜를 주셨다는 대목이 나옵니다. '지혜로운 마음'이란 말은 원어 그대로 따져 들어가면 '듣는 마음'입니다. 비록 높은 자리에 앉아 있다고 하더라도 낮고 천한 백성들의 모든 소리를 듣고 수렴하는 마음을 가지는 것이 '지혜'라는 것입니다. 영화와 영광을 상징하는 높은 자리에 있는 대왕이 낮고 천한 두 창녀가 와서 그 아버지가 누군지도 모르는 영아 하나를 놓고 서로 자기가 친 엄마라고 싸우는 이런 시시한 소리에도 마음으로 듣는 것이 지혜였던 것입니다. 말하자면 '참 어머니의 소리를 들어야 되겠다.' 이것이 솔로몬이 가지고 있는 생각이었습니다. "칼을 가지고 오너라. 살아 있는 이 아기를 정확히 반으로 잘라서 나누어주마." 그런데 한 어머니는 "아, 그러지 마십시오, 임금님. 그 아기를 저 여인에게 주십시오. 그 아기를 죽이지는 마십시오."라고 말하였습니다만, 반면에 한 어머니는 "아닙니다. 정확하게 반을 딱 가르십시오. 그것이 정의요 공의입니다."라고 했습니다. 솔로몬은 분명 여기서 진짜 어머니 말을 분별해 내려고 한 것입니다. 그리하여 『성서』의 표현은 여기서 "마음에 불붙는 것 같아서" 또는 "모성애가 넘쳐서"(표준 새번역)라는 표현을 끌어들이고 있습니다. 원문을 그대로 읽으면 '그녀의 자궁이 꿈틀거려서'라고 되어 있습니다. 거기서부터 참 어머니의 소리가 나왔다는 말입니다. 그러자 솔로몬은 지체 없이 "저 여인이다. 저 여인이 진짜 어머니다. 저에게 이 아이를 주어라." 했습니다. 이것은 놀라운 일입니다.

'요나'는 선택된 백성이라는 것을 자부하는 이스라엘 민족을 대표하는 최고의 지성이었습니다. 요나와 하나님이 대결전을 한 것입니다. "앗수르 제국의 수도인 니느웨 백성에게 가서 복음을 전하여라. 회개의 복음을 전해라." 그러나 요나는 싫다고 하였습니다. 그러고는 하나님에게 논박하여 덤벼들기 시작합니다. "하나님은 공의로운 분 아닙니까? 정의로운 분 아닙니까? 하나님, 니느웨 백성이 저질러 놓은 죄를 보십시오. 만일 그들이 용서받으면 당신의 체면이 말이 아닙니다. 당신의 공의가 완전히 무너집니다." 그래서 요나는 "3일이 지나면 니느웨는 잿더미가 됩니다."—히브리 글자로 4개밖에 안 되는 짧은 말—라는 말밖에는 아무 말도 하지 않았습니다. 하루 종일 돌아다니면서도 그 말밖에는 안 했던 것입니다. 왜냐하면 마음속으로는 니느웨가 회개하고 구원받는 것을 원하지 않았기 때문입니다. 그래서 혹시내 말을 듣고 회개하고 구원받을까 싶어 그 말만 한 것이지요. "하나님의 정의가 살기 위해서 니느웨는 망해야 한다." 이것이 이스라엘 백성들이 갖고 있던 신념이었습니다. 요나의 심정도 그러했습니다. 그런데 기적이 일어났습니다. 네 마디 말밖에 안 했는데도, 그 말을 니느웨 백성들이 어느 사이엔가 다 알아듣고는 임금으로부터 천민에 이르기까지, 마구간의 짐승들까지 다 회개를 해버렸던 것입니다. 거국적인 회개를 한 것이죠. 그러나 요나는 니느웨 백성이 아무리 회개를 하였다고 해도 그들이 지은 죄를 생각하면, 일벌백계로 니느웨 백성을 용서치 않고 치셔야 그게 하나님이지 회개한다고 곧 용서하는 그런 하나님은 옳지 않다고 저항하였습니다. ‘요나’가 하나님 앞에서 어떤 저항을 했는지 여러분 아십니까? 자살하겠다고 했습니다. 그것도 두 번씩이나 말하였습니다. 자식이 부모 앞에서 자살하겠다고 말하는 것이 말이 됩니까? 그 정도까지 요나가 항복을 안 했습니다. 그런데 여기 「요나서」 4장 1절에서 『성서』 기자가 내린 결론은, 〈하나님은 ‘엘 라훔’(El rahum), 즉 어머니의 자궁 속성을 가지고 있는 하나님〉이라는 것이었습니다. 이것은 물론 은유(metaphor)입니다. 하나님을 달리 묘사할 길이 없으니까요. 하나님은 인간이 아니고 신이십니다. 우리를 사랑하시고 우리를 위해서 십자가에 달려 죽으시고 우리를 구원하신 분이십니다. 엘 라훔(El rahum), 그것은 하나님의 속성을 나타낸 은어(隱語)입니다. 그것을 고대 히브리인들은, 이스라엘 민족들은 역사를 통하여 체험한 것입니다.

사도 바울은 「로마서」 8장에서 “하나님이 우리를 위하시면 누가 우리를 대적하겠습니까?”라고 말한 적이 있습니다. 하나님이 제일 강하신 분인데 그분이 “내 어머니”라고 하면 이보다 더 큰 빽이 어디 있습니까? 여러분도 그런 담대한 믿음을 가지고 세상을 살아가시기를 바랍니다. 절대 실망하지 마십시오. 하나님께서는 그의 자녀된 인류를 지키시고 양육하시고 길러 주시는 분이십니다. 그런 하나님을 『성서』는 ‘엘 사따이’(El sadday)라고도 하였습니다. 이 말은 희랍어로 ‘판토크라톨’인데 ‘전능의 하나님’이라는 뜻입니다. 우리 『구약성서』, 우리말 번역은 모두 ‘전능의 하나님’이라고 옮겨졌어요. ‘사따이’(sadday)라는 말이 고대 히브리인에게 의미하였던 것은 ‘어머니의 젖가슴’, ‘두개의 젖가슴’이었습니다. 젖가슴은 사랑과 희생입니다. 젖가슴은

'주는 것'입니다. 자기의 에너지를 자기 자식에게 내어 주는 것입니다. 생명의 모든 기운을 자식에게 내어 주는 것입니다. 이것은 다함이 없는 하나님 사랑의 본질을 말합니다.

지금까지 말한 세 가지 표상, El-yahweh, El-rahum, El-sadday는 돌이나 나무에 새겨진 그런 하나님이 아니라는 것을 웅변하고 있습니다. 예언자들은 이보다 더 고상한 추상적인 표상들을 썼습니다. 아모스는 '정의'라는 말을 썼습니다. 정의가 어디 있습니까? 잡히지 않습니다. 포착되지 않습니다. 호세아가 말한 '사랑'도 잡히지 않는 것입니다. 하나님과 함께 걷는 '임마누엘' 신앙. 하나님이 우리와 함께 하신다는 확신을 가진 믿음, 이사야가 말한 그 믿음, 역시 손에 잡히는 것이 아닙니다. 하나님을 형상화해서 눈에 보이는 사물로 만들면 그것은 곧 죽음이라는 것, 그것이 『성서』가 말하는 것입니다. 사랑이시고, 정의이시며, 자식을 사랑하시되 자궁의 진통을 통해서 끊임없이 생명을 창조하시고 아파하시는 하나님, 이것이 『구약성서』가 말하는 하나님입니다. 여기에 영성의 출발점이 있고 이 기초 위에서 우리가 모든 영적인 삶을 살아갑니다. 여기서 이탈하면 우리는 고아가 됩니다. 우주의 미아(迷兒)가 됩니다. 그래서 「시편」 50편을 보면 "하나님이 네 '우리' 속에 있는 양을 탐내시더냐, 하나님이 네 '우리' 속에 있는 소나 양의 피를 즐겨하시면서 그것을 달라고 하신 적이 있냐?"라고 기록되어 있습니다. 하나님은 그런 분이 아니십니다. 하나님은 모든 존재하는 것의 창조자이십니다. 그리고 그는 그가 창조하시는 모든 세계를 사랑하시고 끝까지 지켜 가시고 보전하시는 분입니다. 이것이 『구약성서』가 증언하고 있는 하나님입니다.

영성적 인간

「창세기」 3장에 보면 인간의 타락에 관한 이야기가 나옵니다. 따라서 「창세기」 1장과 2장은 '타락하기 이전의' 인간을 말하고 있습니다. 『성서』가 인간에 대한 모든 사고를 총 집중시켜서 말하는 타락하기 이전의 가장 원형적인 인간, 하나님이 창조하시고 보시기 좋았다고 생각한 인간, 그 인간이 무엇일까요? 우리가 회복해야 할 인간, 예언자들이 돌아가자고 외쳤던 돌아가야 할 인간, 그리스도께서 오시자마자 회개하라 하셨던 인간, 회개하고 돌아가야 할 인간, 그 인간은 무엇일까요?

「창세기」 1장과 2장에는 두 개의 천지 창조 이야기가 적혀 있는데, 그 창조의 목표는 인간 창조입니다. 「창세기」 3장에서 인간 타락 이야기를 하기 위한 전초적인 이야기입니다. 하나님이 이 세계를 창조하셨는데, 그러나 타락하기 전의 인간은 무엇일까? 말하자면 하나님의 형상으로 지으신 그 본래적 인간이 무엇이냐 하는 것입니다. 타락하기 이전의 원형적인 인간, 그런 인간의 모습을 회복하는 것이 영성(Spirituality)입니다. 그 무슨 육체적 고행을 하고 무릎을 꿇고 피를 흘리면서 계단을 오르는 것, 그런 것이 영성입니까? 아닙니다. 하나님이 보시기에 좋았던, 창조의 가장 원형적인 인간의 모습을 회복하자는 것이 영성운동입니다.

「창세기」 1장 26-28절을 보면 하나님의 형상으로서의 인간이란 어떤 것인지가 설명되어 있습니다. 「창세기」 2장에는 '하나님의 형상'이란 말은 없지만 하나님의 형상으로서의 인간을 묘사하고 있는 것은 틀림없습니다. 이것은 영생을 얻는 유일한 길에 대한 예수님의 가르침과 직결됩니다. 「누가복음」 10장에 보면 우리가 잘 아는 선한 사마리아 사람 비유가 나오는데, 한 율법 선생이, "어떻게 하면 제가 영원한 생명, 즉 영생을 얻을 수 있겠습니까?" 하고 묻자 예수님께서는 결코 교리적으로 설명을 하시지는 않았습니다. 「레위기」 19장 18절에 있는 말씀 "네 이웃을 내 몸처럼 사랑하라." 그 말만 하셨어요. 그러니까 이 율법 선생이, "내 이웃이 누구입니까?" 하고 되물었습니다. 그러니까 예수님께서는 선한 사마리아인 이야기를 하신 것입니다. 그러고는 그 결론에서 "너도 가서 그렇게 해라." 그러시고 다른 말씀은 안하셨습니다. 굉장히 복잡한 율법이 『구약성서』에 산더미처럼 쌓여 있지만 핵심적인 것을 끌어낸 것이 「레위기」 19장 18절이었습니다. "네 이웃을 네 몸처럼 사랑하라." 그것이 예수님 선교의 기본 목표이자 핵심이었습니다.

이것이 중요한 것입니다. 여기서 출발을 해야 합니다. 하나님 앞에 서 있는 우리가 하나님이 보이지 않는 이 세계 속에서 과연 어떻게 살아야 하는가, 어떤 인간이 되어야 하는가 하는 것이 「창세기」 1장과 2장에 나와 있습니다. 첫 번째 이야기에서 하나님께서는 그가 창조하신 모든 세계를 인간에게 맡기면서 "다스리라. 이 모든 것을 다 네게 위임한다."라고 하셨습니다. 그것이 하나님의 형상으로 창조된 인간에게 부여된 의무 또는 자격입니다. 놀라운 것은 그동안 수 세기를 걸쳐서 우리 기독교 복음이 가르쳐졌지만 이 말의 진정한 의미는 거의 감춰졌다는 것입니다.

하나님께서 인간을 창조하신 다음에 인간에게 주신 첫 번째 과제가 하나님이 창조하신 이 세계를 하나님 뜻에 따라 다스리라고 하는 것입니다. 그러나 그 과제를 우리는 잘 이행하지 못했습니다. 그런데 「창세기」 3장에 가서 타락의 이야기를 보면 매우 의문스러운 것이 하나 있을 것입니다. 뱀이 여자를 꾀고 여자가 꾐을 받아서 남자를 공범자로 만들고 남자도 그 꾐을 받아들여서, 마침내 하나님을 만나서도 거짓말을 하여 징벌을 받는데, 놀라운 것은. 하나님이 저주를 하신 것은 뱀에게 꾐을 받은 여자도, 여자에 꾐을 받은 남자도 아니고 단지 '뱀과 땅'이라는 것입니다. 인간의 악으로 인해서 저주를 받은 것은 '땅'이라는 말입니다. 굉장히 놀라운 사실이죠. 예언서로 내려가 보면 인간이 회개하고 돌아오면 땅이 회복된다고도 했어요. 이것은 일종의 생태신학적인 문제인데, 생태학에 대한 관심이 그동안 우리 세계에서는 별로 없었어요.

두 번째는 이것이 더 근본적인 하나님의 형상으로서의 인간입니다만 이 인간은 어디까지나 남자와 여자로 창조되었다는 것입니다. 인간은 혼자 사는 존재로서 창조되지 않았다는 것입니다. 인간이 하나님의 형상을 부여받았다는 말의 정확한 평행구는 "남자와 여자로 창조되었다."는 구절입니다. 말하자면, 인간은 철저히 더불어 함께 사는 존재로 창조되었다는 그런 말입니다. 그래서 그것이 「창세기」 2장에서는 남자에서 여자를 만들어 내었다고 한 것입니다. 그 관계는 '내 뼈 중의 뼈, 내 살 중의 살'이라는 것입니다. 나와 내 이웃은 내 뼈 중의 뼈, 내 살 중의 살입니다. 「창세기」 2장 18절에는 제일 처음으로 "좋지 않은 것"이 있다는 것을 말했습니다. 악한 것이 무엇이냐는 것입니다. 『성서』는 단지 "혼자 사는 것이 악이다."라고 말한 것입니다.

혼자 사는 것이란 소위 독신주의를 비난하는 말은 아닙니다. "더불어 살지 않고 나 혼자만 살겠다. 여자도 나 혼자만 살겠다, 남자도 나 혼자만 살겠다. 내 이웃이 죽던지 말던지 나는 더불어 살지 않겠다." 바로 이것이 나쁜 사람이라는 것입니다. 나만 생각하고 나 중심의 (ego-centric) 사고방식, 즉 에고이즘(egoism)에 사로잡혀 있는 것이 악이라는 것입니다. 내 이웃은 누구냐? 모두가 다 '내 뼈 중의 뼈, 살 중의 살'이라는 말입니다.

내 아내는 내 뼈 중의 뼈, 내 살 중의 살, 내 남편도 그렇고 내 자식도 그렇고 삼촌도 그렇고, 나와 같은 직장 동료도 그렇습니다. 그래서 "네 이웃을 네 몸과 같이 사랑하라."는 말씀은 율법의 대강령인 것입니다. 그것이 예수님의 가르침이 아닙니까. 결국 하나님의 형상으로서의 인간이라는 것은 인간 속에 신적인 어떤 요소가 있다든가 하는 그런 인간 우월성을 강조하는 말이 아니고, "더불어 함께 사는 존재"로서 하나님이 지으신 이 세계를 하나님의 뜻에 따라서 잘 다스려 가야 하는 존재가 인간이라는 것을 강조한 말이라는 것입니다. 그래서 우리가 기독교의 영성이라든지 『성서』에 나타난 영성을 말하려고 할 때 그것을 초연하고 초월적이고 좀 비상한 모습을 하여 좀 특유한 삶을 사는 그것이라고 생각하는 것은 성서가 생각하는 영성이라는 개념과는 거리가 멀다고 봅니다. 하나님의 사랑의 본질, 하나님이 모든 것의 '기운'이라고 하는 유일신론적인 신앙을 가지고, 역사 안에서 일어나고 있는 모든 종류의 사건들 속에서 하나님의 뜻을 발견하고, 말씀을 듣고, 하나님의 뜻을 따라 살려고 하는 그런 삶의 자세를 가지고 사는 것, 또 자연에 대한 책임과 내 이웃에 대한 책임을 철저히 지켜가면서 사는 것, 이것이『성서』가 우리에게 말해 주고 있는 Spirituality, 영성입니다.

문:「창세기」 1장 28절에 보면 '다스리라'는 말과 함께 '정복하라' 는 말이 나옵니다. 이를 '경작하다'로 해석하는 분도 계시던데….

답: '정복하라'는 말 속에는 '짓밟으라'는 강한 의미도 들어 있는 게 사실입니다. 그렇기에 기독교가 자연을 무자비하게 착취한 원인 제공 자라고 하는 지적도 나왔습니다. 저는 이러한 해석에 호해가 있었다 고 생각합니다.「창세기」 2장의 창조 이야기는 1장의 창조 이야기보 다는 2백 년 앞선 것입니다. 학자들의 연구 결과인데요. 2장의 창조 에 관한 기록을 1장을 쓰는 기자는 알고 있었다는 추측이 가능하죠, 그런데 2장에 나오는 '다스리라'는 표현은 원어로 '아바드'인데, 문맥 상 '섬기라'(serve), '경작하라'(culture)의 뜻으로 사용해야 옳습니다. 그리고 2장 15절에는 '샤마르, 지키라'는 말이 나옵니다. 이것이「창 세기」 1장에 가서는 '다스리라, 정복하라'는 말로 신학적인 바뀜이 일 어난 것입니다. 왜 그랬을까요. 이것은「창세기」 2장을 기록할 때의 역사적 상황과「창세기」 1장을 기록할 때의 역사적인 상황의 차이 때 문에 온 것입니다.「창세기」 1장을 기록하던 당시의 역사적인 상황은 이스라엘 백성들이 바빌론 포로기 속에서 끊임없이 하나님 앞에 울부 짖고 외쳤지만 하나님이 외면하던 시대, 암흑기에 살던 시대에 쓴 글 입니다. 여기서 말하는 '평등'이라고 하는 것, 바빌론 사람이든 이스 라엘 사람이든 하나님이 창조한 피조물이므로 모두가 다 평등하다는 사상을 강조할 필요가 있었던 것입니다. 사람은 자연을 섬기는 것도

아니고 별이나 달을 섬기는 것도 아니고 하나님이 창조한 이 세계 속에서 단지 하나의 관리자로서 살아야 할 책임을 가지고 있는 존재라고 하는 것을 알리기 위해서 좌절된 이스라엘 포로민들에게 하나님의 평등, 창조 원리를 통해 인간의 존엄성을 강조하려고 하는 신학적인 동기에서 비롯된 용어입니다. 그러나 하나님이 만드신 에덴동산을 인간이 맡아서 관리할 그 책임은 결코 정복하고 짓밟는 것이 아니라「창세기」2장 15절에 근거를 둔 섬기고 지키는 것, 그러니까 '아바드' 그리고 '샤마르'입니다. 그것이 인간의 본래적인 과제입니다. 그렇기 때문에「창세기」1장을 따로 오늘날의 자연을 무차별적으로 개발하는 개발이론에 적용시킨다고 하는 것은 매우 잘못된『성서』해석에서 기인된 오류라고 말씀드릴 수 있겠습니다.

문: 어떻게 보면 지금의 실태가 인간 중심적인 사고에 의해 초래된 결과가 아닌가 싶은데, 교수님께서 하나님 형상에 관한 회복을 말씀하시면서 두 가지 과제로서 '다스리라'는 의미와 '섬기라'는 원어의 뜻도 말씀을 해주셨습니다. 이 중 '더불어 산다'라는 배필로서의 의미를 말씀하실 때에는 인간만을 상정한 듯한 느낌이 들었거든요. 그런데「창세기」2장에 보면 돕는 배필을 짓는다는 말씀을 하신 후에 우선 생물들을 창조하시고 그것으로 부족하기 때문에 인간을 창조하신 이야기가 나옵니다. 그 말씀을 읽으면 돕는 배필과 더불어 산다는 의미에 있어서 자연이나 모든 만물에 대한 강조도 담겨 있지 않나 하는 생각이 듭니다. 교수님의 생각은 어떻습니까?

답: 사실 '에쩰'이라는 말은 굉장히 강한 의미로서의 '돕는 자'입니다. 여자를 창조하기 위해서 돕는 자를 창조한다고 할 때 여성명사인

'에쯔라'가 아니라 '에쩰'이라고 되어 있습니다. 이것은 놀라움입니다. 아마 제가 「창세기」 연구를 시작하면서 처음 지적한 것이 아닌가 싶은데, 「시편」 121편에 "내가 산을 향하여 눈을 들리라. 나의 도움이 어디서 올꼬." 할 때 그 도움이 '에쩰'이라는 말입니다. 그것은 하나님에게 적용해 온 용어입니다. 『구약』에 20회 정도 '에쩰'이라는 말이 사용됩니다만 「창세기」이 부분에서만 여자 창조에 적용되었고, 나머지 부분에서는 하나님의 창조 행위와 돕는 행위를 나타낼 때 썼습니다. 매우 적극적인 개념입니다. 그렇기 때문에 남녀의 관계를 이야기할 때 여자를 '내조자'라고 하여 남편이 출근할 때 넥타이나 매주고 구두나 닦아 주는 그런 내조, 그게 아닙니다. 이 말의 본래적 의미는 구원자입니다. 물에 빠진 사람에게 로프를 던져서 건져내는 것같이, 하나님이 인간을 구원해 내는 것같이, 그렇게 적극적으로 구원해 내는 자입니다. 지금 질문자가 여자, 남자라는 인간 중심적인 개념으로만 썼느냐? 그게 아니지 않겠는가? 하는 질문을 하셨는데, 저도 아니라고 봅니다. 하나님은 인간이 홀로 있는 것을 좋지 않다 생각하시고 돕는 배필을 찾기 위해서 제일 처음에 한 것은 다른 생물들을 지었습니다. 그런데 그것이 적절하지 않다, 나쁘다는 것이 아닙니다. 단지 그것 안에서는 돕는 배필을 찾지 못하신 것입니다. 하나님이 창조하신 이 모든 세계 속에서 인간은 자연의 한 일부입니다. 그래서 모든 자연의 세계가 더불어 함께 살아야 하는 것입니다. 인간 중심적으로, 인간만 살면 된다는 것이 아니라 모두가 조화를 이루면서 살아야 하죠. 그런데 그런 이야기가 「창세기」에만 있는 것이 아닙니다. 「창세기」 2장에서만 우연히 발견된 내용이 아니고 「예언서」나 『구약성서』 다른 곳에서도 많이 강조된 내용입니다. 대표적인 이야기를 한다면, 인간이 회개하고 돌아오면 모든 자연이 회복을 한다는 표현도 있습니다. 잘 아시는 「이사야」 11장 같은 것은 회복된 먼 미래의 메시아 왕국의 이상을 그렸습니다. 「미가서」같은 데에도 매우 신학적으로 정연된 내용이 나오지만 「이사야」 11장에서는 서로 상극관계에 있어서 잡아먹고 먹히는 먹이사슬이 다 풀린다고 하였습니다. 그래서 더불어 산다고 하는 것입니다. 사자와 양과 염소가 '함께' 놀고, 어린 아이가 독사의 구멍에서 장난을 해도 해악이 없다고 하였습니다. 이것은 사실 매우 상징적인 이야기입니다. 앞으로 우리에게는 창조신학에 대한 것을 더 깊이 연구해야 하는 과제가 주어져 있다고 생각합니다. 더불어 사는 것, 모든 것을 가꾸어 주고 쓰다듬어 주고 사랑하며 산다고 하는 것, 이것은 참으로 중요한 것입니다. 사실 어떤 의미에서는 지금까지는 그렇게 못했습니다만 앞으로 우리가 분명히 해야 할 과제가 바로 이것입니다. 저는 오래전부터 이 사실을 반성하고 있었습니다.

　우리는 좀 더 성숙해져야 합니다. 인간들끼리의 평등도 유지되어야 하고 자연과도 좋은 관계를 유지하면서 사는 세계를 지향해야 합니다. 『성서』가 그것을 우리에게 가르쳐주고 있습니다. 그런 점에서 '에쩰 크네크도'란 히브리말—'그에게 꼭 알맞은 구원자'라는 표현—은 꼭 여자만을 의미하는 것이 아닙니다. '에쯔라'(여성)가 아니고 '에쩰'(남성)입니다. 이것이 우리에게 시사하는 바는 크다고 생각합니다. 앞으로 더 많은 해석학적인 과제를 가지고 연구해야 할 주제이기도 합니다.

신과학 시대의 기독교적 영성

이정배

　일반적으로 기독교 영성의 핵심은 하느님을 올바르게 체험하는 일을 일컫는다. 말할 수 없는 하느님에 대해 말을 할 수밖에 없는 신학은 자신의 언술이 추상적 소산이 되지 않기 위하여 누구보다 체험을 요청받는다. 하느님 체험에 근거한 신학은 이 점에서 영성 그 자체와 무관하지 않다(Theology as Spirituality).[1] 그러나 하느님 체험 및 그에 대한 사색은 언제든 진공상태에서 이루어지지 않고 구체적인 시공간 속에서 발생하며 그래서 세계관과 밀접하게 연루되고 있다. 중세의 목적론적 세계상에서 이해되던 하느님과 근대 이후 기계론적 세계관으로부터 언표된 하느님 이해가 다른 것은 이런 이유에서이다. 과

---

1) K. Leech, *Experiencing God: Theology as Spirituality*(San Francisco: Harper & Row, 1985), pp. 1-26.

학철학자 토마스 쿤의 패러다임 이론을 신학에 적용하여 재구성했던 한스 큉에 따르면 희랍 교부들의 하느님, 로만 가톨릭의 하느님, 아리스토텔레스의 유기체론에 근거한 중세의 목적론적 신학, 플라톤주의, 독일 신비주의 그리고 기계론적 세계상과 조우하여 이룩된 종교 개혁 신학, 신(神)의 절대 초월성을 강조한 20세기 신정통주의 신학사조 등은 저마다 다를 뿐 어느 것도 오류로 지적될 수 없다고 한다.[2]

그러나 이렇듯 신학의 패러다임(모형)을 결정짓는 핵심 동기는 '자연관' 즉 자연에 대한 상이한 이해방식 속에 자리하고 있다. 본래 하느님의 자기표현 공간이자, 인간 생존의 토대로서의 자연은 매 시대마다 변별력 있게 해석되어 왔으며 그에 다른 해석(세계관)의 옷을 입고 기독교는 자신의 진리를 표현해 왔다는 사실이다. 그렇기에 자연에 대한 관점의 변화를 서술하는 일은 하느님 체험과 그에 대한 사색의 다양성을 이해하는 첩경이 된다.

이 글을 통해 소개하려는 두 책『자연적 은총』(*Natural Grace: dialogues on creation, darkness, and the soul in spirituality and science*)과『신과학과 영성의 시대』는 오늘 우리에게 새로운 자연 이해를 소개하며 그에 근거한 신학적 진술을 제공하고 있다. 다시 말해 하느님 체험의 새로운 지평, 영성의 새 차원을 기독교인들에게 열어주고 있다는 사실이다. 20세기의 신학이 의식적이든 무의식적이든 간에 데카르트 뉴턴적 기계론적 세계관을 토대로 성립되었던 것에 반하여 불확정성 원리, 카오스 이론, 형태공명 등 물리학, 생물학 분야에서 새로운 발견물들은 자연의 이해

---

2) H. Küng, *Theologie im Aufbruch*, München 1987.

를 변화시켰고 이전 신학과는 다른 신(神)체험의 길을 제시하고 있기 때문이다. 이러한 변화된 신체험, 영성으로서의 신학은 교회의 역할, 교회의 목회적·교육적 기능에 대해 깊이 재고할 것을 요청한다. 신과학적 세계관에 근거한 새로운 종교적 성찰은 인간 이해 및 인간의 가치 물음에 대한 전향적 사고를 지향하기에 종래와 같은 교리 중심, 축복 중심, 물질 중심의 교회적 가르침으로서는 새 술을 담을 수 없기 때문이다. 바람이 부는 것을 흔들리는 나뭇잎을 통해 알듯이 영성은 전 자연과 관계된 일상의 삶 속에서 체현되고 맺어지는 구체적 열매 속에서 그 본질을 들어낼 수 있을 뿐이다. 따라서 이 글은 신과학적 세계관, 자연 이해의 새 관점에 근거하여 신앙을 인간학적으로 제한된 관점에서가 아니라 하느님 영의 활동 공간으로서 전 자연 영역과의 관계 속에서 이해하며 인간 영혼 및 영성의 의미 지평을 확대시켜 이해하려는 데 그 목적이 있다.

이를 위해 이 글은 첫째, 자연 이해(세계관)와 신학 간의 상호 관계 및 신과학 출현 의미를 서술하고 둘째, 카프라의 『신과학(물리학)과 영성의 시대』의 내용을 약술하고, 셋째 루퍼트 쉘드레이크의 『자연적 은총』에 나타나는 생물학적 자연 이해 및 그에 근거한 종교의 새 지평을 정리하고, 그리고 마지막으로 신과학 사조와 기독교 영성의 관계를 총괄적으로 문제 삼는 일련의 순서를 갖게 될 것이다.

자연 이해(세계관)와 신학의 상호성 - 신과학 사조의 출현 의미

신학자 몰트만은 현대 신학이 감당해야 될 향후 세 가지 과제를 다음처럼 제시한다. 첫째는 각 교파 중심의 기독교 시대에서 에큐메니칼한 기독교로의 이행, 둘째 유럽 중심에서 세계 공동체 중심으로의 전환 그리고 셋째는 기계론적이라고 할 수 있는 근대적 사고 모형으로부터 유기체적 사고 모형으로의 전환이다.3) 여기에서 이 글의 주제와 직접적으로 관계되는 부분은 세 번째 항목이다. 무엇보다 기계론적인 근대 세계관은 모든 변화의 근거를 강제적이며 외부적인 힘으로 이해하였다는 점에서 그 한계를 지적받고 있다. 이는 철학자 데카르트의 견해 즉, 자연계는 기계론적 법칙의 지배를 받으며 신은 그러한 자연계를 지배하는 원초적 원인자라는 사실에 토대를 두고 있다. 따라서 근대의 기계론적 자연관의 토대 위에 세워진 유신론은 모든 운동의 근거 혹은 원천으로서의 신의 초월적 전능성을 그 속성으로 삼게 된 것이다. 그러나 신의 초월적 전능성이 강조될수록 자연 세계의 수동성과 죽어 있음(비활성적 특성)이 철저하게 부각된다. 다시 말해 하느님은 전적으로 외적인 창조자로서 자신의 힘을 통해서 세계를 지배하고 인도하는 존재로 형상화된 것이다. 근대 세계관에 토대를 둔 이러한 유신론적 신학의 메시지는 힘이며, 이것이 종교적인 근본

---

3) J. Moltmann, "Theology in transition to What," in *Paradigm change in Theology: A Symposium for the future*, ed. H. Küng and D. Tracy, (New york, 1989), pp. 220-225.

모티베이션으로 자리 잡고 있다. 이러한 사고는 힘을 모든 사물의 근본 토대로서 이해하도록 하였고, 따라서 자신과 관계를 맺는 가족들, 동물들, 다른 종교들, 그리고 타 민족 모두를 힘의 논리 아래 상정되도록 하였다. 즉 근대성으로부터 생겨난 힘의 관점이 세계 내의 모든 관계 속에서 비관용적 태도를 가져왔으며, 이로부터 전능한 하느님 신앙은 인간의 지적 성실성과 사랑의 대화를 필요로 하는 것이 아니라 계시되는 신에 대한 복종만을 강요해 왔다는 사실이다.[4]

18-19세기에 접어들면서 생겨난 서구적 무신론 역시 이러한 힘의 관계성으로부터 자유로울 수 없었다. 다윈의 진화론 속에서 정점을 이룬 무신론 사조는 경험과 이성의 관점에서 모든 것을 보기에 종교 및 계시를 배격하고 과학적 방법만이 최고의 법정이라고 여겼다. 경험과 이성의 관점에 근거한 과학적 방법 이외의 것은 거짓이고 원시적이며, 비계몽적이고 비진화적인 것으로 간주되었다. 이런 관점에서 막스 베버나 헤겔 같은 사상가들은 동양 종교를 마술화된 자연 종교 내지는 원시 종교의 범주에서 이해할 수 있을 뿐이었다. 결국 기계론적 세계관으로부터 비롯된 근대 과학은 앞선 유신론적 배타성만큼이나 무신론적 배타성을 낳게 하는 동인이 된 것이다. 17세기 이래로 근대 세계관이 낳은 서구적 사고방식은 시간의 차이를 두고 유신론에서 무신론으로 경과해 왔지만 이들 모두는 힘의 논리로부터 자유롭지 못하고 그것에 맹종해 버리고 말았다.

---

4) D. Griffin(ed), *Spirituality and Society* (New york, 1988). 이 글에 실린 그리핀의 "peace and the postmodern paradigm"의 내용을 보라. 이정배·이은선,『현대이후주의와 기독교』(서울: 다산글방, 1993), 11-26쪽.

230

그러나 20세기 후반에 접어들며 자연에 대한 본성이 새롭게 이해되기 시작하였으며, 그와 동시에 신에 대한 물음 역시 다른 방식으로 제기되었다. 근대의 종교성이 자연을 물질적으로 보고 그에 대한 지배를 자신의 종교적 충동으로 이해했지만 오늘의 종교성은 자연과의 관계 속에서, 자연의 주기, 자연의 조화, 자연의 내적 목적을 따라 인간이 조화롭게 사는 길을 생각하는 새로운 사유 패턴으로 제시하고 있는 것이다. 이때의 신은 중세의 목적론적 하느님도, 사유의 전능성과 힘의 논리에 근거된 근대의 하느님도 아니며 사물들의 내적 본성과 깊이 관계 맺는 거룩한 실재(holy reality)로써 명명될 수밖에 없다.5) 이 점에서 신과학은 자연의 본성을 새롭게 밝혀 주고, 그와 관계 맺은 인간 삶의 방식의 새 차원을 보여주었으며 그를 토대로 신에 대한 새로운 체험을 가능케 했다는 점에서 그의 공로를 인정받고 있다. 부언하자면 근대의 사유체계가 신의 인격성만을 이야기하고 그 인격성을 오로지 타자성으로 이해했으며 그 타자성을 신의 전능성으로 이해하던 범주를 가지고 있었다면 앞으로의 신은 사물의 본성을 안으로부터 자극하여 사물들의 내적 본성 및 그 가능성이 실현될 수 있도록 돕는, 강요가 아니라 사랑을 근본으로 하여 인격과 비인격을 통전시키는 범재신론의 표상을 지닐 수 있다는 사실이다.

이러한 논의는 동양 철학자들에 의해서 지지되고 보충된다. 동양의 눈으로 볼 때 지금껏 서구는 존재의 보편성, 불변성을 강조했고 자연

---

5) J. McDaniel, "Six characters of a Postpatriachal Christianity," *Zygon: Journal of Religion and Science*, Vol. 25, 1990(June), pp. 187-217.

의 법칙성을 중시하여 왔으나 실상 존재하는 모든 것은 어느 것도 동일하지 않으며 자연 역시 법칙에 근거 반복되는 실체가 아니라 항시 일회적으로 존재하는 것으로 이해되고 있기 때문이다. 따라서 동일성, 반복성, 불변성, 일정성을 토대로 한 세계관이 근대 및 근대적 종교를 낳았다면 비결정성, 임의성, 다양성, 반복 불가능성으로 언표되는 생명 및 자연에 대한 동양적 이해는 실재(Reality)와의 감성적 만남을 가능케 함으로써 영성의 시대를 열어 놓고 있는 바,6) 바로 이것은 동양적 사유가 신과학적 세계관과 친화력을 갖는다는 설명이 되는 것이다. 이제 이러한 변화된 실재관, 자연에 대한 새로운 이해, 곧 신과학적 세계관의 실상을 우리는 카프라와 두 명의 신학자들이 엮어낸 새로운 책『자연적 은총』등을 통하여 살펴보고 그들의 연구 및 통찰이 화석화된 기독교 신학 및 교회에게 주는 의미를 생각해 보고자 한다.

『신과학과 영성의 시대』에 제기된 신학의 새로운 패러다임

고전 물리학의 세계관과 달리 자연에 대한 관점의 변화에 근거하여 신과학의 패러다임을 전일적, 생태론적(유기체), 시스템 이론적으로 이해하는 카프라는 과학의 본성을 다음 다섯 가지로 정리하고 있다.

---

6) 길회성 외,『환경과 종교』(서울: 민음사, 1997). 이 책에 실린 송항룡 교수의 글을 참고하라.

부분에서 전체로의 전환, 구조에서 과정으로의 전환, 객관적 학문에서 인식론적 학문으로의 전환, 건물에서 그물로 전환하는 지식의 체계, 절대치에서 근사치로의 전환.7) 여기에서 처음 두 명제는 자연에 대한 관점의 변화 그 자체를 뜻하며 나머지 세 개는 그에 따른 인식론적 변화를 설명하고 있다. 또한 기독교 신학도 이러한 신과학의 패러다임에 근거하여 다르게 재구성되어야 한다는 사실이 카프라를 비롯한 그와 함께 대화하고 있는 가톨릭 수사 슈타인들 라스트와 역사신학자 토마스 매터스에 의해 강조되고 있다. 따라서 본 항목을 통해 우리는 자연에 대한 관점 변화에 따른 실재(Reality)의 변화를 살펴보고 그 과정에서 비롯한 신학의 새로운 모형을 이해해 보려고 한다.

첫째, 부분에서 전체로의 전환. 지금껏 고전물리학의 세계에서는 전체란 부분의 합으로만 정의되었다. 그러나 신과학의 패러다임에 의하면 오히려 부분의 특성은 전체의 역동성을 이해함으로써만 밝혀질 수 있다고 봄으로써 기존의 부분과 전체의 관계를 역전시켜 낸다. 자연의 본성이 대상화된 물질로서가 아니라 유기체적, 생태론적 상호관계성으로 이해되면서 어떤 대상도 그 자체로 독자적인 속성을 지닐 수 없으며, 일체의 속성은 그 사물이 맺고 있는 제반 관계성으로부터 파생되어 나온다고 보기 때문이다.8) 따라서 모든 생명체는 관계성을 떠나서는 존재할 수 없으며 더욱 고양된 생명일수록 더 많은 다양한 관계들이 모여 한 전체로서 조화롭게 기능하게 되는 것이다. 신과학

---

7) F. 카프라 외 2인, 『신과학과 영성의 시대』, 김재희 역 (서울: 범양사, 1997), 10-15쪽.
8) 앞의 책, 149쪽.

은 이러한 자연의 활동을 '자기 조직화'(Self-Organization) 내지는 '스스로 짜깁기'의 원리로 명명한다. 자기 조직화의 과정을 통해 자연은 새로운 생명을 탄생시키며 진화의 방향을 더듬어 나가고 있는 것이다. 여기에서 세상 만물과 관계를 맺고 있는 신은 스스로 창조하는 힘, 곧 우주 차원의 생명 원리로서 이해될 수 있다. 다시 말해 모든 것과의 관계 속에서 전 우주를 조직화해 나가는 창조의 과정 그 자체를 신과학은 하느님의 창조성으로 부르고 있다는 사실이다.9)

둘째, 구조에서 과정으로의 전환. 기존의 자연 이해에 따르면 자연 속에는 기본 골격(구조)이 있고 그러한 구조에 근거하여 자연 과정이 생겨난다고 하였다. 여기에서 과정은 구조로부터 생겨나는 수동적 특성을 지닐 수밖에 없었다. 그러나 신과학적 자연 이해에 따르면 구조, 골격이란 '과정'이 능동적으로 활동을 펼치며 드러내는 한 규칙일 뿐이라는 것이다.10) 자기 조직화의 원리에 의해 생명의 과정이 역동적으로 진행될 때 생명은 정해진 규칙 및 방향에 따르는 것이 아니라, 인간이 전혀 예측할 수 없는 창조성을 발휘할 수도 있다고 이해한다. 이 점에서 본 책에서는 과정을 중시하는 신과학적 사유를 불고 싶은 대로 부는 성령의 역할로서 수용하고 있는 듯하다.11)

셋째, 객관적 학문에서 '인신론적' 학문에로의 전환. 고전물리학에서 자연에 대한 서술은 항시 객관적인 것으로 이해되었다. 여기에서 관찰자인 인간과 지식을 획득하는 인간의 인식과정 등은 항시 생략되

---

9) 앞의 책, 179쪽.
10) 앞의 책, 196쪽.
11) 앞의 책, 199쪽.

고 만다. 그러나 신과학은 자연 현상을 묘사함에 있어서 자연을 관찰하고 탐구하는 과정에 대한연구, 곧 인식론의 중요성을 강조하고 있다. 인간이 보고 느끼는 세상은 객관적으로 그곳에 그렇게 존재하는 것이 아니라 인간이 가진 감각기관을 통해, 다시 말해 인식 과정에 의해 창조되기 때문이다(세상은 인식의 과정에서 생겨난다).12)

관찰자에 따라 물질 현상이 입자와 파동으로 각기 다르게 보일 수 있다는 불확정성 원리는 바로 인식론의 중요성을 설명하는 핵심 내용이다. 따라서 세계가 관계의 그물망 속에 놓여 있다고 할 때 객관적 현실이란 존재하지 않으며 인간의 주관성이 이러한 세계 현실과 끊임없는 대화적 참여를 하게 되고 그로써 체험의 양식(Pattern)을 만들어낼 수 있는 것이다.13)

넷째, 건물에서 그물로 전환하는 지식의 체계. 건물로서의 지식 체계란 존재하는 모든 것을 가치서열적으로 이해하는 학문 태도를 일컫는다. 그러나 신과학적 자연 이해에 따라 지식 체계는 상위, 하위의 건물 구조로서가 아니라 모든 것이 상호 얽혀 있는 그물 구조로서 이해되고 있다.14) 물리적 현상이란 원래부터 서로 얽히고설켜 있는 사물들의 역동적 그물망으로써 사물들 자체는 끊임없는 상호 작용을 통해 존재하는 것이기에 가치 구조가 자리할 여지가 없다는 것이다. 비록 과학에 있어서 기본(기초) 요소가 없을 수는 없지만 그것은 과학자가 임의로 설정하는 것이지 영속적인 내용으로 주어져 있는 것이 아

---

12) 앞의 책, 210쪽.
13) 앞의 책, 213쪽.
14) 앞의 책, 227-228쪽.

니라고 말할 때 우리는 관계성의 다원적 측면을 통찰하게 된다.

마지막으로 절대치에서 근사치로의 패러다임 전환. 자연 현상과 관찰자가 분리될 수 없으며 인간을 떠난 자연 그 자체란 말이 인식론적 측면에서 인정되지 않음으로 신과학에서는 실재에 대한 근사치(확률)를 구할 수밖에 없다는 새로운 주장을 하고 있다.[15] 다시 말해 즉 현상과 현상에 대한 서술이 정확하게 일치하지 않음으로써 과학자는 진리의 절대치를 알 수 없고 실재를 제한된 범위에서 근사치로 표현할 수밖에 없다는 것이다. 즉 과학은 상호 연결된 복잡한 관계성을 열심히 설명하려고 하지만 그것으로서 실재를 다 이해할 수 없으며 그로써 절대적 진리가 될 수 없다는 사실이다. 이것은 결국 실재 자체가 시비인 것을 부연 설명하는 부분이다.

이상과 같이 자연에 대한 변화된 관점을 서술하는 신과학적 패러다임은 이제 신학의 모형변이를 추구하며 신학이 자연(실재)의 본성에 맞는 영성을 지닐 수 있는 길을 제시해 준다. 우주 실재(관계성) 앞에서 어느 누구도 동떨어진 관찰자가 될 수 없다는 것, 따라서 객관적 관점은 모두 허구라고 하는 사실, 내가 곧 우주에 속해 있다는 부분에서 전체로의 패러다임, 가치의 다차원성을 말하는 그물 구조의 이야기 등은[16] 인간 존재가 우주 자연과 함께 숨 쉬고 움직이는 동반자임을 자각하게 하며, 신학에 대한 재구성을 요청하도록 하는 것이다.

무엇보다 먼저 부분에서 전체로의 전환 속에서 기독교 신학은 인간

---

15) 소광섭,「관찰자와 현상의 관계 - 대승기신론과 물리학」(1998), 미간행논문 참고. 카프라, 앞의 책, 246쪽.
16) 앞의 책, 273쪽.

중심적 사고를 떠나도록 요청받는다. 지금까지 하느님 형상을 지닌 인간에게 궁극적 가치를 두고 인간의 자연 지배를 정당화해 온 종래의 신학은 생물의 다양한 종들이 그 나름대로 고유한 특성을 소유함으로 해서 그들에게 고등/열등의 이름을 붙일 수 없다는 판단에 이르게 된다. 이는 온 삼라만상이 하느님으로부터 오는 생명의 숨결(창조의 영)로 채워져 있기에 인간은 순진무구한 마음을 갖고 우주 자연을 그대로 느끼며 그들과 어우러지는 경험에 익숙해져야 함을 가르치고 있는 것이다. 즉 인간만이 자연을 지키고 보존하는 자로 자리매김될 수 없고 오히려 공생 관계 속에서 스스로를 유지하며 짜깁기는 자기조직 원리가 생명의 본질적 특성인 바, 생태계가 스스로를 지키며 돌본다고 말해야만 한다는 사실이다.[17] 책임이란 본래 부르는 소리에 화답하는 반응성(responsiveness), 적절히 반응하는 능력인바 올바르게 반응하는 일은 인간 외의 다른 생물들에게는 상관없는 일이다. 오로지 스스로를 파괴하는 능력까지 지녀 버린 인간에 대한 철저한 반성이 요구될 뿐이다. 따라서 인간은 자신을 이해하기 위하여 우주의 온갖 미물과의 관계, 세계 내 피조물 하나하나와 맺고 있는 근본적인 관계성을 온전히 깨우치지 않으며 안 된다.[18] 여기에서 하느님은 세상 만물과 관계를 맺고 있는 범재신론적 존재로서—세계는 하느님의 몸으로서 이해된다—우리가 상상할 수 있는 가장 넉넉한 인간성(인

---

17) 앞의 책, 161면. 저자는 여기에서 토끼의 똥도 자연을 돌본다고 말할 수 있다고 한다. 토양을 비옥하게 만드는 그 역할은 인간만의 전유물이 아니라는 것이다. J. 리프킨,『생명권 정치학』, 이정배 역 (서울: 대화출판사, 1996), 379-381쪽.
18) 앞의 책, 194쪽.

격)을 지닌 실재로 설명될 수 있다. 모든 것과의 관계를 맺고 있음으로 해서 하나님은 이 세계를 초월하신 분이 되는 것이다.[19] 어쨌든 관계를 확장시켜 나가는 것은 인간성을 풍요롭게 하며 그로써 신을 알 수 있는 것이며 여기에서 영성의 새로운 차원이 열리게 된다.

구조에서 과정으로의 모형 변이는 교리, 신조 중심의 하느님 인식을 부정하고 하느님 존재를 직접 대면하고 관계 맺는 일의 중요성을 역설해 준다. 교리, 신조보다는 체험이 중요하다는 사실이다. 본래 성령이란 하느님 초월성의 또 다른 이름으로써 그 초월적 특성을 제대로 표현할 수 없기에 하느님을 거룩한 영, 곧 성령이라 하는 것인데, 오늘날을 성령의 시대로 부르는 것은 지금껏 직접적 체험에서 소외되었던 많은 사람들이 직접적으로 체험하기를 원하고, 더욱이 이제까지 주목받지 못했고 인정받지 못했던 대상과 존재가 주목받고 제자리를 찾아가려는 경향성과 무관하지 않다.[20] 예측 불가능한 창조성을 낳는 생명의 전 과정을 성령으로 부르기를 주저하지 않은 본 책의 저자들은 그리스도 복음을 편협한 역사의 틀, 서구 및 인간의 틀 속에 한정시켜서는 안 되며 대자연, 그리고 기독교에 앞서 타 문화 속에서 역사하는 그분의 활동을 읽고 해석할 수 있는 능력을 배양해야 한다고 주장한다.[21] 과정을 소중히 여기며 그를 역동적인 성령의 역사로 이해하는 이들에게 있어서 오늘의 다문화, 다종교 상황은 하나님을 새

---

19) 앞의 책, 183쪽.
20) 이은선,「여성과 성령 그리고 새로운 천년대를 향한 문명 창조」, 기독교 공동학회(1998. 10. 16), 미간행 논문 1면.
21) 카프라 외, 앞의 책, 207쪽.

롭게 체험하는 황금의 기회가 될 수 있는 것이다.

다음 객관적 학문에서 '인식론적' 학문으로서의 전환은 관찰자의 인식 과정을 소중히 생각하는 것으로서 주체의 직관, 감성 그리고 신비체험을 중요한 신학적 내용으로 받아들일 수 있는 여지를 허용하고 있다.[22] 이는 더 이상 연역적 방법이 아니라 귀납적, 경험적 방법을 신학이 선호하고 채택하게 되었음을 지시한다. 다시 말해 우리가 하느님에 대해 진정으로 아는 것은 하느님을 몸소 체험한 내용뿐이기에 오로지 하느님에 대한 각자의 체험만큼 그에 대해 말할 수 있다는 것을 의미한다. 따라서 『성서』란 인간이 하느님을 깨달아가는 과정을 기록한 책이며 신학은 그 과정을 연구하는 학문이라 하겠다.[23] 완제품으로 보내어진 교리는 존재하지 않으며 하느님의 신비를 이해하려 애쓰는 노력 속에서 인간은 구원을 얻고 깨우침을 갖게 되는 것이다. 이 점에서 계시도 과정 속에 있다고 하겠다.[24]

넷째, 건물에서 그물로 전환은 신학적 진술이 신앙인의 성향이나 종교가 발생된 문화적 풍토와 무관한 객관적인 것이라는 사실을 허용하지 않고 있다. 비록 종교 생성 이후 자의적 해석으로서의 이단화를 방지하고 외적으로 분파주의로부터 보호하기 위해서 자신들의 진리 체계를 강조, 화석화시켜 왔으나—유대인들의 율법이 이에 해당된다—정작 예수 스스로는 새로운 상상력을 지닌 혁명적 언어(비유)를 구사하고 있음에 주목해야 할 것이다.[25] 따라서 가치 서열적일 수 없

---

22) 앞의 책, 210쪽.
23) 앞의 책, 221쪽.
24) 앞의 책, 225쪽.

는, 즉 차이를 지닌 신학적 진술들은 상호 간의 소통과 관계성을 추구하는 도상에서 진리에 이르는 다양성으로서 인정되어야만 한다. 신학의 다양성이야말로 상호 연관성을 기초로 하는 자연 이해, 곧 신과학적 그물 패러다임과 상응하는 부분이다. 이것은 관용을 주제로 하는 것으로서 종교들 간의 가치 다원성을 인정하도록 촉구한다. 성령으로 충만한 그리스도를 통하여 하느님을 받드는 유카리스트(Eucharist)는 우리 모두가 삼라만상 모두에 함께 속해 있으며 그리스도교 전통만이 아니라 다른 문화와 종교 전통 모두가 하느님께 속한다는 기쁨을 나누는 잔치를 의미할 수 있기 때문이다.26) 그러나 있는 그대로의 현실을 교리로 대체해 버릴 때 그로부터 예수(진리)를 죽인 악마적 광기만이 나올 뿐이다.

끝으로 절대치에서 근사치로의 패러다임 전환은 진리란 현실의 실제 상황 속에 있는 것이며 어느 신학도 표현하는 과정에서 제약을 받을 수밖에 없기에 교리가 아니라 진리의 신비적 측면을 강조하는 신학의 필요성을 역설하고 있다.27) 현실 상황은 언제든지 교리에 정확히 부합하는 게 아니며 교리를 통해 완벽히 설명될 수 없기 때문이다. 이 점에서 교리는 무조건 믿어야 하는 것만은 아닌 것이다. 오히려 교리는 더욱 사실 적합한 내용을 담기 위하여 개선되고 수정되고 재구성될 필요가 있다 하겠다. 기존의 신학이 모든 진리가 다 언표 가능한

---

25) 손규태, 「교리적 체계에 대응하는 언설로서의 비유」(1998), 미간행 논문, 1-11쪽.

26) 카프라 외, 앞의 책, 242쪽.

27) 앞의 책, 246-247쪽. H. Küng, *Theologie im Aufbruch*, 1장 참조.

것으로 생각하는 것에 비해 새로운 패러다임의 신학은 끊임없는 하느님 탐구를 지시하게 된다. 신학적 명제, 곧 교리는 진실이지만 시공간적인 제한된 표현으로밖에 설명할 수 없는 것이기에 신앙인 모두는 살아 있는 현실 속에서 궁극적 진리를 볼 수 있도록 훈련되어야 한다. 바로 이것이 영성에 이르는 지름길인바, 종교(도그마) 없는 영성은 가능하지만 영성 없는 종교는 불가능하기 때문이다.

『자연적 은총』 속에 나타난 자연 이해의 새 모형과 신학의 재구성[28]

생물학 영역에서 신과학적 사유를 발전시켜 온 루퍼트 쉘드레이크 역시 자연을 어떻게 보는가에 따라 하느님과 자연과의 관계에 대한 사고가 달라진다고 본다. 그 역시 오늘날은 생명 없는 기계론적 자연관으로부터 자연을 유기체적이고 살아 있는 것으로 보는 패러다임의 전환 시대라고 하였다. 실상 루퍼트는 전 역사에 걸쳐 많은 기간 동안 인류는 자연을 살아 있는 것으로 이해하였다고 주장한다. 헬라인은 전 우주를 몸, 혼, 영을 가진 거대한 동물과 같은 살아 있는 유기체로 생각하였고 중세 유럽 역시 애니미즘이 공인되는 시대였다는 것이다. 그러나 종교개혁으로 인하여 북유럽에서는 애니미즘적 요소를 이교적 유산이라고 배척, 억압하게 되었고 이런 변화가 자연 세계를 탈신

---

28) M. Fox & R. Sheldrake, *Natural Grace*, Doubleday Dell Publishing Group 1996. 참고, 이정배, 『하나님 영은 불고 싶은 대로 분다 - 성령의 시대 생명신학』 (서울: 도서출판 한들, 1998), 8장 내용.

성화(기계화)하는 결과를 가져왔다고 루퍼트는 지적하고 있다. 이로부터 기독교는 인간과 신의 상호작용, 곧 타락과 구속의 드라마에만 몰두하게 되었고 자연 정복과 착취에 대한 종교적 제약(한계 인식)을 상실하게 되었다고 비판한다.

주지하듯이 17세기 과학혁명을 주도한 기계론적 자연관 역시 기계라는 중심 이미지에 기초한 것이다. 세계와 동식물과 인간의 몸 모두는 기계이고 과학의 일은 그 기계의 메커니즘을 찾아내는 일 이외의 다른 것이 아니었던 것이다. 그러나 기계론적 우주에는 생명이 없고 내적 목적도 없으며 목표를 향해 움직여 가는 방향성도 없다. 지구 전체가 죽은 물질로 구성된 바위덩어리일 뿐이다. 전 자연은 예측 가능한 법칙에 따라 결정론적으로만 운동(관성의 법칙)할 뿐이다. 여기에서는 계속된 창조 곧 이 세계를 동반하는(concursus) 신의 개념이 자리할 여지가 사라져 버리게 된다. 이 와중에서 과학자는 자신을 자연 전체로부터 분리되어 외부에서 세계를 바라보는 비참여적인 관찰자로서 인식하게 되었다. 폭스와 루퍼트는 17세기 개신교 신관이 바로 이런 기계론적 세계관에 근거되어 있다고 설명한다. 즉 당시 개신교 신학자들은 기계론적 세계관을 당연시하였고 신학 전통(자연신학) 전체를 기계론적 세계관에 넘겨주었다는 것이다. 그러나 루퍼트에 의하면 최근 과학(생물학)에서 주요한 변화들이 일어나고 있음을 주목한다.[29] 이는 카프라가 말했던 것과 일치하는 것으로 내용적인 상세함을 더하여 그의 주장을 뒷받침하고 있다. 다음 도표가 신학의 본성 자

---

29) M. Fox & R. sheldrake, *Ibid*., 1장 참조.

체를 재구성하도록 하는 변화된 자연관을 일목요연하게 설명해 준다.
요연하게 설명해 준다.30)

메커니즘 세계	살아 있는 우주
① 기계	① 성장하는 유기체
② 무생물	② 장(Fields)
③ 무목적적	③ 유인자(attractors)
④ 불활성 원자들	④ 활동 구조들
⑤ 죽은 지구	⑤ 가이아(Gaia)
⑥ 결정론적	⑥ 비결정론적, 카오스적
⑦ 인식 가능	⑦ 어두운 물질(dark matter)
⑧ 탈신체화된 지식	⑧ 참여적 인식 행위
⑨ 비창조적	⑨ 창조적 신화
⑩ 영원한 법칙	⑩ 습성(habits)

무엇보다 먼저 기계적 세계는 성장하는 유기체 우주라는 관념으로
바뀌어 가고 있다고 보았다.31) 1966년 이후 빅뱅(Big Bang) 이론에
영향을 받아 우주는 거듭 성장하며 새로운 구조와 형태들을 산출해
내는 생명체로 이해되고 있다는 것이다. 다음으로 자연의 무생명성이
자연히 장(Field)들에 의해 조직화되어 있다는 사상으로 대체되어 가
고 있다고 하였다. 이는 과거의 애니미즘적 영혼관이 보이지 않은 유

---

30) *Ibid.*, p. 22.
31) *Ibid.*, pp. 22-26.

기체 조직화 원리, 즉 생명 스스로 짜깁기 원리라는 장(Field)의 모습으로 되살아 나고 있음을 지시한다. 셋째, 살아 있는 유기체의 영혼은 유인자에 의해 성장 동기를 부여받는다는 아리스토텔레스의 논지가 최근 유인자(attractors) 개념에 의해 과학에 복귀되고 있다. 이 개념은 현대 동역학에서 매우 중요한 것으로 유인자는 목표 지점의 견지에서 형태들이 이루어져 가도록 도와주는 역할을 하는 것이다. 개신교 신학 체계 안에 아리스토텔레스 사상의 유산이 부재했던 것을 생각해 볼 때 이로부터 짐작되는 신학의 모형변이 정도를 상상해 볼 수 있을 것이다. 넷째, 불활성의 고정된 물질로서의 원자라는 개념으로부터 역동적 에너지로 구성된 활동성 구조로서의 원자 개념으로 대체되고 있으며 또한 죽은 지구라는 관념이 살아 있는 유기체 지구라는 가이아 이론으로 전환됨으로써 옛 신화가 과학의 이름으로 되살아 나고 있다고 말한다. 그리고 결정론은 양자이론에 의해 난파되었고 최근에는 우주 안의 카오스(혼동) 역할이 인정됨으로써 극미의 세계뿐 아니라 날씨나 두뇌 활동 등 대부분의 자연 체계 내에서 비결정론적 자연관이 받아들여지고 있는 상황이다. 17세기 이래로 지난 3세기 동안 과학은 자연 세계의 예측 가능성이란 관념에 주술 걸려 있었으나 비결정론과 카오스 이론은 우리에게 자연의 자유와 자발성에 대한 감각을 회복시켜 주고 있는 것이다. 또한 인식 가능한 자연계라는 생각도 어두운 물질(dark matter)의 발견으로 지지될 수 없게 되었다고 한다. 우주의 90-99%의 물질이 아직까지 전혀 인식되지 못하고 있음이 판명되었고 우주의 구조와 운명은 결정짓는 이 물질이 무엇인지 단서도 잡지 못하고 있는 상태라는 것이다. 그리고 카프라도 지적했

244

듯이 신체에서 분리된 과학적 인식이란 관념이 참여적 과학이라는 의
식으로 대체되면서 관찰 방식과 실험자의 기대가 관찰 내용에 영향을
준다는 인식 주체의 역할이 강조되기 시작하였다고 본다. 비창조적
자연 역시 창조적 진화로 대체되고 있는 중이라 하겠다. 다윈 진화론
은 자연 자체가 생물계에 새로운 생명 형태를 생기게 한다는 것을 보
여주었고, 빅뱅 이론 역시 성장하는 우주의 진화적 창조성을 인정하
고 있기 때문이다. 끝으로 진화하는 세계에서는 불변하는 영원한 법
칙이 전혀 의미가 없게 판명되고 있다. 루퍼트 쉘드레이크는 '성
(habits)에 의해 지배되는 자연'이란 개념을 선호하는바, 자연은 외부
적 법칙에 의해 지배당한다기보다는 오히려 내재적 기억을 가지고 움
직이고 있다는 이론(형태 공명)이 지지를 얻고 있는 것이다.

바로 이상과 같은 자연 이해의 변화들이 함께 결속되면 세계관은
엄청난 변화를 갖게 될 수밖에 없다. 그러나 그러한 변이는 이전의 애
니미즘과 같은 이미 성숙된 유기체로서의 자연에로의 회귀를 의미하
지는 않는다. 오히려 그와는 달리 창조성으로 가득 찬 계속 성장하는
유기적 세계관을 생각하게 되며 그를 토대로 신학의 재구성을 요청할
수밖에 없다고 루퍼트는 말하고 있다.32) 쉘드레이크와 대화하며 본
책을 엮어 가고 있는 신학자 폭스 역시 지난 3세기 동안 서구신학과
예배가 도표의 좌측에 있는 과오들에 의해 지배당해 왔다면 이제 신
이 죽고 예배가 죽고 인간의 영들이 한없이 쪼그라들은 현 시점에서
도표 우측의 세계관은 영적 르네상스의 기폭제가 될 수 있음을 의심

---

32) *Ibid.*, pp. 26-28.

하지 않고 있다.[33]

따라서 다음의 인용문도 참고해 볼 만하다.

"하느님이 땅, 물, 나무, 동물 그러니까 자연을 창조하셨지만, 인간은 철도
와 아스팔트 길, 비행기와 방송국을 창조했다. 그때부터 인간은 아스팔트 길
과 비행기의 세계 속에서 살고 있다. 여기서 인간의 경험은 성서에 나오는 인
간 경험과 확연히 다르다. 인간의 세계 속에서 즉 그의 '창조' 세계 속에서 조
물주는 더 이상 보이지 않는다."[34]

이상의 이유로 매튜 폭스는 종교개혁과 개신교 신학에 비판적 태도
를 보이고 있다. 프로테스탄티즘은 인쇄술의 발달과 맞물려 있는 문
자의 재발견 시기에 일어난 예언 운동인바, 강점이 곧 약점이 되어 예
언 운동이 텍스트에 얽매이는 문자적 신학으로 고착되었다고 지적한
다. 진리는 문자(logos), 곧 머리에서 이해된다는 가부장적 생각이
『성서』와 자연이라는 계시의 두 원천에서 자연을 배제해 버리는 결과
를 가져왔던 것이다. 다라서 서구 기독교가 과도하게 구속사 중심의
예수 지향적인 신학에 기울어져 왔다고 염려한다. 편재한 영의 신학
을 발전시키지 않았고 모든 생명 속에 현존하는 창조주 하느님을 방
치해 놓았으며 성화 및 신화(神化)에 대한 이해가 부족하였다는 것이
다. 예수를 믿는가의 여부만을 문제 삼는 근본주의적 태도는 이런 사

---

33) *Ibid.*, pp. 28-51.
34) H. Schelski, *Auf der Suche nach Wirklichkeit*, 1965, S.446.

246

태의 귀결이다. 구속자 예수만으로는 충분치 않으며 모든 피조물과 전 우주에 스며 있는 우주적 지혜로서 우주적 그리스도를 포함하는 신학이 필요하다고 말하고 있다. 바로 쉘드레이크의 도표 우측 세계관에서 표상되는 우주적 그리스도, 곧 모든 것이 신 안에 있고 신이 모든 것 안에 있으며 신은 모든 것을 통해서 활동한다는 범재신론으로의 전이는 유신론적 이데올로기로부터의 회심을 통해서만 성취될 수 있다는 것이다.35) 모든 피조물은 이 점에서 우주적 그리스도의 한 표현이며 신성은 피조물 안에 있게 된다. 따라서 피조물이 억압당할 때 그리스도는 다시금 죽게 되는 것이다. 계몽기 이후 신학이 모든 것을 역사적 예수에로 환원시키려 하였으나 지금은 우주적 그리스도의 전통을 회복시키고 예언자 예수를 신비주의 그리스도로 균형 잡을 필요가 있다는 것이다. 기독교가 이러한 신비주의 전통 곧 우주적 그리스도를 회복하여 가르칠 수 없다면 기독교는 더 이상 생태계 위기 및 영혼을 상실하고 있는 인간 위기에 답을 줄 수 없다고 보기 때문이다.

구체적으로는 폭스는 루퍼트가 사용한 장(Field)의 이미지를 가지고 의미를 상실해 가는 영혼에 대한 새로운 해석이 가능하다고 보았다.36) 우주 운행을 가능케 했던 고대의 우주 영혼(Anima Mundi) 개념이 모든 것을 포함하되 보이지 않는 조직화 원리로서의 중력장으로 대체되었고, 자석의 영혼은 자기장으로 식물의 아니마는 성장 유기체를 형성시키는 형태 발생장과 상응할 수 있게 되었다는 사실이다. 이

---

35) M. Fox & R. sheldrake, *Ibid.*, pp. 52-55.
36) *Ibid.*, pp. 34-35.

렇게 볼 때 우리는 영혼이 인간 몸속에 있는 것이 아니라 영혼(장) 속
에 몸이 있다고 말함으로써 전 우주와의 연결을 생각할 수 있게 된 것
이다. 따라서 열대우림의 파괴, 낙태, 인간 감수성의 상실 등은 바로
인간 영혼 감각이 쪼그라들어 세계의 기쁨과 고통과의 연결성, 그에
대한 느낌으로부터 일탈된 현존 모습들인 것이다. 믿음의 근본주의적
양태들, 인간 중심주의는 바로 우주 및 우주 영혼과의 연결을 거부하
는 위선과 편협의 문제와 관련되어 있다. 그러나 영혼은 우리가 사는
세계만큼이나 큰 것이다.[37] 신비주의와 우주적 그리스도를 말하지
않으면 안 되는 이유가 바로 여기에 있는 것이다.

신과학 사조와 기독교(신학)의 영성

21세기를 앞두고 있을 때 우리는 새로운 밀레니엄 시대, 곧 3000
년 시대에 대해 말한 바 있다. 새로운 밀레니엄 시대 또는 신학적으로
성령의 시대로도 부른바,[38] 여기에는 다음과 같은 의미가 있다고 하
겠다. 첫째는 미래에 대한 예측 불가능성 그리고 그에 대한 불안과 염
려가 불고 싶은 대로 향하는 성령의 임의성을 새롭게 발견하고 평가
할 수 있도록 하였으며, 둘째로 이제까지 성부 및 성자의 시대에 주목
받지 못했고 인정받지 못했던 대상과 존재들이 주목받고 제자리를 찾
아갈 수 있어야 한다는 희망이 자리하고 있다는 사실이다.[39] 주지하

---

37) *Ibid.*, pp. 52-74.
38) 1998년 10월 16일 유성에서 열렸던 27차 기독교공동학회 주제가 바로 이와 상
　　응하는 것이었다.

248

듯 성령은 지금까지 예수 그리스도를 향한 그의 지시적, 도구적 역할로서만 강조되었고 성령운동을 주창한 그룹들이 제도화된 교회들에 의해 자신들의 기득권을 위협한다는 죄목으로 이단 판명을 받아 왔고 (몬타니즘), 또 성령론의 불일치로 인해 교회 역사상 수없이 많은 분파가 생기게 되었다는 이유 등으로 성령 그 자체가 부정적으로 평가되면서 가치절하되어 왔었다.[40] 바로 경시되어 온 성령 자체를 재평가하겠다는 것은 지금껏 인정받지 못했고 간과되었던 대상 및 주제들 즉 인간에 대한 자연, 남성에 대한 여성, 기독교와 서구 중심주의, 교회 중심주의에서 벗어나 있었던 모든 것들, 그리고 교리에 대한 체험, 형이상학적 사변 대신에 구체적인 삶의 이야기 등에 대한 새로운 이해가 가능할 수 있게 되었음을 뜻하는 것이다. 이것은 성령의 임의성, 비종결성과 함께 카프라와 쉘드레이크 같은 신과학자들이 말하고 있는 사유 및 세계관의 전환과 맥을 같이 한다. 즉 진리에 대한 인식이 절대치에서 근사치(확률)로만 가능할 수 있다는 것, 전체와 과정을 부분과 구조(이론)보다 강조하는 탈인간중심적, 체험중심적 사고의 전환, 그리고 전 자연의 카오스적 비결정적 특성과 자연 자체의 법칙성 대신에 그의 습성을 통한 창조성의 강조라는 전 우주 자연 속에서 영의 현존에 놀라며 그를 느끼고 체험할 수 있다는 구체적 양상을 보여

---

39) 이정배,『하느님 영은 불고 싶은 대로 분다 - 성령의 시대, 생명신학』(서울: 도서출판 한들, 1998); 이은선,「여성과 성령 그리고 새로운 천년대를 향한 문명 창조」, 미간행, 1쪽.

40) H. Berkhof, *Theologie der Heiligen Geistes*, Neu Kirchen Verlag 1968; 이정배, 『한국적 생명신학』(서울: 도서출판 감신, 1996), 339쪽.

주는 지표라 하겠다.

이러한 성령의 시대에 우리는 몸속에 영혼이 있는 것이 아니며 영혼(전 우주) 속에 몸(개체)이 있다는 중세 신비가 에카르트의 말이 지시하듯, 영성을 직접적으로 그리고 도처에서 체험할 수 있게 되었다. 여기서 '직접적'이란 것은 객관적 교리 중심에서 개인적 체험의 중시를 의미하며 '도처에서'라는 말도 교회 제도를 넘어 전 우주를 신의 몸으로 생각할 수 있게 되었다는 지평 확장을 뜻한다. 그러나 한국 개신교회는 영성(The Spirituality)이라는 용어보다 성령(The Holy Spirit)의 용어를 강조하고 그 구별에 큰 의미를 둔다.[41] 여기에는 자신들이 받은 영은 거룩한 영이고 하느님에게서 온 영이며 그리스도의 영이라는 것을 배타적으로 구별하려는 기독론적 의미가 담겨 있다. 그러나 본래 예수가 세례 요한의 세례 후에 받은 영도 '성령'이 아닌 그 영(The Spirit, το πγεῦμα)이었기 때문에 우리말『성서』개역과 표준 새 번역에서 성령이라고 한 것은 오역이라는 최근「마가복음서」연구는 우리에게 새로운 관점을 준다.[42] 바로 여기에서 성령의 시대는 영성의 시대와 같은 맥락에서 이해할 수 있는 근거를 얻게 되는 것이다. 앞서 말했듯이 카프라의『신과학과 영성의 시대』는 종교 없는 영성은 가능하지만 영성 없는 종교는 불가능하다는 전제로부터 시작되고 있다. 마찬가지로 신학적 이론 없이도 종교는 가능하나 종교적 영성 없이는 제대로 된 신학이 나올 수 없다는 말도 진리로 인식될 수 있다.

---

41) 이은선, 앞의 책, 2쪽.
42) 조태연, 『태의소생, 마가복음 연구』(서울: 도서출판 한들, 1998).

종교를 말하고 신학을 말함에 있어서 무엇보다 중요한 것은 실재(Reality, 하느님) 체험을 통해 느끼는 영성, 신비로움과의 대면 즉 우주 전체와의 깊은 관계를 맺고 있다는 귀속감(소속성)이 아닐 수 없다.43)

　'다시 묶는다'(연결, 결합)란 뜻을 지닌 종교는 이러한 영성 체험을 제도화시킨 것 외에 다름이 아니다. 즉 교회 제도란 영성에 대한 원초적 체험이 종교적인 것으로 변모하면서 나타난 결과인데 원초적인 체험이 말이나 개념으로 표현되고 그 뜻을 이해하려는 과정에서 종교적 역동성이 윤곽을 갖추어 가는바, 거기서 지성적인 차원이 나타나게 되고 그것을 토대로 공동체(제도)의 삶과 행동 지침이 생겨난다는 지적이다.44) 그러나 영성은 일회적인 종교 체험, 신비로움과 황홀한 만남과 더불어 등가적으로 이해할 수는 없다. 오히려 종교적 체험이 행동으로 터져 나오는 것, 일상생활을 통해 종교적인 체험이 묻어나올 때 우리는 그것을 영성이라고 부를 수 있는 것이다. 다시 말해 밥을 먹고 글을 쓰고 말을 하는 모든 일에까지 종교적인 체험이 스며들도록 하는 일, 즉 일상의 삶으로 젖어드는 종교 체험의 존재 양식이 바로 영성이라는 설명이다.45) 하느님이 모든 것과 관계 맺으신 분으로 인격이기에 그 인격에 대한 체험, 곧 깊은 귀속감(절대 의존 감정)은 바로 일상의 삶, 공동체적 실천 속에서 자신의 본질을 드러낼 수 있어야 하는 것이다. 이런 점에서 점차 지적 승인의 차원으로 전락되고 있는

---

43) 카프라 외, 앞의 책, 31쪽.
44) 앞의 책, 같은 쪽.
45) 앞의 책, 33면.

믿음이란 것은 자신의 본성이 깨어나고 자신의 귀속감을 되찾는 영성의 차원에서 새롭게 이해될 필요가 있다. 우리가 드리는 예배 역시 이러한 귀속감, 상호의존성, 모든 것이 모든 것과 더불어 관계 맺고 있다는 것에 대한 감사의 감정 표현으로서 영성의 또 다른 본질적 측면이라 할 수 있다.46)

따라서 영성의 증거이자 판단 기준은 교회 공동체 안팎에서 일어나고 있는 해방과 치유의 역사 속에서만 찾을 수 있으며, 이는 바람이 부는 것을 나뭇가지를 통해 알 수 있는 것과 마찬가지이다. 영성을 통해 우리는 종래의 구원 중심의 신학과 창조 중심의 신학을 상호 연결시킬 수 있는 단초를 얻는다. 즉 기독교의 구원은 본질상 해방을 말하는 것으로, 인간을 온전히 인간 공동체에 속할 수 있도록 하는 것이며 또한 창조 영성으로서의 치유는 하느님의 창조 질서(귀속감)를 존중하는 재활용적 삶, 만물 안에 계신 하느님의 숨결, 곧 온전한 생명력을 되살리는 일이라고 할 수 있기 때문이다.47) 본래 영성이란 응축된 생명력이자 옴살스런 것으로서 안에 들어 있는 생명력이 밖으로 터져 나오는 것인바 이로써 내면적인 치유와 외면적인 해방은 동전의 양면일 수 있게 되는 것이다.

교회 공동체는 이러한 해방과 치유(살림)의 영성을 교육 활동을 통해서 지속성이 담지되도록 해야만 한다. 단 한 번 살리는 영처럼 보이게 할 수 있고 해방하는 힘처럼 보이게 할 수는 있지만 지속력을 가지

---

46) 앞의 책, 39쪽.
47) 앞의 책, 295쪽, 312-313쪽.

고 살게 하는 힘은 그렇게 쉽게 얻어질 수 없기 때문이다. 따라서 이러한 지속력은 새로운 영성을 성령의 사건으로 이해할 수 있게 하는 실천적 판단 기준이 되어야 한다. 또한 영성이란 앞서 말했듯이 우리의 삶의 모든 영역들을 거룩하게 변화시켜 내는 통합성을 가져야 하는바 이것 역시 교회 교육의 몫이다. 우리의 존재를 이룸에 있어서 우리의 몸뿐만 아니라 지성과 감성도 포함되어 우리의 영성을 이루어야 한다는 것이다. 통합성으로 증명된 영성이야말로 기독교적 영성의 또 다른 판단 기준이 된다. 이 일을 위해 교회 공동체의 교육적 역할은 그 어느 때보다 중요하다.

오늘날 세속 교육을 받는 사람들은 교만해져 있고, 물질에 대한 사용 가치에 길들여져 있고 교육을 많이 받으면 받을수록 물질적 욕망이 커지며 상대적 박탈감만 더욱 키워가는 상황이다. 이를 위해서 교회는 예식(제의)을 강조할 필요가 있다. 제의 없이는 건전한 교육을 행하기가 어렵기 때문이다. 이때의 제의란 만연되고 있는 자본주의 이념보다 더 크고 위대한 창조 이야기, 위대한 신화들에 자신의 삶을 동화시키는 일을 일컫는다. 예배 및 제의는 놀라움과 경외감을 회복시키는 일을 감당할 수 있기 때문이다. 즉 이러한 우주론은 인간에게 존재하는 모든 것이 내적으로 상호 연결되어 있다는 느낌(호기심, 경외, 놀람)을 통해 윤리의 근거를 제공할 수 있다는 것이다. 이 과정을 통해 실제적으로 만족할 수 있고, 자신의 욕망을 그칠 수 있는 경험을 갖도록 마음을 훈련하고 인간 마음이 사랑의 행위에 있어 무한하다는 사실, 세상 만물을 치유할 수 있는 창조적 상상력의 고양이 교회 공동체 및 교회 교육 고유의 모형으로 자리 잡아 가야 할 필요가 있다.[48]

지금 우리의 설교, 예배, 교육 행위는 지나치게 제도화되고 화석화되어 가고 있는 상황에서 교회는 영의 새로운 능력에 굴복해야만 하는 것이다. 불고 싶은 대로 부는 영은 우리가 원하고 멈추고 싶어하는 곳에 머물러 있지 않기 때문이다.

---

48) M. Fox & R. Sheldrake, *Ibid.*, Ⅶ장 참고.

(사)한국교회환경연구소 소개
기독교환경운동연대 부설 기관

산업화로 인한 공해가 사회문제로 등장했던 1982년에 '한국공해문제연구소'로 첫 발을 내딛었습니다. 1997년 기독교환경운동연대로 확대 개편되면서, 한국교회환경연구소는 부설기관으로 자리를 잡고, 기독교 정신을 바탕으로 한 환경운동, 절제운동, 신앙운동을 벌이고 있습니다. 특히 조사연구 및 교재개발과 교육을 통해 녹색그리스도인과 녹색교회로의 전환을 이루고자 노력하고 있습니다.

초록별 지구에서 모든 피조물들이 평화롭게 살아가는 그날까지 우리의 창조보전을 위한 노력은 계속될 것입니다.

녹색 교회 운동

'녹색교회 21' 의제를 바탕으로 창조보전운동과 녹색그리스도인의 삶을 안내합니다.

- 녹색교회 선정 및 시상
- 녹색교회 10다짐 제정

환경주일 지키기

1984년부터 세계 환경의 날을 기념하며 6월 첫 주일을 환경주일로 지키며, 예배문, 설교문, 기도문과 포스터 및 전도지를 발간하고 있습니다.

- 행사 지원 : 사진전시회, 비디오상영, 창조신앙사경회, 환경특강, 환경정화활동, 알뜰시장

생명밥상운동

제철에 나온 우리 농산물로 먹을 만큼의 밥상을 차리고 깨끗이 비움을 통해 우리 몸과 지구를 살리는데 앞장섭니다.

- 국내산 유기농산물 애용 및 빈그릇 실천
- '몸과 마음을 살리는 생명밥상' 교재 보급
- 생명의 쌀 나눔 도농 교회 간 협약

지구온난화 억제 운동

- 햇빛발전소 등 재생에너지 이용확산
- CO_2 저감 캠페인(대중교통, 전기절약 등) 및 교육
- 자원 재사용, 되살림 운동 전개 및 교육
- 재생지 연필, 볼펜, 공책 등 재생종이 사용 캠페인 전개
- '지구살리기 7년 프로젝트 – 착한 노래 만들기' 공연 진행

사막화 방지를 위한 '은총의 숲' 조성

몽골 울란바토르 대학교 농과대학 및 연세대학교 CT연구단과 함께 '바트슘베르' 지역에 양묘 및 식재, 푸른아시아와 함께 '바양노르' 지역에, 방풍림, 유실수 식재, Greensilkroad와 함께 '아르갈란트' 지역에 밀, 감자 농사 및 식재사업을 지원하고 있습니다.

환경교육 및 교재개발

전 세대를 대상으로 자연과 가까운 곳에서 하나님의 창조섭리를 깨달을 수 있도록 교육하고, 교재 개발과 인재 양성을 위해 노력합니다.

- 환경통신강좌 실시(수시모집, 현재까지 2,700여 명 수강)
- 생태신학세미나 개최

• 기독교환경대학 및 '생태적 삶'을 위한 생활훈련 실시

• 생태기행, 생태 캠프 운영 및 지원

• 지속가능한 세상을 여는 생활 속 환경교육

현안 대응 및 연대활동

• 창조보전을 위한 기도운동 : 매월 기도제목 제공

• 환경단체 및 종교환경단체와의 연대

• 생명의 강 살리기 기독교행동

• 기독교 사회선교연대회의 등 기독교단체와의 연대

간행물 및 환경교육 자료 제작

• 정기간행물 : 사무국 소식지 '녹색은총'(격월)

        녹색신앙정론지 '새하늘 새땅'(연 2회),

        생태달력 발간(연 1회)

• 영상 : '생명의 동산', '무엇을 어떻게 할 것인가', '새하늘 새땅' 등

• 단행본 :『생태적 삶을 추구하는 영성』,『자연과 인간의 아름다운 만남』,

        『녹색의 눈으로 읽는 성서』,『에덴 동산을 꿈꾸는 교회』,『기후

        붕괴 시대, 아주 불편한 진실 조금 불편한 삶』등등.

♣ 창조보전을 위한 씨앗을 심어주십시오!

회원이 되시면
· 정기간행물을 무료로 받게 됩니다.
· 생태기행 및 교육 프로그램에 참여할 수 있습니다.
· 자료를 저렴하게 이용할 수 있습니다.

회비 납부 안내
· 개인회원 : 월 1구좌 1만 원 이상
· 교회회원 : 월 1구좌 3만 원 이상

은행 계좌번호
기업은행 001-090320-04-011 한국교회환경연구소

서울 종로구 교남동 75 교남빌딩2층 전화 02-711-8905 / kcei@chol.com
http://www.greenchrist.org

(사)한국교회환경연구소 발행 도서

기후붕괴 시대, 아주 불편한 진실 조금 불편한 삶

이제 기후 변화 시대를 지나 기후 붕괴 원년을 맞은 우리. 세계 도처에서 벌어지고 있는 기후 재앙은 강 건너 이야기가 아니라 우리가 매일 '오늘의 뉴스'로 보며 그 폐해를 몸으로 느끼는 절박한 현실이 되었다. 이 책은 기후 붕괴 시대에 대한 신학적 성찰과 실질적 대안을 함께 엮었다. 그리고 단지 논의에 그치는 것이 아니라, 이 땅을 사는 그리스도의 교회들로 하여금 그 문제를 인식하고 실천하기를 위한 구체적인 묵상, 성경공부, 설교 등의 실천적 프로그램을 제시하였다.

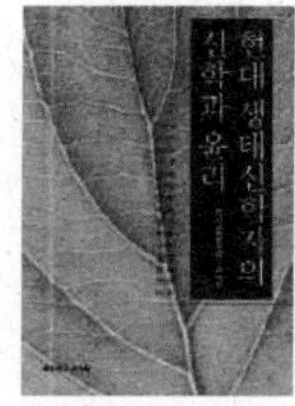

현대 생태신학자들의 신학과 윤리

현대 신학자들의 생태 사상을 두루 살펴볼 수 있는 책으로, 각 분야의 전문 신학자들이 자신의 전공에서 선별하여 소개한다. 보수적인 신학자부터 진보적인 신학자까지, 그 분야를 대표하는 전문 신학자들의 논문을 통해 인류 최대의 위기인 환경문제에 대한 대안을 모색케 한다.

풍성한 생명, 지금 여기 – 기독교 생활 속 환경교육 교재

이 책은 다른 환경교육서들과 달리, '쉼', '물', '밥', '걷기와 탈것', '옷', '전기', '종이' 등에 있어서 자신의 삶을 스스로 돌아보아 다른 생명과의 관계를 보되 하나님의 말씀 안에서 문제 해결책을 찾아 실생활에 적용해갈 수 있게 해준다. 그동안 환경교육을 어렵거나 막연하게 느꼈던 분이 있었다면 이 교재로 다시 시작할 것을 권한다.

기후변화시대, 생명을 살리는 '교회 환경교육'

'생명을 살리는 환경교육'이라는 주제 아래 기독교교육연구원에서 발간하는 '교회교육'에 2009년 한 해 동안 연재된 원고를 모아놓은 책이다. 아동부에서부터 장년부에 이르기까지 기독교신앙에 기초한 환경교육을 실시하고 생활실천을 계획하고 있다면 이 책의 안내를 받으면 된다.

저자 소개

(글 싣는 순)

장회익

서울대 물리학과를 졸업하고 미국 루이지애나 주립대학교에서 물리학 박사학위를 받았다. 서울대 물리학과 교수를 지냈으며, 국내 최초의 대안대학인 녹색대학 총장을 역임했다. 한국 물리학계를 대표하는 중진 학자로서 오랫동안 학문의 통합과 소통에 깊은 관심을 두고 과학철학 연구에 주력했으며, 과학자의 시선으로 폭넓은 인문학적 주제들을 연구하였다. 그 결과 탄생한 '온생명' 이론은 생명과 자연의 본질을 깊이 성찰함으로써 사회와 문명 문제에 혜안을 제시했다.

지은 책으로는 『공부도둑』, 『온생명과 환경, 공동체적 삶』, 『물질, 생명, 인간』, 『과학과 메타과학』, 『삶과 온생명』이 있으며, 함께 쓴 책으로는 『새들은 과외수업을 받지 않는다』, 『삶 반성 인문학』, 『생태적 삶을 추구하는 영성』, 『공부의 즐거움』 등이 있다.

길희성

서울대학교 철학과를 졸업하고 미국 예일 대학교 신학부에서 신학 석사학위를, 하버드 대학교 대학원에서 철학박사(비교종교학)학위를 받았다. 서울대학교 철학과 교수와 서강대학교 종교학과 교수를 역임하였고 2010년 현재 서강대학교 종교학과 명예교수와 대한민국학술원 회원으로 있다.

지은 책으로는 『환경과 종교』(공저), 『인도철학사』, 『포스트모던 사회와 열린 종교』 등이 있다.

박석준

충남 아산에서 태어났다. 서강대 경제학과를 졸업한 뒤, 3대째 내려오는 집안의 가업을 이으려 대전대 한의예과에 다시 입학하여 한의학을 공부했다. 한의학과 철학을 결합하기 위해 동의과학연구소를 만들어 운영하면서 동양철학을 공부하는 한편 동의보감을 집중 연구하고 있다. 호서대학교 생명과학학부 교수, 대구한의대 한의과대학 교수를 역임했다.

지은 책으로는『강설 2 황제내경 : 한의철학으로 내경을 읽는다』,『허준』,『기학의 모험 2』,『몸 - 머리는 하늘, 발은 땅』등의 책을 펴냈다.

송항룡

1938년 평안북도 박천에서 태어났다. 성균관대학교 동양철학을 전공하여 철학박사 학위를 받은 후 서강대학교, 서울대학교, 정신문화연구원 등에서 강의를 했다. 성균관대학교 유학 · 동양학부 교수로 재직하다 현재 정년퇴임해 경기도 가평군 설악면 사룡리에서 거주하며 사유세계를 심화시키고 있다.

지은 책으로는『한국도교철학사』,『동양철학의 문제』,『노자가 부른 노래』,『시간과 공간 그리고 지금 바로 여기』,『南華苑의 향연』등이 있다.

곽노순

목사. 석가, 노자, 장자, 천무경, 강증산 등을 종횡무진하며 예수를 '소화해' 내는 괴짜 목사다. 문익환 목사 등과 한국 신구교 공동번역성서 작업을 했으며 목원대학에서 가르쳤고 지금은 후기기독교신학연구실을 운영하고 있다.

지은 책으로는『우주의 파노라마』,『광야의 웃음소리』,『예수현상학』,『백오십 천지광유』,『생활 속의 명상』,『밀레니엄 퓨전신학』,『곽노순의 성서해설』등이 있다.

이현주

1944년 충주에서 태어났다. 감리교신학대학교를 졸업하고, 1964년「조선일보」신춘문예에 '밤비'로 등단했다. 목사이자 동화 작가, 번역 문학가로서 동서양을 아우르는 글들을 집필하는 한편, 대학과 교회 등에서 강의도 하고 있다.

지은 책으로는 동화집『알게 뭐야』,『살구꽃 이야기』,『날개 달린 아저씨』등과『예수를 만난 사람들』,『이아무개의 장자 읽기』,『붓다의 가르침』,『교부들의 성경 주해 신약성경 4』,『부자가 된 삼형제』,『사람의 길 예수의길』,『한 송이 이름 없는 들꽃으로』,『이름값을 하면서 살고 싶다』등이 있고,『헨리 데이빗 소로우의 짧은 생애』,『물이 없으니 달도 없구나』등 다수의 번역서가 있다.

정일우

예수회신부로 한때 서강대에서 철학과 신학을 가르쳤고, 20여 년 빈민사목
자의 길을 걸었다. 1985년 천주교 도시빈민회, 1987년 천주교 서울대교구 빈
민사목위원회를 교구장 자문기구로 설립하는 데 기여하였으며, 1988년 민중주
거쟁취 아시아연합 설립에도 도움을 주었다. 1986년 필리핀에서 제정구와 함
께 막사이사이상을 공동으로 수상하였다.

1994년부터는 잊혀진 존재인 농민 속에서 살기로 하고 충북 괴산군 청천면
삼송리에서 예수회 누룩 공동체를 이루어 농부로 살았다. 2002년에 다시 서울
로 올라와 예수회 사회사도직 위원장을 맡은 바 있다.

엄두섭

함남 함흥 출생으로 평양신학교 2년 수료 조선대학교 문학과 졸업 장로회 신
학교 졸업했다. 은성수도원 창설하고 원장으로 있다.

지은 책으로는『길』,『영성생활의 향기』,『수도생활의 향기』,『영성의 새벽』,
『기독교 영성의 흐름』, 특히 한국의 프란치스코라 불리는 이현필 선생의 전기
『맨발의 성자』와 '아씨시 프란치스코'에 대한 전기를 썼다.

김이곤

한국신학대학, 연세대 연합신학 대학원을 거쳐 뉴욕 유니온 신학교에서 구약
학 박사학위(Ph.D.)를 취득하였다. 초대 한신신학전문대학원장을 역임하였고
한신대학교 신과대학 신학과 구약학 교수(1973. 9-2006. 4)로 32년간 재직하
였으며, 현재 실천신학대학원 석좌교수로 활동하고 있다. 그는 '신의 약속은 파
기될 수 없다'를 시작으로 10권의 저서와 5권의 번역서를 펴냈으며, 그 밖에
100편 이상의 논문을 발표하고 50회 이상의 학술 강연을 펼쳐왔다.

지은 책으로는『오경. 역사서』,『시편 시문학의 신학』,『성서 아랍어 문법』,
『신의 약속은 파기될 수 없다』,『구약성서의 고난신학』,『출애굽기신학』,『창세
기』,『고향이 다른 사람들』,『구약성서의 신앙과 신학』등의 저서가 있다.

이정배

감리교신학대학교 및 동대학원, 스위스 바젤대학교 신학부를 졸업하고, 1986년 이래 감리교신학대학교 교수로 재직 중이다. 미국 게렛 신학대학, 버클리 GTU, 일본 동지사대학교 신학부 교환교수로 활동했으며, 대학 부설 기독교 통합학문연구소 소장, 한국조직신학회 총무, 부회장, 회장을 역임했다.

지은 책으로는『생태 영성과 기독교의 재주체화』,『한국개신교 전위 토착신학 연구』,『켄 윌버와 신학』,『없이 계신 하느님, 덜 없는 인간 - 多夕신학의 얼과 틀 그리고 쓰임』,『생명의 하느님과 한국적 생명신학』,『토착화와 생명문화』,『현대이후주의와 기독교』,『한국적 생명신학』 등이 있고, 옮긴 책으로는『진리를 찾아서』,『몸과 우주 - 동양과 서양』 등이 있다.